KB050943

ROYAL ROADER

로열로더 2

초판 1쇄 인쇄일 2014년 11월 20일 ǀ **초판 1쇄 발행일** 2014년 11월 24일

지은이 이희호 ǀ **펴낸이** 곽중열 ǀ **담당편집 팀장** 이범수
편집부 신연제 이윤아 김호성 김은경

펴낸곳 (주) 조은세상 ǀ 출판등록 제 2002-23호
주소 경기도 연천군 미산면 청정로 1355
TEL 편집부 02)587-2966 ǀ FAX 02)587-2922
e-mail bukdu@comics21c.co.kr

ⓒ이희호 2014
ISBN 979-11-5512-811-4 ǀ ISBN 979-11-5512-809-1(set) ǀ 값 8,000원

※잘못 만들어진 책은 바꿔 드립니다.
※저자와의 협의에 의해 인지는 생략합니다.

CONTENTS

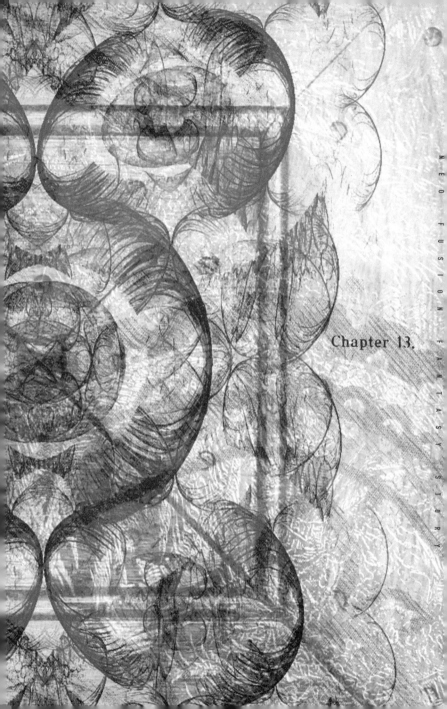

Chapter 13.

Chapter 13.

ROYAL
ROADER

I

딱딱딱! 딱딱딱딱!

계단 위, 왕좌에서 소리가 들려왔다. 왠지 모르게 듣는 사람의 기분을 긁는 소리였다.

제닌이 살펴보니 거만한 자세로 왕좌에 앉은 스켈레톤 킹이 열심히 턱뼈를 마주쳐 대고 있었다.

비록 표정은 없었으나, 제닌은 스켈레톤 킹이 표현하고자 하는 바를 아주 잘 알 것 같았다.

비웃음이었다.

제닌은 벡스가 멍청한 행동을 했을 때 자신이 짓던 비웃음을 떠올렸다. 마치 자신이 벡스 수준으로 전락해버린 느낌에 얼굴이 화끈 달아올랐다.

"그 턱주가리! 아주 뽑아서 갈아주마!"

제닌은 바닥을 박차며 달려나갔다. 목표는 계단 위 왕좌에서 그를 비웃고 있는 스켈레톤 킹이었다.

물론 도발에 넘어간 것은 아니었다.

'소환이 완료되기 전에 대가리를 친다!'

제닌이 할 수 있는 최선의 선택이었다.

제닌은 한걸음에 수 미터씩 이동했다. 계단에 다다르자 한꺼번에 십여 개씩 건너뛰었다.

"하아아앗!"

아랫배에서부터 끌어올린 기합을 내지르며 힘차게 워해머를 휘둘렀다.

퉁!

제닌의 워해머는 허무하리만치 쉽게 튕겨 나왔다. 그뿐만 아니라 그 반동으로 제닌의 몸은 계단 아래로 떨어져 내리고 있었다.

딱딱딱! 딱딱딱딱!

열심히 턱뼈를 맞부딪히는 스켈레톤 킹의 두개골이 빠르게 멀어져갔다.

'저런 개밉상이!'

자신이 원하는 대로 일이 풀리지 않았음에도 제닌은 표정은 생각보다 침착해 보였다.

'어려울 것 없어. 포위되지 않고 놈들과 일대일의 상황

만 만들면 돼.'

한 마리쯤은 제닌 혼자서도 충분히 처리할 수 있었다. 그것을 여러 번 반복하면 된다.

스으으으.

스켈레톤 다크나이트들의 형체가 또렷하게 갖춰졌다. 그런데 그중 하나는 모양이 조금 달랐다. 다른 놈에 비해 날씬해 보이는 몸체를 가지고 있었고 완만한 곡선을 그리는 무기를 들고 있었다.

[스켈레톤 다크스나이퍼]

놈의 머리 위에 붙어 있는 이름표였다.

난데없는 궁수의 조합. 스켈레톤 다크나이트만 생각하며 움직일 동선을 계획하던 제닌에게는 날벼락 같은 소식이었다.

"쌍!"

제닌은 바닥을 박차며 달려가기 시작했다. 목표는 당연히 스켈레톤 다크스나이퍼였다.

그 사이 완전히 형체를 갖춘 스켈레톤 다크나이트들이 뻥 뚫린 눈구멍으로 제닌을 바라보았다. 그리고 그의 동선을 따라 이동하기 시작했다. 일부는 스켈레톤 다크스나이퍼의 앞을 막아서기도 했다.

슈욱!

허공에 까만 선이 그어졌다.

시작점은 다크스나이퍼의 활. 그리고 도착점은 제닌의 가슴이었다. 까만 뼈로 이루어진 화살은 제닌이 채 반응을 보이기도 전에 그의 가슴을 꿰뚫었다.

스르르륵.

제닌의 몸은 연기처럼 흩어졌다.

'뭐, 뭐야?'

눈앞에 시커먼 두개골이 들어왔다. 팔은 이미 손에 들린 워해머를 내려치고 있었다.

빠각!

다크스나이퍼의 몸이 일순 굳어졌다. 일정 확률의 스턴이 발동된 것이다.

'서, 설마! 일점집중!'

빠바바바바바박!

제닌의 손에 들린 워해머가 신들린 듯 춤을 췄다. 워해머의 뾰족한 부분에 연달아 얻어맞자 까만 두개골에 작은 구멍이 뚫렸고, 주변으로는 거미줄 같은 실금이 자라났다.

'진짜 된다고? 생각만으로도 스킬이 발동돼?'

제닌은 워해머의 뭉뚝한 부분을 앞으로 돌려 실금이 간 두개골을 강타했다.

파사삭!

까만 뼛조각이 공중으로 흩날렸다.

제닌을 당황 시켰던 스켈레톤 다크스나이퍼의 몸은 와르

르 무너져 내렸다.

슈우욱!

새로운 사실을 발견했다는 기쁨에 제닌이 미소 지을 찰나, 날카로운 소음이 귀를 찔렀다. 이번에는 다크나이트의 공격이었다.

'1!'

생각과 동시에 시야가 이지러졌다.

제닌은 눈앞에 나타난 다크나이트의 뒤통수에 워해머를 휘갈겼다.

"좋아할 시간은 좀!"

빠각!

'일점집중!'

"줘야 할 것 아니야!"

거친 일갈과 함께 제닌의 손은 눈부시게 움직였다.

빠바바바바박!

열 번의 타격이 제대로 들어갔음에도 다크나이트의 두개골은 부서지지 않았다. 많은 부분이 움푹 함몰되었을 뿐이었다.

인간이라면 뇌 손상으로 생사를 장담할 수 없었겠으나, 상대는 스켈레톤. 죽음에서 일어난 언데드였다.

"쇠대가리 자식!"

제닌은 찔러오는 검을 피하며 워해머를 크게 휘둘렀다.

빠직!

드디어 금이 갔다. 제닌은 히죽 웃으며 마무리 일격을 날렸다.

파사삭!

두개골을 잃은 놈이 무너지기 직전, 제닌은 놈의 가슴을 딛고 도약했다. 주변이 이미 다크나이트들로 포위되었음을 알아챈 행동이었다.

한 바퀴 공중제비를 돌며 바닥에 내려서자 원래 자리를 포위했던 다섯 마리가 일제히 그를 향해 달려왔다.

제닌은 슬쩍 계단 위를 바라보았다. 스켈레톤 킹은 열심히 턱뼈를 마주치고 있었지만, 더는 비웃는 것으로 보이지 않았다.

"속이 좀 탈 거야. 그치?"

제닌은 스켈레톤 킹을 향해 가운뎃손가락을 들어 올렸다.

쾅!

스켈레톤 킹이 왕좌의 팔걸이를 내리치는 것을 바라보며 제닌은 다크나이트를 향해 마주 달려갔다.

"1!"

Ⅱ

화르르륵! 쿠쾅!

검붉은 화염이 폭발했다.

화염을 뚫고 치솟아 오른 인영이 바닥으로 떨어졌다. 균형을 잃었는지 바닥을 몇 바퀴 구른 다음에야 겨우 몸을 일으켰다.

"젠장!"

온몸에서 김을 모락모락 피워 올리는 제닌의 모습은 그리 좋아 보이지 않았다.

딱딱딱! 딱딱딱딱!

스켈레톤 킹의 비웃음 소리가 들려왔다. 누군가에게는 그저 이빨 부딪치는 소리일 뿐이겠지만, 제닌의 귀에는 확실한 비웃음으로 들렸다.

"저 빌어먹을 개자식이!"

욕설을 내뱉었지만 어떻게 할 방법이 없었다.

'머리를 쓸 줄이야!'

제닌은 왼쪽 위를 바라보았다. 체력을 나타내는 붉은 막대가 절반 이하로 줄어들어 있었다.

'이대로는 위험한데…….'

조금 떨어진 곳에서 암적색의 안개가 피어오르고 있었다.

[스켈레톤 다크메이지]

스켈레톤 킹이 세 번째로 소환한 무리에 포함된 놈이었다.

제닌은 놈이 마법사임을 알아보고 가장 먼저 제거하려 했으나 그러지 못했다. 다크나이트 한 마리가 놈과 등을 맞대고 서 있었기 때문이다.

2인 1조.

제닌이 싸우는 모습을 지켜본 스켈레톤 킹이 내놓은 전술이었다. 단순했지만 효과는 확실했다.

제닌은 따로 떨어져 있는 다크나이트 몇 마리를 제거했을 뿐, 정작 중요한 다크메이지에게는 손도 댈 수 없었다. 수가 적어지자 다크나이트들이 전부 몰려와 다크메이지를 감쌌기 때문이다.

게다가 '1' 스킬이 가진 약점에 대해서도 알게 되었다. 이유는 알 수 없었지만, 일정 횟수 이상은 사용할 수 없는 듯했다.

화르르륵!

스켈레톤 다크메이지의 머리 앞에 검붉은 화염이 피어올랐다. 스켈레톤 워락의 것보다 배는 더 크고 위력적인 화염이었다.

'하다못해 벡스라도 있었으면, 어떻게 방법을 찾아보겠는데. 필요할 때는 꼭 없어요! 꼭!'

잠시 화염을 바라보던 제닌이 양손을 늘어뜨렸다.

"항복!"

딱딱딱! 딱딱딱딱!

열심히 비웃던 스켈레톤 킹이 웃음을 그쳤다. 이어 목을 길게 뺀 상태로 제닌을 살펴보았다. 마치 '이 녀석이 무슨 속셈이지?' 하고 살펴보는 것 같았다.

툭.

제닌은 손에 들려 있던 워해머를 바닥에 떨어뜨렸다. 그
런 후에 그는 스켈레톤 킹을 바라본 채 양손을 어깨 위로
들어 올려 으쓱거렸다.

"항복한다고!"

화르르륵.

다크메이지의 검붉은 화염은 여전히 타오르고 있었다. 놈
의 눈구멍은 스켈레톤 킹을 향하고 있었는데, 마치 명령을
기다리는 사형집행관 같은 느낌이었다.

스켈레톤 킹이 왼손을 들어 올렸다. 놈은 손바닥뼈를 내
보인 채 천천히 왕좌에서 일어섰다.

화염은 여전히 떠 있었지만, 움직이지는 않았다.

스켈레톤 킹이 검지 뼈로 다크나이트 하나를 가리키더니
다시 제닌을 가리켰다.

다각. 다각. 다각.

다크나이트 한 마리가 천천히 제닌을 향해 다가오더니
다짜고짜 검을 찔렀다.

제닌의 양팔과 양다리에서 피가 솟구쳤다.

"크아아악! 으아아악!"

제닌은 목이 터지도록 비명을 질렀다. 기묘한 점은 그러
면서도 표나지 않게 눈동자를 움직여 스켈레톤 킹이 있는

방향을 살피는 것이었다.

스켈레톤 킹의 손가락이 다시 움직였다. 그러자 다크나이트 두 마리가 다가 와 제닌의 양팔을 결박했다.

"크윽! 놔! 놓으라고!"

제닌은 발버둥 쳤다. 그러나 그의 양팔을 붙든 다크나이트의 팔은 바위처럼 굳건했다.

따각. 따각. 따각.

계단을 내려오는 소리가 들려왔다.

시선을 옮기자 스켈레톤 킹이 계단을 내려오는 모습이 눈에 들어왔다. 체격은 다른 스켈레톤의 두 배를 웃돌았으며 키는 머리 두 개 정도 더 컸다.

상대로 하여금 위압감을 느끼게 하는 당당한 체격을 가진 스켈레톤 킹은 제닌의 몇 걸음 앞에서 멈춰 섰다.

"크윽! 항복이라고 했잖아! 이 개자식아!"

제닌은 발악하듯 소리쳤다. 그러자 스켈레톤 킹은 손가락을 들어 귀를 후비는 시늉을 했다. 물론 귀가 없었기에 그저 두개골의 옆을 찔러 돌리는 동작으로 보일 뿐이었다.

딱!

스켈레톤 킹이 이빨을 마주쳤다. 그와 함께 제닌은 팔을 붙든 다크나이트의 손에 힘이 들어가는 것을 느꼈다.

뿌득. 뿌드득. 뚜두둑!

근육이 비틀리고 팔뼈가 어긋나는 소리가 들려왔다.

"크아아아아악!"

딱딱딱! 딱딱딱딱!

그런 제닌의 눈앞에서 스켈레톤 킹은 열심히 턱뼈를 마주쳐댔다. 놈에게 피부와 성대가 있었다면 박장대소가 무엇인지를 제대로 보여주었을 터였다.

"다 웃었냐?"

스켈레톤 킹이 턱을 멈추고 어리둥절한 모습으로 제닌을 바라보았다.

제닌의 입꼬리가 한껏 비틀려 올라가고 있었다.

"아주 좋은 걸 보여주지."

Ⅲ

제닌은 스켈레톤 킹이 소환한 놈들과 싸우면서 은근슬쩍 실험을 해보았다. 작은 돌멩이나 뼛조각을 스켈레톤 킹을 향해 던져 보는 실험이었다.

퉁. 투퉁. 퉁.

제닌이 던진 것들은 스켈레톤 킹의 근처에 가기도 전에 튕겨 나왔다. 중요한 것은 그럴 때마다 스켈레톤 킹이 앉아 있던 왕좌가 미세하게 반짝였다는 점이었다.

제닌은 주변을 빙빙 돌아가며 계속 실험해 보았다. 그리고 알아낼 수 있었다. 보호막의 중심은 스켈레톤 킹이 아닌 그가 앉아 있는 왕좌라는 것을.

즉, 스켈레톤 킹을 왕좌 근처에서 멀어지게 하면 그는 보호막의 보호를 받을 수 없다는 의미였다.

문제는 멀어지게 하는 방법이었다.

'놈의 성격! 뼈다귀 주제에 성격이 있는지는 모르겠지만, 놈이 보여주는 행동은 분명 그렇게 보였어!'

제닌은 스켈레톤 킹을 처음 보았을 때를 떠올렸다. 무료한 자세와 귀찮은 것을 쫓는 듯한 행동. 또한, 제닌을 포위했을 때 비웃던 모습까지. 이것을 종합해보면 한 단어로 요약할 수 있었다.

'강자, 그중에서도 아주 거만한 강자!'

이런 것들을 토대로 제닌은 한판의 도박을 벌였다. 통하면 좋고 통하지 않으면 망한다.

물론 제닌에게는 훌륭한 조커 카드가 있었다. 레벨 업이라는 조커. 제닌의 항복은 이 카드가 있었기에 가능한 배팅이었다.

스켈레톤 킹은 제닌의 사지를 못 쓰게 만드는 등, 조심스러운 모습을 보였지만 이것까지는 예상범위 내였다. 레벨 업의 가장 큰 효능이 바로 모든 상처의 회복이었기 때문이다.

결국, 스켈레톤 킹은 거만한 성격답게 패자를 조롱하기 위해 왕좌를 벗어났고, 제닌의 근처로 다가왔다.

'레벨 업!'

파아아앗!

제닌의 몸을 중심으로 환한 빛무리가 피어올랐다.

'다크나이트 워해머 착용해제, 착용.'

바닥에 떨어져 있던 워해머가 사라지고 이내 묵직한 느낌이 손아귀에서 느껴졌다. 제닌의 입꼬리가 비틀려 올라갔다.

'1!'

시선 위에 스켈레톤 킹의 큼지막한 두개골이 보이는 순간 제닌은 워해머를 휘둘렀다.

빠각!

강렬한 타격이 스켈레톤 킹의 뒤통수를 강타했다. 그것과 동시에 제닌의 귓가에 알림음이 들려왔다.

띠링!

[20레벨에 도달했습니다.]

[직업을 선택할 수 있습니다.]

[마력이 활성화됩니다.]

[스킬 포인트가 생성됩니다.]

[클래스 공용스킬 '웨폰 아우라'를 익혔습니다.]

'뭐, 뭐가 갑자기 이렇게!'

당황스러웠지만, 제대로 살필 만한 시간이 없었다. 지금은 숨 쉴 틈 없이 몰아쳐야 할 때.

제닌은 머리를 흔들며 스킬명을 떠올렸다.

'일점집중!'

제닌의 팔이 눈부시게 움직였다.

투두두두두둥!

기이한 문양이 워해머를 튕겨냈다. 눈앞에 떠오른 문구로 인한 찰나의 망설임이 스켈레톤 킹에게 대비할 시간을 주었던 것이다.

'빌어먹을! 일점집중!'

제닌은 이를 악물고 다시 스킬을 발동시켰다.

투두두두두둥!

다시 튕겨 나오는 제닌의 공격. 튕겨 나올 때의 반탄력으로 인해 제닌은 손아귀가 찢어지는 듯한 통증을 느꼈다.

"크윽!"

제닌은 신음을 삼키며 뒤로 물러났다. 일단 시간을 벌어야겠다는 생각이었다.

그러나 벽처럼 딱딱한 막이 그의 등을 막았다. 워해머로 사방을 더듬어본 결과 앞, 뒤, 좌, 우가 완전히 막혔음을 확인할 수 있었다.

'염병! 아주 가지가지 하네!'

딱딱딱! 딱딱딱딱!

스켈레톤 킹의 비웃음이 다시 시작되었다. 듣는 이로 하여금 울분을 치솟게 하는 소리였다.

제닌은 화가 머리끝까지 차올랐지만, 간신히 정신을 추슬렀다. 여기에서의 흥분은 곧 죽음이다.

'아까 뭐라고 했었지? 20레벨, 직업, 마력, 스킬포인트……. 스킬!'

제닌은 스킬 창을 열었다.

[웨폰 아우라(Lv.1) 숙련도 1/100](클래스 공용)

- 마력을 가공한 아우라를 무기에 덧씌워 공격력과 절삭력을 200% 상승시킵니다.

- 유지시 초당 5의 마력을 소모합니다.

'공격력과 절삭력! 2배!'

제닌은 눈을 번뜩였다.

이 정도라면 자신을 가로막을 막을 꿰뚫을 수도 있을 것 같았다. 그러나 곧바로 사용할 수는 없었다.

이렇게 적이 빤히 바라보고 있는 상태에서 스킬을 사용하면, 스켈레톤 킹의 방비가 더 강해질 게 빤했다.

'아! 정말 벡스라도 있었으면! 벡스가 약간만이라도 저놈의 주이를 끌어주면!'

제닌이 애타게 바랄 때였다.

쾅! 쾅!

"대장!"

제닌의 얼굴이 환하게 밝아졌다.

벡스의 외침이었다. 그는 창살처럼 통로를 막은 검은 안개를 핼버트로 두드리고 있었다.

'여기서 벡스가 울분의 폭주로 저걸 부수고, 술래잡기로 시선을 잡아끌 수 있다면!'

어쩌면 적을 처치할 찬스가 생길 수도 있었다.

그렇게 생각한 제닌이 막 입을 열려는 순간이었다.

"으아아아아아! 대자아아아앙!"

쿠콰쾅!

창살처럼 통로를 막았던 검은 안개가 터져나갔다. 눈이 하얗게 뒤집힌 벡스가 안으로 뛰어들어왔다.

'저건!'

어떻게 된 영문인지 모르겠지만, 벡스는 이미 울분의 폭주와 술래잡기 스킬이 발동된 상태였다.

'설마! 내 스킬처럼 벡스의 스킬도 생각만으로 발동시킬 수 있는 건가?'

삐그덕. 삐걱.

제닌의 주변을 포위했던 스켈레톤 나이트와 다크메이지의 시선이 벡스에게 돌아갔다. 스켈레톤 킹 역시 고개를 돌려 벡스를 바라보고 있었다.

'웨폰 아우라.'

화르르륵!

푸른 불꽃이 넘실거리며 타오르기 시작했다. 제닌의 손에 들린 워해머가 불꽃처럼 타오르는 푸른 기운에 뒤덮였다.

뜨겁지는 않았지만, 힘이 느껴졌다. 희열을 느낄 정도로 강력한 힘이었다.

'이거라면. 이거라면! 할 수 있어!'

제닌은 몸을 부르르 떨며 소리쳤다.

"일점집중!"

투투투! 쩡!

네 번 만에 막이 깨어졌다.

두드리는 소리를 들었는지, 벡스를 바라보던 스켈레톤 킹의 고개가 제닌에게로 돌아왔다. 그리고 깨어져 나가는 막을 바라보며 입을 떡 벌렸다.

그런 스켈레톤 킹의 안면으로 나머지 여섯 번의 공격이 꽂혀 들었다.

빠바바바바박!

스켈레톤 킹의 안면은 너덜너덜해졌다.

웨폰 아우라의 공격력 상승과 일점집중의 피해 증가 및 방어력 하락으로 인한 결과였다.

제닌은 인손을 들어 스켈레톤 킹의 덜렁거리는 턱뼈를 움켜잡았다.

"혹시, 아까 한 말 기억나나?"

손아귀의 턱뼈가 부르르 떨렸지만, 제닌은 왼손으로 강하게 붙든 채 오른손의 워해머를 휘둘렀다.

빠각!

턱뼈를 지탱해주던 관절돌기가 그대로 부러지며 턱뼈가 뽑혀 나왔다.

"이건 아주 곱게 갈아주지. 다른 건 몰라도 내가 적에게 한 약속은 아주 칼 같이 지키거든?"

충격받은 듯 주춤주춤 물러서는 스켈레톤 킹을 바라보며 제닌이 씩 웃었다.

"이제 슬슬 집에 돌아가 볼까?"

'일점집중.'

제닌의 워해머가 신들린 듯 춤을 췄다.

빠바바바바박!

파사삭!

스켈레톤 킹의 두개골이 산산이 부서졌다.

그리고 그 순간, 스켈레톤 킹의 몸에서 검은 안개가 폭발적으로 뿜어져 나왔다.

제닌은 양팔을 교차해 막으려 했으나, 검은 안개는 그저 그의 몸을 스쳐 지나갈 뿐이었다. 검은 안개는 벡스의 뒤를 따르고 있던 스켈레톤들을 휩쓸었다.

스켈레톤 들은 파도에 쓸린 모래성처럼 허무하게 스러져 갔다.

"후우… 끝난 건가?"

제닌이 한숨을 내쉴 때였다.

빠밤! 빠바바밤!

난데없는 팡파르가 울려 퍼졌다.

[D급 던전 음산한 폐광을 클리어하셨습니다.]

[소요시간 : 11 : 43 : 58]

[진행률 : 88%]

[클리어 랭크 : D+]

[보상 : 스켈레톤 킹의 반지]

[랭크 추가보상 : 경험치 250]

[업적 : 최초 던전 보스 공략을 달성하였습니다.]

[업적 : 최초 던전 클리어를 달성하였습니다.]

"이건… 또?"

어리둥절한 제닌의 귀에 다시 한 번 팡파르가 울려 퍼졌다.

빠바밤! 빠빰! 빠빰!

[이해도 측정 중……. 20% 달성. 이해도가 2단계에 도달하였습니다.]

[업적 : 걸음마를 달성하였습니다.]

[칭호 : 걸음마를 뗀(활력+5)을 획득하였습니다.]

[정보공개 레벨이 한 단계 상승합니다.]

[인터페이스가 이해도 수준에 맞게 변화합니다.]

"허얼……."

제닌의 입에서 바람 빠진 소리가 새어 나왔다. 왠지 머리가 무지하게 복잡해질 것 같았다.

'이것들은 나중에, 천천히 알아보면 될 일. 그것보다…….'

눈앞의 문구보다 더 제닌의 시선을 사로잡는 것이 있었
다. 바로 스켈레톤 킹이 무너진 자리에서 알록달록 빛나고
있는 물건들이었다.

'전에도 이렇게 빛났었나?'

녹색 투구와 파란색 부츠, 그리고 보라색 검.

'설마 이름의 색깔대로 빛나는 건가? 그렇다면 이건?'

제닌은 그중 보라색 검 쪽으로 손을 뻗었다.

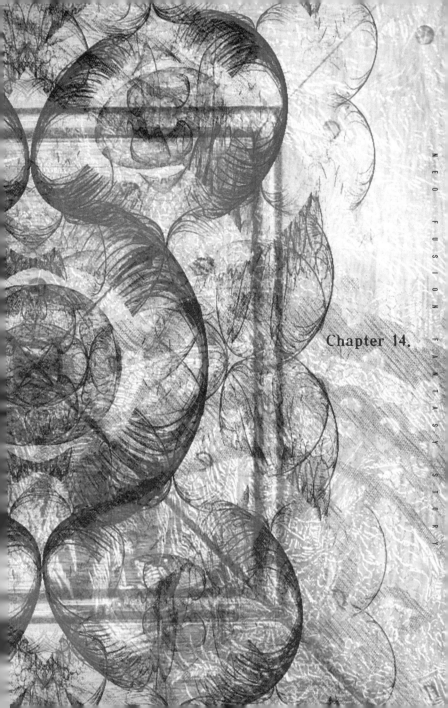

Chapter 14.

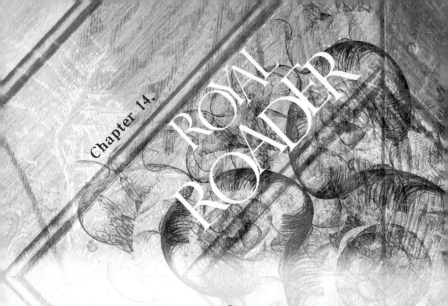

Chapter 14.

ROYAL
ROADER

I

보라색으로 빛났던 검은 제닌의 키와 비슷한 크기의 대검이었다.

[보호의 육중한 패왕의 검, 공격력 : 56~64, 무게 : 4.7kg, 내구도 : 48/52, 근력+7, 활력+4, 특수스킬 : 보호, 착용제한 : 근력 35, 레벨 20]

제닌은 벌어지는 입을 다물 수 없었다. 살 떨리는 공격력에 능력치 상승 옵션이 무려 두 개나 붙어 있었다.

'그런데 특수스킬?'

제닌은 보호라는 글자를 건드려 보았다.

[보호]

– 사용자의 근력에 해당하는 내구도를 가진 투명한 막을

소환합니다.

– 초당 5의 마력을 소모합니다.

"헉! 이건 설마 스켈레톤 킹이 썼던!"

제닌은 펄쩍 뛰려는 몸을 겨우 막았다. 하지만 떡 벌어지는 턱과 절로 얼굴에 피어오르는 웃음까지 막을 수는 없었다.

공격력에는 자신 있었으나, 아무래도 방어적인 측면이 아쉬웠던 제닌이었다.

'웨폰 아우라와 이걸 함께 사용하면……'

꿀꺽.

'난 무적이 될 수 있어!'

아직 보호막의 내구력이 얼마나 되는지에 대한 시험이 남아 있었지만, 제닌은 충분히 만족했다.

'그런데 이것도 웨폰 아우라처럼 마력을 소모한다는 말인데……'

고민하던 제닌은 뭔가를 떠올린 듯 손바닥을 마주쳤다.

"마력 활성화! 스테이터스!"

[걸음마를 뗀 제닌, 인간(남, 21) 레벨 : 20(2838/3003), 생명력 : 630, 마력 : 505, 기본공격력 : 63, 기본방어력 : 63, 근력 48(36+12), 순발력 30, 지능 14, 지혜 14, 활력 39(30+9), 감각 31, 보너스 포인트 5]

제닌의 눈앞에 떠오른 반투명한 창에는 몇 가지 항목이 추가되어 있었다.

'생명력, 마력, 기본공격력과 방어력. 인터페이스가 변화했다는 게 이런 것이었나?'

변화도 중요했지만, 무엇보다 제닌이 관심을 가지는 것은 마력이었다.

'마력이 505라……. 보호를 101초 동안 사용할 수 있겠군. 웨폰 아우라까지 사용하면 50초 남짓.'

어마어마한 스킬이기는 했으나 아쉽게도 운용시간이 짧았다.

'마력을 좀 더 올리면 좋을 텐데…….'

띠링!

[마력은 지능의 10배수, 지혜의 15배수, 감각의 5배수만큼 증가합니다.]

'어라?'

제닌은 눈을 동그랗게 떴다. 스테이터스 창 아래 조그마한 메시지가 떠올라 있었다.

'이거 혹시……. 생명력을 올리려면?'

[생명력은 근력의 5배수, 활력의 10배수만큼 증가합니다.]

"호오! 친절해지다니! 혹시 정보공개 레벨이 상승했다는 말이 이런 것을 의미했나?"

레벨 업을 하고 힘을 얻은 것은 좋았으나, 머리에 쥐가 나도록 고민하지 않고서야 제대로 된 내용을 알아낼 수 없었다. 그 때문에 답답함에 속이 터질 때가 한두 번이 아니었다. 하지만 이제는 그 답답함을 조금이나마 해소할 수 있을 듯싶었다.

'기본 공격력은?'

[기본 공격력은 근력의 1배수, 순발력의 2분의 1배수가 적용됩니다.]

'기본 방어력은?'

[기본 방어력은 근력의 2분의 1배수, 활력의 1배수가 적용됩니다.]

'앞에 붙은 칭호가 좀 눈에 거슬리지만, 그래도 활력을 5나 올려주는 게 어디야? 게다가 어차피 나한테만 보이는 거니.'

활력 5포인트면 생명력 50포인트와 다름없었다. 그만큼 적의 공격에 더 오래 버틸 수 있다는 것을 뜻했다.

'보너스 포인트는… 지혜를 올리는 것이 좋겠군. 지금은 마력이 중요해.'

지혜는 19가 되었고, 마력은 580이 되었다.

제닌은 지혜가 오르는 순간 머릿속이 상쾌해지는 기분을 느꼈다.

'이제 조금은 현명해졌으려나?'

실없는 생각에 제닌은 피식 웃으며 스테이터스 창을 닫았다.

'스킬은……'

[이글아이(Lv.1) 숙련도 23/100]

[1(Lv.1) 숙련도 51/100]

[일점집중(Lv.1) 숙련도 18/100]

[웨폰 아우라(Lv.1) 숙련도 4/100](클래스 공용)

스킬 포인트 : 20

스킬 창에도 항목이 하나 추가되어 있었다.

'스킬 포인트?'

[스킬 포인트를 분배하여 스킬 레벨을 상승시킬 수 있습니다.]

'오호! 그렇다면!'

스킬에도 레벨이 있다는 것은 알고 있었지만, 아직 레벨업을 한 스킬은 없었다. 숙련도가 생각만큼 잘 오르지 않았기 때문이다.

스킬 포인트의 20이라는 숫자를 건드리자 분배할 스킬을 선택하라는 메시지가 떠올랐다.

'아무래도 전투에 도움이 되는 스킬을 올리는 편이 낫겠지? 그럼……'

손가락을 움직이던 제닌이 일순 멈칫했다.

'잠깐! 혹시 이것도 레벨처럼 올라갈수록 다음 레벨로 올라가기 힘들어지는 거 아닐까?'

실제 레벨 업을 할수록 필요한 경험치의 양은 늘어났다. 스킬 레벨 역시 이와 비슷하다면 무작정 올리는 것은 멍청한 짓이었다.

제닌은 시험 삼아 현재 숙련도가 가장 낮은 웨폰 아우라에 1포인트를 분배해 보았다.

[웨폰 아우라(Lv.2) 숙련도 1/200](클래스 공용)

– 마력을 가공한 아우라를 무기에 덧씌워 공격력과 절삭력을 220% 상승시킵니다.

– 유지시 초당 5.5의 마력을 소모합니다.

'역시! 올릴수록 필요한 숙련도가 올라가는 거였어!'

무작정 분배하지 않은 것은 탁월한 선택이었다.

'게다가 20레벨에 웨폰 아우라를 받았으니, 30레벨, 40레벨 올라가면서 더 좋은 스킬을 받을 수도 있는 거잖아?'

확신할 수는 없었지만, 확률은 높아 보였다. 그리고 나중에 얻을 스킬을 위해 스킬 포인트는 되도록 남겨 두는 편이 좋을 듯싶었다.

'지혜를 올린 게 도움이 된 건가?'

제닌은 싱긋 웃으며 스킬 창을 닫았다.

'장비 강화… 석?'

인벤토리를 살펴보던 제닌은 '??스톤'의 물음표가 사라지고 '이큅먼트 리인포스 스톤(하급)'이라는 이름으로 바뀐 것을 발견했다.

인벤토리에서 꺼내 살펴보자 설명이 떠올랐다.

[이큅먼트 리인포스 스톤](하급)

- 착용제한이 20레벨 이하인 장비의 성능을 강화할 수 있습니다.

- 장비에 가져다 붙이는 것으로 강화할 수 있으며 강화 성공 시 장비의 성능을 20% 상승시킵니다.

- 4회 이상 강화 시 실패할 확률이 생겨나며, 횟수가 늘어날수록 실패확률은 증가합니다. 단, 성능의 상승률 또한 증가합니다.

'강화? 설마, 여기서 성능을 더 끌어올릴 수 있다는 건가?'

제닌은 손에 들린 보호의 육중한 패왕의 검을 내려다보며 마른 침을 삼켰다.

지금도 어마어마하게 좋은 무기였다. 그런데 여기서 더 강력해 지면 어떻게 하라는 말인가!

'네 번 이상부터 실패할 확률이 생겨난다고 했으니까, 세 번까지는 괜찮다는 뜻.'

제닌은 떨리는 손으로 인벤토리에서 리인포스 스톤을 꺼내 검에 가져다 댔다.

화아악!

밝은 빛이 검을 휘감았다.

[보호의 육중한 패왕의 검(+1), 공격력 : 67-77, 무게 : 4.7kg, 내구도 : 62/62, 근력+7, 활력+4, 특수스킬 : 보호, 착용제한 : 근력 35, 레벨 20]

'고, 공격력이!'

제닌은 하나를 더 가져다 붙였다. 그리고 또 하나.

[보호의 육중한 패왕의 검(+3), 공격력 : 90-102, 무게 : 4.7kg, 내구도 : 83/83, 근력+7, 활력+4, 특수스킬 : 보호, 착용제한 : 근력 35, 레벨 20]

제닌은 멍한 얼굴로 설명을 바라보고 있었다.

뭔가 비현실적이었다.

제닌은 인벤토리를 뒤져 블러디 울프에게서 얻은 검 하나를 꺼내 들었다.

[정련된 철검, 공격력 : 8-10, 무게 : 3kg, 내구도 : 10/11]

제닌의 눈으로 보았을 때, 이름난 명검만큼은 못하겠지만, 기사들이 사용하기에도 모자람이 없는 상품의 검이었다.

그런데 여타의 능력치나 특수스킬을 제외하고 공격력만 비교해도 패왕의 검은 정련된 철검의 열 배에 달했다.

'만약 이것과 보통 무기가 부딪친다면 어떻게 될까?'

모르긴 몰라도 닿는 족족 부러지거나 잘려나갈 것이다. 게다가 웨폰 아우라를 사용하면 공격력을 2배 이상 더 끌어올릴 수도 있었다.

'이 지긋지긋한 놈의 전쟁. 확! 그냥 내가 끝내버려?'

제닌의 머릿속에 제국의 황궁에 쳐들어가 황제의 목을 날려버리는 자신의 모습이 그려졌다. 영웅이 되어 사람들의 칭송을 받는 모습이 뒤를 이었다. 징병 되어 전장에 나온 후로 종종 하곤 했던 상상이었다.

제닌은 이내 피식 웃으며 생각을 흩어버렸다.

'비록 지금은 힘들지만 내가 더 강해지고, 더 좋은 무기를 얻으면 못할 것도 없지!'

레벨 업을 하기 전의 그였다면 그저 상상으로 끝났을 일이겠으나, 지금은 달랐다. 낮은 확률이지만 실현할 가능성이 있는 것과 없는 것은 하늘과 땅 차이였다.

제닌은 파란색 부츠와 녹색 투구도 집어 들어 확인해 보았다.

[날렵한 가죽 부츠, 방어력 : 15, 무게 : 0.7kg, 내구도 : 21/23, 이동속도 20% 증가, 착용제한 : 순발력 25, 레벨 17]

[다크나이트 헬멧, 방어력 : 39, 무게 : 3.3kg, 내구도 : 34/38, 착용제한 레벨 15]

'부츠는 괜찮고, 투구는 벡스 주면 되겠네.'

이미 보호의 육중한 패왕의 검(+3)이라는 너무 대단한 물건을 보고 난 뒤여서 그런지 별 감흥이 일지 않았다.

부츠는 곧바로 착용하고 투구는 인벤토리를 열어 집어넣었다. 그러던 노중 세닌은 인벤토리 안에서 못 보던 물건 하나를 찾아냈다.

'스켈레톤 킹의… 반지? 아! 던전 클리어 보상! 이건 바닥에 떨어진 게 아니라 인벤토리로 직접 들어왔군.'

꺼내서 살펴보니 정교하고 복잡한 무늬와 큼지막한 해골 문양이 새겨진 반지였다.

'생긴 건 조금 꺼림칙한데?'

[스켈레톤 킹의 반지]

– 마력의 절반을 소모하여 스켈레톤을 소환할 수 있습니다. 소모되는 마력에 따라 소환되는 스켈레톤의 숫자와 종류가 달라집니다.

– 소환제한 : 태양을 볼 수 없는 곳.

"호오!"

설명을 읽는 제닌의 얼굴에 흥미로움이 떠올랐다.

사용했을 때의 부작용은 컸다. 자칫 사악한 흑마법사로 몰려 대륙 전역에 수배될 수 있었다.

'하지만 어디까지나 들켰을 때의 일. 부작용이 크다는 것은 그만큼 큰 사건을 만들 수도 있다는 의미야.'

무엇보다 중요한 것은 지금 상황이 전쟁 중이라는 점이었다.

'좋아! 아주 좋아!'

비록 위기를 피해 들어온 던전이었으나, 소득은 엄청났다.

"대장! 여기, 다 주워왔습니다!"

"많아! 많아!"

벡스와 마리의 밝은 목소리가 들려왔다.

아래를 살펴보니 장비도 몇 개 보였고, 붉은 물약이나 리인포스 스톤도 있었다.

제닌은 그것들을 대충 훑어본 후, 인벤토리에 쓸어 담았다.

그리고 벡스에게 녹색 투구를 건넸다.

"헉! 대장!"

벡스의 얼굴에 황송하다는 표정이 떠올랐다.

"제때 나타나 도와준 상이다."

만약 벡스가 시기적절하게 나타나 시선을 끌어주지 않았다면, 스켈레톤 킹을 처리하는 것은 한층 더 힘들었을 것이다.

"예? 전… 대장이 불러서 온 건데요?"

"응? 그건 또 무슨 소리야?"

"그게……. 대장 목소리가 들려서……."

공터와 공터 사이의 거리는 수백 미터. 게다가 제닌은 실제로 벡스를 부른 적이 없었다.

'그저 생각했을 뿐……. 설마! 벡스! 들리냐?'

"예? 들리는데요?"

'그럼 벡스가 스킬을 사용한 것도 역시 내 생각이 들려서였겠군!'

전투 도중 살짝 그런 의문을 가지기는 했으나, 사실이 있다니.

'이것도 어마어마한 소득인데?'

전투가 벌어지면 지휘관은 부하들을 지휘해야 했다. 특기와 전투력에 맞춰 적절한 장소와 상대를 정해 줘야 했다.

그런데 문제는 그것을 전달하는 방법이었다.

대규모 전략은 깃발 따위로 미리 약속된 신호를 보내지만, 소규모 전술은 그저 지휘관이 그때그때 목소리로 지정해 주는 수밖에 없었다.

목소리.

이것은 아군에게 꼭 필요한 것이지만, 반대로 생각하면 적에게도 유용한 정보를 주었다. 이것을 역으로 이용하면 도리어 아군이 큰 피해를 볼 수도 있었다.

그런데 만약 생각으로 아군에게 지시를 내릴 수 있다면 어떨까?

한 걸음 더 나아가, 목소리로 지시를 내려 적을 속이면서, 속으로는 그와 반대되는 지시를 내린다면?

제닌의 입이 귀에 걸렸다.

"밥이나 먹을까?"

제닌은 마리의 머리를 쓰다듬으며 환하게 웃었다.

"헤헤! 기다리고 있었습니다."

"꼬기! 꼬기! 많이! 많이!"

벡스는 침을 흘리며 대답했고, 마리는 방방 뛰며 고기를 외쳤다.

Ⅱ

타닥. 타닥. 치이이익.

모닥불이 타오르는 소리와 함께 식욕 돋우는 냄새가 어스름한 공터 안을 그득 메웠다.

'변화된 것은 이제 거의 다 파악한 것 같군.'

인터페이스에 새로 추가된 것은 두 가지였다.

업적과 지도.

그중 업적은 그리 쓸모가 없었지만, 지도는 어마어마한 효용성을 가지고 있었다.

대륙 전체를 아우르는 크기. 그와 더불어 부분을 확대하거나 축소할 수 있는 기능까지 담겨 있었다.

다만 아쉬운 것은 대부분이 까만 안개로 가려져 있다는 점이었다. 그래도 제닌이 한 번이라도 다녀온 곳은 세밀한 지형을 알아볼 수 있을 정도로 자세하게 표현되어 있었다.

'열심히 돌아다녀야겠군. 이왕이면 이글아이도 자주 사용하면서.'

지도를 개척하면서 스킬의 숙련도까지 올릴 수 있는 일이었다.

'그나저나 어떤 걸 선택하는 게 좋을까?'

제닌은 눈앞에 떠오른 지도를 적당히 축소해 현재 전선을 중심으로 만들었다. 그러자 드문드문 찍혀 있는 네 개의 노란 점이 눈에 들어왔다.

'보급관이 되려면 내가 있던 부대로 가면 되고, 지휘관이 되려면 3군 사령부로 돌아가면 되는군. 정찰대장은……'

제닌의 시선은 까만 안개로 가려진 부분에 찍힌 노란 점에 머물렀다.

'여긴 대충 정찰대를 운용하는 부대 정도 되려나?'

그렇게 추측한 제닌이 시선을 위로 끌어 올렸다. 현재 전선의 위, 마지막 노란 점은 원래는 크라인 왕국의 영토였다가 현재는 제국이 점령한 지역에 찍혀 있었다.

'전쟁상인? 이건 좀 뜬금없지 않나?'

다른 변화를 모두 살펴본 후, 제닌은 직업에 대해 알아보았다.

[사용자의 행동과 특성에 고려하여 추천 직업을 표시합니다. 사용자가 선택 가능한 32가지의 가능 직업 중 추천하는 직업은 보급관, 지휘관, 정찰대장, 전쟁상인 네 가지입니다. 해당 직업으로의 전직을 원하시면 지도에 표시된 지점으로 이동하십시오.]

물론 추천 직업 외의 직업도 살펴볼 수는 있었다. 하지만 농부나 도살자, 상단직원과 같은 것들뿐. 제닌이 혹할 만한 직업은 없었다.

'가장 끌리는 건 역시 지휘관인데…….'

지휘관은 부하들에 대한 통솔력을 강화하고, 더 많은 부하를 이끌 수 있다는 설명이었다. 지금의 제닌과 가장 어울리면서, 효과적인 직업.

'그런데……. 왜 이렇게 이게 끌리는 걸까?'

이성은 지휘관이라고 주장했으나, 감각은 전쟁상인을 원하는 듯했다.

'후우……. 일단 밖에 나가서 생각하자.'

머리를 내저은 제닌은 고기를 집어 질겅거리기 시작했다.

"참! 마리?"

"응!"

벡스로부터 열심히 고기를 받아먹던 마리가 쪼르르 달려왔다. 벡스가 잘 챙겨준 듯, 번들거리는 기름이 입가에 한가득 묻어 있었다.

"체! 열심히 고기 구워 준 건 난데……."

벡스의 투덜거림이 들려왔으나, 제닌은 무시했다.

"이제 곧 밖으로 나갈 거야. 마리도 계속 여기에 갇혀 있는 건 싫지?"

"응! 어둠! 싫어! 마리! 바깥 좋아!"

"그래. 그런데 밖에는 마리 동족들이 있잖아?"

"동족 아니야!"

"응?"

뜻밖의 대답에 제닌은 눈을 동그랗게 떴다.

제닌은 전에 놀 떼에게 쫓기면서 마리가 놀들 사이에서 거의 공주와 비슷한 귀한 존재라고 추측했었다. 그렇지 않고서야 고작 새끼 놀 한 마리를 찾기 위해 수만 마리에 달하는 놀 떼가 몰려올 이유가 없었기 때문이다.

그렇기에 마리를 잘 구슬려 놀 떼를 이끌고 온 대장을 설득할 생각이었다.

"동족이 아니면 뭔데?"

"마리가 높아!"

마리는 팔짝팔짝 뛰며 양팔을 위로 뻗었다. 마치 닿지 않는 천장처럼 자신의 지위가 높다는 것을 말하려는 듯했다. 이어 마리는 검지로 벡스를 가리켰다.

"놀!"

이번에는 제닌을 가리켰다.

"마리!"

정확한 설명은 아니지만, 제닌은 단번에 의미를 파악해 낼 수 있었다.

'나와 벡스의 관계라면, 마리가 밖에 있는 놀들의 대장이라는 말이야? 그런데 펫이 되기 전에는 그저 새끼 놀이었는데, 그게 대장이 될 수 있나? 몬스터의 대장은 보통 제일 강한 놈이 하는 게 원칙일 텐데?'

잠시 생각해 보던 제닌의 머릿속에 마리의 종족이 떠올랐다.

'혹시 엘더??가 놀을 다스리는 종족인가?'

정보공개 레벨의 상승으로 물음표는 대부분 사라졌지만, 마리의 종족은 아직까지 [엘더??]로 남아 있었다.

'어쨌든, 중요한 건.'

"그럼 마리가 말하면 놈들이 우리한테 달려들 일도 없겠네?"

"응! 내 말 잘 들어!"

가장 중요한 문제가 해결되었다.

'이제 나가면 되겠군.'

"벡스. 그만 투덜거리고 짐이나 챙기지?"

벡스는 투덜거림을 멈추고 주섬주섬 짐을 챙기기 시작했다. 불만이 남았는지 거북이를 연상시키는 동작이었다.

"그래. 천천히 해. 아주 천천히……. 영원히 여기서 살고 싶으면."

"헙!"

제닌의 나직한 목소리에 벡스의 움직임이 빨라지기 시작했다.

그 사이 제닌은 공터 뒤쪽으로 다가갔다.

복잡한 문양을 둘러싼 커다란 원이 눈에 들어왔다.

'이게 말로만 듣던 이동 마법진이라 이거지?'

처음에는 그저 복잡한 그림인 줄로만 알았다. 하지만 발을 올리자 그림이 빛을 내기 시작하더니 눈앞에 이런 메시지가 떠올랐었다.

바로 지금과 같이.

[던전을 탈출하시겠습니까?]

"벡스. 5초 준다!"

"벡스! 빨리! 5! 4! 3!"

마리가 발을 동동거리며 카운트를 셌다.

"으아아아! 갑니다! 가요!"

Ⅲ

'저것들 미친 거 아니야?'

카락스는 속으로 욕을 하면서도 눈에 보이는 광경을 바라볼 수밖에 없었다.

전투였다.

인간과 몬스터의 전투.

고작 백 남짓의 인간에게 수만에 달하는 놀 떼가 달려들고 있었다.

카락스는 소수의 인간이 놀 떼에 파묻혀 압사당하는 결과를 예상했다. 설령 전투를 모르는 이들도 충분히 예상할 수 있는 사안이었다.

꿀꺽.

카락스가 마른침을 삼키는 데에는 그의 예상이 빗나간 이유가 컸다.

'저것들… 대체 정체가 뭐야? 무슨 실력이!'

마치 활활 타오르는 모닥불에 모기떼가 달려드는 형국이었다. 물론 여기서 모닥불은 인간이었다.

'기사? 고위 기사?'

적어도 한 가지만큼은 확실해 보였다. 놀 떼와 싸우는 인물들은 카락스가 감히 단정 지을 수 없는 높은 수준의 무력을 갖추고 있었다.

한 시간, 두 시간… 전투는 계속 이어졌다.

놀라운 것은 놀 떼가 수천 가량 죽어가는 동안, 인간들 쪽에서는 희생자가 거의 나오지 않았다는 점이었다.

특히 커다란 바위를 등진 다음부터는 거의 일방적인 싸움이 벌어졌다. 포위되는 것을 막았고, 체력이 빠진 병력과 뒤쪽에서 대기하던 병력의 로테이션이 적절한 시기에 이루어진 까닭이었다.

또한, 죽어간 놀의 시체가 울타리처럼 둘러쳐져 놀의 접근을 방해하기까지 했다.

시간이 흐르면서 전투는 점차 소강상태에 접어들었다. 어느 순간부터 놀들이 달려드는 것을 주저했기 때문이다. 커다란 놀이 달려들었다가 쓰러진 직후였다.

'어? 저건 또?'

번쩍!

산 중턱의 동굴 입구에서 빛이 뿜어졌다. 인간과 놀 떼의 전투가 벌어지는 산자락과는 얼마 떨어지지 않은 위치였다.

그와 함께 나타난 것은 거구의 인간과 보통의 인간과 작은 인간이었다.

'아니! 저것들은, 적당히 숨어 있을 것이지! 또 왜 나오는 건데? 다시 들어가! 동굴 안으로 기어들어 가라고!'

카락스는 제닌 일행을 한눈에 알아볼 수 있었다.

IV

"안 돼!"

마리가 비명 같은 소리를 내질렀다. 그와 동시에 바닥을 박차며 산 아래쪽으로 내달리기 시작했다.

제닌과 벡스가 아직 어리둥절하고 있을 때였다.

'대체 뭐가 어떻게 된 거지?'

놀 떼가 바글바글 몰려있을 것은 예상하고 있었다. 하지만 인간과 놀의 전투는 전혀 예상치 못한 바였다.

"벡스, 쫓아가."

"옙! 마, 마리! 같이 가!"

벡스가 허겁지겁 마리의 뒤를 쫓았다.

제닌은 둘에게서 시선을 떼고 전투가 벌어지는 산자락을 내려다보았다. 동굴의 입구는 약간 돌출되어 있었고, 앞으로는 나무도 거의 없어 시야는 깨끗했다.

'갑옷은 처음 보는 양식이군. 문양은… 이글아이.'

시야가 빨려 들어가듯 확대되었다.

'문양은 없군. 지운 흔적마저 없다는 것은, 애초부터 소속

50 2

을 드러내지 않겠다는 뜻. 이런 놈들은 한 부류밖에 없지.'

제닌은 권력자의 그늘에서 더러운 일은 처리하는 자들을 뜻하는 말을 떠올렸다.

'하이에나!'

이미 마차에서 금화와 보석을 얻은 직후, 한 차례 상대해 본 적이 있었다.

제닌은 전투가 벌어지는 곳 주변에 쌓여 있는 놈들의 시체를 바라보았다. 반면 인간의 것으로 보이는 시체는 전혀 보이지 않았다.

'그때 그놈들보다는 확실히 더 낫군.'

개개인의 실력은 물론이거니와 진형도 튼실했고, 체력을 소모한 후 1선과 2선의 교대도 원활하게 이루어지고 있었다.

'저런 실력을 갖춘 놈들이 우연히 이곳에 왔을 리는 없을 테고……'

뭔가 노리는 것이 있을 것이다. 그리고 그 노리는 것 중에 자신이 포함될 확률이 높다는 생각이 들었다.

'썩어 빠진 귀족치고는 제법 빠른 움직임이야. 아니, 어쩌면 우리 왕국 놈들이 아닐 수도 있겠는데?'

"대, 대장! 대자아아앙!"

벡스의 우렁찬 목소리가 들려왔다.

'무슨 일인데?'

마음으로 묻자 벡스가 다시 고함을 내질렀다.

"약이! 약이 필요합니다!"

제닌은 벡스의 목소리가 들려온 쪽으로 달려갔다. 주변에 가득했던 놀들이 분분히 물러나며 길을 터주었다.

마리와 벡스가 있는 곳에는 다른 놀들보다 두 배는 커다란 덩치를 가진 놀이 쓰러져 있었다. 덩치 큰 놀은 가슴에 큰 상처를 입었는데, 상처 사이로 울컥울컥 피가 뿜어지고 있었다.

"아빠! 키힝! 어떡해!"

마리는 덩치 큰 놀 주변을 돌며 발을 동동 굴렀다. 어쩔 줄 몰라 하는 모습이었다.

그때, 머리를 부드럽게 누르는 느낌이 느껴졌다.

"아빠라고?"

위를 올려다본 마리의 얼굴이 환해졌다.

"제닌!"

제닌은 손에 든 붉은 물약 하나를 마리의 손에 쥐여줬다. 그리고 하나를 더 꺼내 덩치 큰 놀의 상처에 천천히 부었다.

치이이익.

물이 증발하는 소리와 함께 상처에 하얀 기포가 생겨났다. 상처가 서서히 아물어갔다.

그 사이 마리는 물약의 뚜껑을 뽑고 덩치 큰 놀의 입에 흘려 넣었다. 끊어질 듯 겨우 이어지던 호흡이 서서히 고르게 돌아왔다.

"아빠!"

눈물이 그렁그렁 맺혀 있던 마리의 얼굴이 환하게 밝아졌다.

"마리. 부하들 뒤로 물려."

"응!"

계속 뒤봤자 놀 떼의 희생만 늘어날 뿐이었다. 쫓길 때에는 적이었지만, 이제는 아군이었다.

비록 지금 보는 것처럼 제대로 된 실력자들에게는 부질없었으나, 언젠가 유용한 도움을 받을 일이 올지도 모른다. 그때를 위해서라도 지금은 전력을 보전해 주는 편이 좋았다.

키르르르! 키힝! 키르르!

마리가 알 수 없는 소리를 내지르자 인간들에게 덤벼들던 놀들이 썰물처럼 뒤로 물러났다.

"벡스. 앞장서라."

"옙!"

벡스가 살기등등한 얼굴로 앞으로 나섰다. 감히 마리의 눈에서 눈물을 뽑아낸 놈들을 가만두지 않겠다는 다짐이 엿보였다.

"엇!"

벡스와 제닌이 나타나자 중무장한 놈 중 하나가 의문 어린 목소리를 냈다. 대머리가 인상적인 인물이었다.

"맞죠? 저놈? 그렇죠?"

대머리는 뒤를 바라보며 계속 질문했다. 그러자 뭔가가 그려진 두루마리와 다가오는 제닌을 번갈아 살피던 인물이 고개를 끄덕였다.

"크흐흐흐흐! 이 쥐새끼 같은 놈! 네놈 찾느라 우리가 얼마나 고생했는지 알아?"

"훗! 그걸 내가 알아야 하나?"

제닌은 코웃음 쳤다.

"이런 개 같은!"

검을 꼬나쥔 대머리가 앞으로 달려들었다.

"벡스."

벡스가 앞을 막아섰다. 시커먼 중갑으로 온몸을 감싼 벡스의 거구는 상대에게 위압감을 느끼게 하기에 충분했다. 대머리는 약간 움찔했으나 이를 악물며 다시 달려들었다.

"하찮은 왕국의 쓰레기 주제에!"

대머리는 벡스의 얼굴을 향해 검을 내질렀다.

"흐흐!"

투구로 둘러싸인 벡스의 얼굴에 웃음이 감도는 순간, 움켜쥔 마적단의 핼버트가 날카로운 빛을 발했다.

스아아악!

챙강!

두 동강 난 검과 함께 대머리의 몸이 세로로 쪼개졌다.

"뭐! 제국의 개새끼 주제에!"

순간 정적이 감돌았다. 그리고 얼마 지나지 않아 중무장한 병력이 술렁거리기 시작했다.

"저 자식을 당장!"

"아주 찢어 죽여주마!"

'예상대로 제국 쪽 놈들이었군!'

제닌은 병력의 반응을 지켜보며 희미한 미소를 머금었다.

'그렇지 않아도 좀 이상하다고 생각하긴 했지. 그 정도 액수를 전달받는 일에 뭘 믿고 블러디 울프만 보냈는지. 언제 배신할지 모르는 마적단 출신인 놈들을 말이야.'

실제로 블러디 울프의 대장 크림슨은 배신할 마음을 가지고 있었다.

'어쩌면 처음부터 블러디 울프를 정리할 생각이었을 지도 모르겠군.'

눈앞의 병력은 블러디 울프보다 숫자도 많았고, 실력 또한 뛰어나 보였다. 만약 블러디 울프가 제닌이 운송하던 돈을 제대로 탈취했고, 배신할 기미를 보였다면 곧비로 치단할 수 있을 정도였다.

'그런데 이놈들마저 돌아오지 않으면 제국의 웃대가리들은 어떻게 생각할까? 블러디 울프와 작당했다고 생각할까? 아니면 이놈들이 따로 배신했다고 생각할까?'

처음부터 실패한다는 선택지는 없었을 것이다.

알려지기로 제닌은 평범한 십인장. 벡스 역시 평범한 하급병에 불과했기 때문이다. 그런 병사 단둘이서 블러디 울프를 상대로 싸워 이긴다는 것은 난센스였다.

　'아주 재미있어질 것 같은데?'

　금액이 큰 만큼 이 일과 연관된 것은 제국의 수뇌부일 가능성이 컸다. 그런 수뇌부의 머리를 복잡하게 만들면 그것이 곧 전쟁에도 영향을 미칠 터.

　'이왕 이렇게 된 것, 제대로 한 번 흔들어 주지!'

　제닌은 입술을 굳게 다물었다.

　'벡스. 도발.'

　생각을 전하자 벡스가 곧바로 입을 열었다.

　"어이, 개새끼들. 입으로만 깽깽거리지 말고 좀 들어오지그래? 형 심심해지려고 한다."

　'벡스. 손가락.'

　제닌의 지시를 받은 벡스가 중지를 들어 올렸다.

　"이런 쌍!"

　분을 참지 못한 몇 명이 달려들었다.

　'벡스. 한 번에 처리하지 말고 시간 끌어. 마리. 부하들보고 겹겹이 포위하라고 해. 한 명도 못 빠져나가도록 철저히 막기만 하면 돼.'

　제닌은 지시를 내린 후 놀 떼 사이로 숨어들었다.

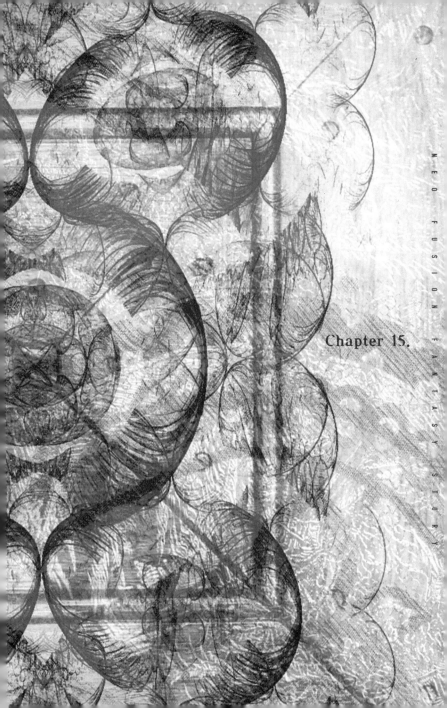

Chapter 15,

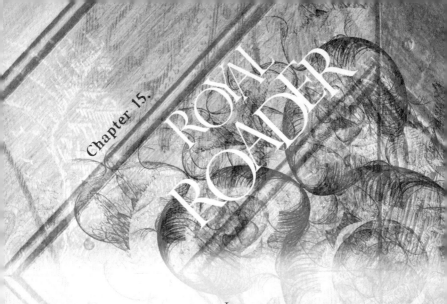

I

놀 떼로 숨어든 제닌은 병력의 등 뒤를 막은 커다란 바위
를 조용히 넘었다.

등 돌린 적의 뒤로 은밀히 다가가 입을 틀어막았다. 동시
에 단검으로 등 뒤를 찔렀다. 웨폰 아우라를 머금은 단검은
철갑을 소리 없이 뚫고 들어가 상대의 심장을 갈랐다.

"흐업!"

답답한 비명과 함께 머리 위의 붉은 막대가 빠르게 줄어
들었다. 막대가 완전히 하얗게 비워지자 부들부들 떨리던
놈이 축 늘어졌다.

'열한 명째.'

제닌은 시체의 등 뒤에 박혀 있던 단검을 뽑아들며 비릿

한 웃음을 지었다.

'벡스가 시선을 잘 끌고 있는 건가? 아니면 내가 너무 은밀한 건가?'

뭐든 좋았다. 중요한 것은 적이 알아차리기 전에 최대한 숫자를 줄여놓는 일이었다.

그때 문득 뒤를 돌아본 적과 시선이 마주쳤다.

'이런!'

재빨리 다가가 입을 틀어막으려 했으나, 안타깝게도 상대의 목소리가 더 빨랐다.

"엇! 저, 적이! 크윽!"

심장에 단검을 박아 넣기는 했지만, 순간적으로 다수의 시선이 제닌이 있는 쪽으로 돌아갔다.

"이런 쥐새끼 같은!"

무기를 꼬나쥔 이들이 제닌을 향해 흉흉한 살기를 내뿜었다.

"그런 쥐새끼한테 열 명이 넘게 당한 니들은 뭔데? 쥐벼룩이냐?"

제닌은 빙글빙글 웃으며 이죽거렸다.

'벡스. 큰 거 한 방!'

"으리얍!"

마음속으로 지시를 내리자 벡스가 내지르는 우렁찬 기합 소리가 들려왔다.

콰쾅!

제닌을 바라보는 병력 너머에서 굉음이 터져 나왔다. 놈들이 일순 움찔하는 사이 제닌은 손에 든 단검을 던지며 쇄도해 들어갔다.

'착용. 보호의 육중한 패왕의 검.'

손아귀가 묵직해져 왔다. 그와 더불어 힘이 끓어오르는 느낌이 온몸을 누볐다. 무기에 붙은 근력+7의 효과였다.

'웨폰 아우라.'

제닌의 키에 달하는 대검의 칼날에 푸른 불꽃이 넘실거리며 타오르기 시작했다.

'온몸을 감싼 철갑, 그리고 방패. 놈의 공격쯤은 가뿐히 씹어 먹을 방어력이겠지만, 그 방어를 단번에 꿰뚫을 만한 공격이라면 어떨까?'

보호의 육중한 패왕의 검의 공격력과 웨폰 아우라로 인한 공격력의 상승. 거기에 기본 공격력까지 더해지면 제닌이 낼 수 있는 공격력은 200을 가뿐히 넘어선다.

'중요한 건, 이 공격력이 얼마만큼의 효용을 가지고 있느냐 하는 점이겠지.'

이제 그것을 알아볼 차례였다.

"크악!"

먼저 던졌던 단검을 이마로 받은 적이 비명과 함께 고꾸라졌다. 제닌은 그 틈을 파고들어 푸른 불꽃이 넘실거리는 대검을 크게 휘둘렀다.

스아악.

푸른 불꽃의 잔상이 커다란 원을 그렸다. 제닌의 대검은
원 안에 포함된 적을 가르고 지나갔다.

손아귀에 전해지는 느낌이 왠지 허전했다. 무언가를 벴
다는 감촉이 거의 느껴지지 않았다. 그저 검을 공중에 휘두
른 것 같은 느낌뿐이었다.

다만, 순식간에 줄어드는 체력 막대가 제닌의 공격이 제
대로 들어갔음을 말해주었다.

풀썩. 풀썩.

제닌의 주변에 있던 적들이 짚단처럼 넘어갔다.

"오러다! 고위기사다!"

"방패 앞으로! 방어 대형으로!"

적들이 부산스러워졌다.

'이건 대체…….'

제닌은 얼떨떨한 기분으로 손에 들린 대검을 내려다보았
다. 자신이 벌인 일에 그 자신이 놀랄 정도였다.

단검으로 갑옷을 뚫었을 때와는 전혀 달랐다.

무기며 갑옷이며, 그 안에 들어 있는 육체까지 깔끔하게
잘려나갔다. 한두 명도 아닌, 주변에 있던 대여섯 명의 몸
을 갈랐음에도 손아귀에 느낌조차 전해지지 않았다.

'이놈들의 실력이 달리는 것도 아니야.'

상대는 최소한 기사급 이상의 실력에 다수의 놀 떼에 밀리지 않고 수천을 학살할 정도의 전술까지 익히고 있었다.

사실 놀 떼를 학살했던 것은 상성의 영향이 컸다. 놀이 가진 손톱이나 발톱, 어디선가 주위온 녹이 잔뜩 슬어 있는 무기 따위로는 이들의 몸을 빈틈없이 감싼 철갑을 뚫을 수가 없었기 때문이다.

그런 점을 참작하더라도 이들 정도면 기사급 중에서도 상위의 실력으로 보아야 옳았다.

'적어도 한 가지는 확실하군. 내 공격력은 기사급의 방어력 정도는 가뿐히 무시할 수 있어!'

"알스! 마빈! 데릭! 앞으로!"

적 지휘관의 목소리가 들려왔다. 슬쩍 주위를 둘러보니 거리를 둔 채로 원형의 방패 벽이 형성되어 있었다. 그와 함께 이름을 불린 것으로 생각되는 세 명이 앞으로 나섰다.

"고위 기사라고 다 같은 실력은 아니지!"

"토막을 쳐서 늑대에게 던져주마!"

세 명의 검에서 붉은 아지랑이가 피어올랐다.

'오러! 고위기사!'

'과연 이들에게도 통할까?' 라는 의문은 의미가 없었다. 직접 확인해 보면 될 일이다.

제닌이 대검을 휘둘렀다.

넘실거리는 푸른 불꽃과 붉은 아지랑이가 맞부딪쳤다.

펑!

폭음이 들려왔고, 붉은 아지랑이가 꺼진 듯 사라졌다. 푸른 불꽃이 붉은 아지랑이를 잡아먹은 듯한 모습이었다.

"이런!"

제닌과 검을 부딪쳤던 적은 황급히 뒤로 물러났고, 남은 두 명이 힘을 합해 제닌의 검을 받아냈다.

웨폰 아우라는 두 사람의 검에서 피어오른 붉은 아지랑이마저 힘으로 밀어붙였다. 두 사람의 오러는 바람 앞의 촛불처럼 흔들리다 결국 사그라졌다.

비록 오러는 사라졌지만, 세 명분의 오러는 제닌이 휘두른 대검의 속도를 완전히 늦추는 데 성공했다.

가각. 가가각.

두 명과 한 명의 힘 싸움이 검을 사이에 둔 채 벌어졌다.

'무슨 놈의 힘이!'

알스와 마빈의 얼굴에 당혹스러움이 떠올랐다.

그들이 누구던가!

끊임없이 단련한 육체는 강건했고, 그 육체에서 뿜어지는 힘은 막강했다. 특히, 고위기사가 되어 오러로 신체를 강화하는 법을 터득한 이후로, 누군가에게 힘에서 밀릴 거라는 생각을 해본 적은 없었다.

제닌의 현재 근력은 48.

40을 넘어 50에 가까워져 가는 제닌의 근력은 오러로 강화된 고위기사 두 명의 힘으로도 감당하기 힘들 정도였다.

그뿐만이 아니었다.

티틱! 티티틱!

제닌의 대검과 맞닿은 부위의 검날에 실금이 자라나기 시작했다. 100에 근접한 대검의 공격력이 막아선 검의 내구력을 갉아먹은 결과였다.

'고위기사에게도 충분히 통하고 있어!'

제닌의 입가에 만족스러운 미소가 떠올랐다.

웨폰 아우라는 고위기사 세 명의 오러를 감당해냈다. 게다가 육체적인 힘은 고위기사 두 명을 능가했고, 검의 공격력은 그것을 감당해 낼 무기가 없었다.

이것은 제닌의 마음 한구석에 있던 약간의 미심쩍음을 완전히 날려버리는 결과였다.

조금만 더 힘을 주면 막아선 칼날을 완전히 부러뜨릴 수 있었으나, 제닌은 뒤로 물러났다. 옆구리 쪽에서 느껴지는 따끔한 감각 때문이었다.

슈욱.

검의 잔영이 제닌이 있던 자리를 꿰뚫고 지나갔다. 처음에 검을 마주쳤던 적의 공격이었다.

제닌은 앞에 선 세 명의 고위기사를 둘러보았다.

"고위기사라고 다 같은 실력은 아니지."

제닌은 피식 웃으며 웨폰 아우라를 거둬들였다. 비웃음이 가득 느껴지는 그의 얼굴에는 너희 정도는 오러 없이도 이길 수 있다는 비꼼이 담겨 있었다.

"이익!"

"데릭! 거기까지!"

발끈해서 덤벼들려 하는 자가 있었으나, 지휘관이 말로 제지하며 앞으로 나섰다. 제닌과 대치했던 세 명은 자연스럽게 뒤로 물러선 형태가 되었다.

"하이어인가?"

지휘관이 나직이 물었다.

하이어higher 또는 소드 하이어.

고위기사는 원래 오러를 사용하여 인간을 초월한 능력을 보이는 이들을 총칭하는 말이었다. 하지만 단계를 정하기 좋아하는 이들에 의해 고위기사의 윗단계인 등급이 생겨났다.

그 중 하이어는 아지랑이처럼 피어올랐던 오러를 뚜렷한 검의 형태로 가공할 수 있는 경지를 뜻했다. 오러를 이용한 신체강화 역시 한 단계 발전하여 일반적인 고위기사 서넛을 너끈히 상대할 수 있었다.

그 위로 오러를 자유자재로 가공하여 활용하는 경지인 엑셀시어excelsior가 있었고, 이는 고위기사라는 분류의 최상급으로 분류된다.

물론 엑셀시어가 끝은 아니었다.

그 위로 고위기사와는 격이 다른 존재, 검의 정점, 검의 지배자라 불리는 소드 룰러ruler가 있었다.

이들은 오러의 최종 진화 형인 인텐시브 오러를 펼칠 수 있었고, 이는 같은 인텐시브 오러가 아니면 절대로 막아낼 수 없는 파괴의 섬광이었다.

'하이어라……. 그렇게 물었다는 것은 자신은 최소한 하이어 이상이라는 뜻이겠지?'

제닌은 지휘관의 얼굴을 슬쩍 바라보았다. 그의 얼굴에서 여유로움과 자신만만함이 느껴졌다.

'엑셀시어일 확률이 높겠군.'

"어떻게 보이는데?"

제닌은 지휘관의 물음에 물음으로 답했다.

설사 상대가 엑셀시어라 해도 질 거라는 생각은 들지 않았다. 엑셀시어의 오러는 웨폰 아우라를 머금은 대검으로 충분히 막아낼 수 있었고, 더불어 지금까지 보여주지 않은 스킬을 사용한다면 충분히 쓰러뜨릴 수 있다고 생각했다.

"질문은 내가 먼저 했을 텐데?"

지휘관이 살짝 얼굴을 찌푸리며 되물었다.

'한번 붙어볼까?'

제닌은 자신에게 물었다가 슬쩍 왼쪽 위를 바라보았다. 마력을 상징하는 푸른 막대가 절반 정도 남아 있었다.

'쉬운 길을 두고 굳이 어려운 길을 갈 필요는 없지.'

호승심은 있었지만, 맞붙었다가는 마력이 바닥을 기게 될 확률이 높았다. 그렇게 되면 남아 있는 적과의 전투가 곤란해질 것이다.

'바보짓은 이미 꽤 많이 했어.'

지금까지의 일들을 돌이켜 보니 굳이 하지 않아도 될 일을 해서 어려운 상황을 겪은 적이 몇 번이나 있었다.

"질문에 반드시 대답해야 할 의무가 있다면, 고문기술자들은 다 굶어 죽어야 하지 않을까?"

제닌은 대답을 하며 대검을 움켜쥐었다.

'그래. 목적만 생각하자.'

이번 전투를 통해 제닌이 얻으려는 목적은 두 가지였다.

하나는 던전에서 얻은 성과를 확인하는 것이었고, 다른 하나는 상대가 어떻게 자신을 찾아왔는지를 알아내는 것이었다.

'놀 떼에 쫓기느라 예정된 경로를 벗어났음에도 놈들은 내가 있던 동굴을 제대로 찾아왔어. 마치 내 위치를 알고 있기라도 한 듯이.'

이것을 밝혀내지 못한다면, 앞으로도 자신을 노린 추격대는 끊임없이 이어질 것이다.

'가족들도 최대한 빨리 피신시켜야.'

"지금 나를 놀리는 건가?"

지휘관이 잔뜩 찌푸린 얼굴로 물어왔다. 이에 제닌은 빙그레 웃으며 대답했다.

"쯧! 그렇게 눈치가 없어서야……. 그 눈치로 밥은 잘 얻어먹고 다니냐?"

물음과 동시에 제닌은 대검을 등 뒤로 휘둘렀다.

스거걱.

제닌의 대검은 등 뒤에서 몰래 접근하던 적의 몸통을 가르고 빠져나왔다.

"끄어어억!"

등 뒤에서 들려오는 비명에 제닌은 비릿한 미소를 머금었다.

"훗! 눈치는 없어도 잔대가리는 좀 굴릴 줄 아는 모양이야?"

지휘관의 눈썹이 격렬하게 꿈틀거렸다. 그와 동시에 그의 손에 들려있던 검에서 피처럼 붉은 오러가 솟구쳤다.

"곱게 죽을 생각은 하지 마라. 네 놈이 모든 걸 토설할 때까지 잘근잘근 다져줄 테니!"

"호오! 의외로 우리 통하는 게 있는데?"

슈우욱!

붉은 오러가 제닌을 향해 쇄도했다. 거리가 꽤 있음에도 검의 궤적에 따라서 오러는 채찍처럼 길게 늘어났다. 오러를 자유자재로 변형할 수 있는 소드 엑셀시어의 기예였다.

'엑셀시어.'

제닌은 입술을 꾹 깨물며 옆으로 이동했다. 그러자 길게 늘어난 오러가 뱀처럼 요동치며 제닌의 가슴을 찔러왔다.

제닌은 대검을 비스듬히 세워 오러의 경로에 가져갔다.

치치치칭!

오러가 대검의 날을 타고 흘러가며 선명한 불똥을 만들어냈다. 그리고 더 이상의 변화를 만들어내지 못한 채 사그라졌다.

제닌은 슬쩍 검의 정보를 살펴보았다. 1의 내구도가 깎여나가 있을 뿐, 그 외의 수치는 변화가 없었다. 외형 또한 이 하나 빠진 것 없이 멀쩡했다.

'훌륭해!'

진한 미소가 제닌의 입가에 새겨졌다.

슈슈슉!

송곳처럼 날카로운 오러가 세 갈래로 나뉘어 제닌을 찔러왔다. 평범한 사람에게는 세 갈래로 보였겠으나 제닌의 눈에는 찔러오는 오러들 사이의 시간차가 확연하게 보였다.

제닌은 대검의 날을 세워 비껴내며 슬금슬금 뒤로 물러났다. 그리고 어느 순간 바닥을 구르며 대검을 휘둘렀다. 대검의 경로에는 방패 아래로 드러난 기사들의 발목이 놓여 있었다.

"끄아아악!"

처절한 비명이 터져 나왔고, 지휘관은 볼살을 부들거리

며 더욱 맹렬히 공격해 왔다.

"어이쿠! 웃차! 엇! 이번 건 좀 위험했는데?"

제닌은 쏟아지는 공격들을 유유히 피하거나 흘려내며 지휘관의 화를 돋웠다. 그러면서 제닌은 집요하게 기사들을 노렸다.

화가 날수록 지휘관의 공격은 점차 단순해졌고, 기사들은 죽거나 불구가 되었다.

"크아아아! 이놈! 네놈이 기사라면 피하지 말고 맞서라!"

쩌렁쩌렁 울려 퍼지는 지휘관의 목소리. 하지만 제닌은 피식 웃을 따름이었다.

"나, 기사 아닌데?"

실제로도 그러했다. 물론 천인장의 직위가 기사 서임을 받은 것과 같은 효력을 지니긴 했으나, 정식 기사가 된 것은 아니었다.

지휘관의 공격은 더욱더 맹렬해졌다. 하지만 제닌은 다람쥐처럼 피해내며 착실하게 적 기사들의 숫자를 줄여나갔다.

"천한 놈! 네놈은 검을 든 자의 명예도 없느냐!"

"명예? 그게 뭔데? 그 명예가 밥이라도 먹여줘? 죽은 사람도 막 살리고 그래?"

"으아아아아아!"

포효를 내지르던 지휘관은 붉게 충혈된 눈으로 제닌을

노려보았다.

"허! 이러다 눈빛으로 사람도 죽이겠는데?"

제닌의 감탄에 지휘관은 머릿속에서 무언가가 끊어지는 듯한 느낌을 받았다.

"절대로! 절대로 곱게 죽이진 않겠다!"

그의 검에 어려있던 오러가 검의 궤적에 따라 길게 늘어났다. 그리고 검을 벗어나 제닌을 향해 날아오기 시작했다.

'플라잉 오러!'

이는 엑셀시어 중에서도 완숙한 이들만 펼칠 수 있는 기예였다.

제닌은 허리를 노리고 날아오는 플라잉 오러를 훌쩍 뛰어넘었다. 그러자 제닌의 뒤쪽에 있던 기사들의 얼굴에 경악으로 일그러졌다.

"피, 피해!"

누군가 더듬거리는 목소리로 외쳤으나, 플라잉 오러는 이미 기사들의 몸을 파고든 이후였다.

"크아아아아악!"

또다시 대여섯 명의 기사가 피를 토하며 쓰러졌다.

'완전히 관통하지는 못했군. 파괴력만 따지자면 웨폰 아우라를 사용한 내 쪽이 위야.'

제닌은 머릿속으로 결과를 분석하는 와중에도 입을 쉬지 않았다.

"어이쿠! 이런! 싸우면서 정이 든 것은 이해하지만, 그래도 부하들을 죽일 필요까지는……."

"이, 이, 이! 이!"

지휘관은 씩씩거릴 뿐, 채 말을 잇지 못했다.

"아! 그러고 보니 내가 인사를 깜빡했네. 고마워! 아주 많이!"

"으아아아아아!"

다시금 제닌을 향해 플라잉 오러가 날아들었다.

제닌은 지휘관을 중심으로 원을 그리며 돌았고, 계속 입을 놀리며 성질을 긁었다.

"피, 피해!"

"흩어져! 흩어져서 엎드려!"

기사들은 사방으로 쏟아지는 플라잉 오러를 피하고자 메뚜기처럼 날뛰었다. 하지만 그들의 뒤에는 벡스가 있었다.

벡스는 마적단의 핼버트로 플라잉 오러에 정신을 빼앗겨 버린 기사들의 혼을 빼앗았다.

"그, 그만하십시오!"

"흥분을 가라앉히셔야 합니다!"

"놔라! 이것 놔! 저놈을! 저놈을 갈가리 찢어 놓아야 한단 말이다!"

지휘관의 발광은 물러나 있던 고위기사 세 명이 달려들어 제압한 후에야 겨우 멈췄다. 적 기사들의 숫자는 이제 손으로 꼽을 수 있을 정도밖에 남지 않았다.

'허……. 이거 이렇게 쉬워도 되는 건가?'

주변을 훑어보던 제닌이 다 얼떨떨할 정도로 황당한 결과였다.

지휘관은 언제나 냉철한 사고로 임무의 성공을 위한 최선의 판단을 내려야 한다. 이것이 지휘관이 갖춰야 할 가장 기본적인 덕목이었다.

지휘관이 제 분을 못 이겨 제 손으로 부하들을 학살하는 일은 있을 수도 없었고, 있어서도 안 되는 일이었다.

'이거 귀한 집에서 곱게 자란 놈인가? 온종일 칼춤만 추느라 정신 수양 따위는 아예 제쳐놓은? 그게 아니면 벡스처럼 타고난 바보?'

무엇이 됐든지 적 지휘관이 아군보다 더 큰 도움을 준 것만큼은 확실한 사실이었다.

'벡스의 술래잡기가 사람에게도 통하는지 시험해 보려고 했는데……. 이건 뭐, 그럴 필요도 없겠군.'

"이것 놔라! 명령이다! 당장 놓지 않으면 네놈부터 죽여버리겠다!"

지휘관은 제압된 상태에서도 계속 팔다리를 버둥거렸다. 그 사이 그를 붙잡은 고위기사들이 눈빛을 교환했다.

"죄송합니다. 소영주. 죄는 죽음으로 갚겠습니다."

고위기사 중 한 명이 침중한 얼굴로 중얼거리며, 손날로 지휘관의 뒷목을 내리쳤다.

'소영주?'

제닌은 눈을 반짝였다.

'하이에나가 아니었어?'

하이에나는 신분이 비천하거나, 죄를 지은 자들로 구성
되는 것이 일반적이었다. 아무리 더러운 일이라도 묵묵히
감내하며 손을 더럽힐 수 있는 자들.

그렇기에 더더욱 '소영주'라는 단어가 시사하는 바가 컸
다.

'평범한 도발에 미쳐 발광하던 이유가 설명되는군. 곱게
자란 어린놈이었어.'

제닌은 미미하게 고개를 끄덕였다.

'이곳으로 온 것은 쉽고 안전하지만 내세울 수 있는 공
을 세우기 위함이겠지? 20만 골드는 제국에서도 허투루 볼
수 없는 큰 금액이니까. 게다가…….'

제닌은 열심히 눈빛을 교환 중인 고위기사들을 바라보았
다.

'서늘이 가신이라면 이야기는 훨씬 쉬워지지.'

제닌이 생각을 마쳤을 즈음, 고위기사들의 눈빛 교환 역
시 끝났다.

"전원 돌격! 뚫고 지나간다!"

"우오오오오오!"

한 고위기사의 외침에 멀쩡하게 남아 있던 기사들이 일제히 함성을 내질렀다.

'훗! 누구 마음대로?'

그들이 방향을 잡고 돌격하려던 찰나, 제닌은 벡스를 떠올리며 뜻을 전했다.

'벡스. 술래잡기.'

"으아아아아아! 대자아아아앙!"

벡스의 고함이 터져 나왔다.

막 뛰어가려던 기사들의 시선이 움찔거리며 움직이기 시작했다.

"이, 이게 뭐야!"

"가, 갑자기!"

발이 떨어지지 않았다. 그리고 자꾸만 고개가 돌아가려 했다. 아무리 힘주어 다잡아도 고개는 계속해서 귀에 거슬리는 목소리가 들려오는 쪽으로 돌아갔다.

쿵쿵쿵쿵쿵쿵!

벡스의 육중한 몸이 기사들 사이를 지나쳤다.

"으아아아아아! 대자아아아앙!"

다시 한 번 터져 나온 벡스의 목소리.

턱, 턱턱, 터덕턱턱.

기사들의 발이 떨어지기 시작했다. 그 방향은 벡스의 등 뒤를 향하고 있었다.

"모, 몸이 저절로!"

"발이! 발이 마음대로!"

어미를 따르는 새끼오리처럼, 기사들이 벡스의 뒤를 따르기 시작했다.

"크윽! 사이한 술법 따위에 굴할 수 없다!"

"기, 기사의! 긍지를!"

고위기사들의 입가에 붉은 핏물이 흘러내렸다. 입술을 깨물면서까지 흐트러지려는 정신을 다잡는 모습이었다.

띠링!

[강인한 정신력을 발휘해 고위기사 알스가 술래잡기에 저항하였습니다.]

[고위기사 마빈이 술래잡기에 저항하였습니다.]

[고위기사 데릭이 술래잡기에 저항하였습니다.]

제닌의 눈앞에 메시지가 떠올랐다.

"호오! 만능은 아니라는 건가?"

제닌은 호기심 어린 얼굴로 부들부들 떨고 있는 고위기사들을 바라보았다.

"크아이아! 같이 죽자!"

"네놈만큼은 막아내겠다!"

고위기사 두 명이 제닌을 향해 달려들었다. 나머지 한 명은 지휘관을 둘러업은 채 도망치려 했다.

"의지도 대단하고, 노력도 가상하다만……."

제닌은 자신을 향해 휘둘러지는 두 개의 검을 바라보며 싱긋 웃었다.

'1!'

시야가 이지러졌다. 다시 돌아온 시야에는 지휘관을 둘러업은 고위기사의 뒤통수가 놓여 있었다.

제닌은 대검을 돌려 손잡이 부분으로 고위기사의 뒤통수를 때렸다. 그냥 죽이기엔 그가 가진 정보가 아쉬웠다.

빠각!

고위기사는 달려가는 자세 그대로 고꾸라졌고, 제닌은 바닥에 내동댕이쳐진 지휘관의 목에 대검을 겨눴다.

제닌을 향해 달려들었던 두 고위기사의 얼굴이 흙빛으로 물들었다.

"계속 할까?"

제닌은 사악해 보이는 미소를 머금은 채 두 고위기사에게 물었다.

주르륵.

지휘관의 목덜미를 타고 붉은 핏물이 흘러내렸다.

"나야 어떡하든 별 상관은 없고. 어차피 남는 입이야 많으니까."

"크윽!"

"비겁한 놈! 인질을 잡고 협박하다니!"

분노에 몸을 떠는 고위기사를 바라보며, 제닌은 빙긋 웃으며 대꾸했다.

"비겁한 놈들! 두 명을 잡으려고 백 명이나 덤비다니!"

고위기사의 말투를 흉내 낸 대꾸에 고위기사의 얼굴은 붉으락푸르락 물들었다.

"다 상대적인 것 아니겠어? 인질로 잡힌 상관 때문에 죽어가는 부하들을 나 몰라라 하는 것처럼 말이야. 부하들이 너희를 어떻게 생각하겠어?"

"개소리! 우린 영광스러운 에이서스 제국의!"

"데릭!"

옆에 있던 고위기사가 데릭의 말을 막았다.

'마빈이라고 했었나?'

제닌은 데릭의 말을 끊은 자를 바라보았다.

"아! 네가 말하고 싶다고? 물론, 거절해도 좋아. 대신 이 놈에게 물어보면 되니까."

제닌은 지휘관의 몸을 발로 툭툭 건드렸다.

사실 지휘관이 인질로 잡힌 순간부터 상황은 끝났다. 저들에게 남은 것이라고는 힘들게 정보를 토해내느냐, 쉽게 토해내느냐 하는 점뿐이었나.

"우리, 쉽게 가자고. 피는 이미 볼 만큼 봤잖아?"

제닌은 치아를 드러내며 하얗게 웃었다. 고위기사들의 눈에는 악마의 미소와 다를 바 없었다.

Ⅱ

심문은 순조롭게 진행되었다.

사실 심문이랄 것도 없었다. 고위기사들은 제닌이 묻지 않은 것까지 술술 털어놓았다. 그런 뒤 그들은 제닌에게 요청했다. 자신들을 죽여달라는 요청이었다.

제닌도 그들의 뜻을 이해할 수 있었다.

'남아 있는 가족.'

그들은 최후의 순간 제닌에게 자비를 구했다. 그들의 목숨이 아닌, 지휘관의 목숨이었다. 체내의 마나를 억제할 수 있는 수갑과 족쇄까지 건네주며 제발 죽이지 말고 포로로 삼아 달라고 간청했다.

제닌은 그들의 생명을 거두면서도 씁쓸한 마음을 감출 수 없었다.

'이게 다 힘이 없어서 그러는 거야.'

고향에 두고 온 가족을 생각하니 고위기사들의 행동이 남의 일 같지가 않았다.

'더 큰 힘을 얻어야 해. 누구도 함부로 할 수 없을 정도의 강자가 되거나, 강대한 세력을 기르거나.'

제닌은 입술을 깨물며 아래를 내려다보았다.

세상모르고 기절해 있는 지휘관의 모습에 괜스레 배알이 뒤틀렸다.

'아인스 드 카시어스. 네놈의 피는 은색이냐? 금색이야?'

제닌은 주먹을 꾹 움켜쥐었다가 다시 풀었다.

어차피 포로로 삼을 생각이었다. 죽일 게 아니라면 괜스레 원한을 늘릴 필요가 없었다.

죽이는 것도 깔끔한 방법이기는 했으나, 그러기에는 한 가지 걸리는 점이 있었다.

바로 아인스의 가문에서 제닌에 대한 정보를 확보하고 있다는 점이었다. 애초부터 아인스를 이곳으로 파견한 이유가 제닌을 잡아 빼돌린 재물을 되찾기 위함이었다.

'카시어스 후작가? 내가 알 정도로 유명한 가문이라면 부와 권력이 어마어마하겠지. 그럼에도 만족하지 못하고 적국의 귀족들에게 상납을 받다니……'

여기나 저기나 지배층은 썩었다는 생각에 제닌은 더욱 착잡한 표정을 지었다.

지휘관은 카시어스 후작가문의 후계자였다. 그런 인물을 죽인다면, 카시어스 가문은 대륙 끝까지라도 제닌을 쫓을 것이다.

'하지만 포로로 잡아 사령부에 넘기면, 적어도 내부의 적만큼은 확실히 제거할 수 있지.'

제닌은 뒷일을 수습하기 힘들어 직접 심문하지 않았지만, 아스트 백작은 다를 것이다. 심문을 통해 최대한 많은 것을 알아내려 할 것이고, 자연스럽게 카시어스 후작가와 연관된 왕국의 귀족들을 알아낼 터였다.

또한, 원하는 정보를 얻어낸 다음에는 거한 몸값을 받아낸 후에 아인스를 돌려보낼 것이다. 그렇게 되면 카시어스 가문의 표적은 제닌이 아닌 아스트 백작이 될 가능성이 높았다.

'그야말로 돌 하나로 두 마리 토끼를 잡는 셈!'

제닌은 흡족한 웃음을 지었다. 짧은 시간 동안 이렇게까지 생각해 낸 자신에 대한 웃음이었다.

'그나저나 추격이 더 붙기 전에 이걸 지워야 하는데.'

제닌은 손바닥을 내려다보았다. 다른 손에는 한 뼘 크기의 수정판이 들려 있었다.

금화가 담겨 있던 궤짝에는 만지면 표식이 생기는 마법 가루가 묻어 있었고, 수정판은 그 표식을 추적할 수 있는 마법 물품이었다.

수정판의 한가운데에는 붉은 점이 반짝이고 있었다. 미니맵에 익숙한 제닌은 그 붉은 점이 자신을 나타낸다는 것을 한눈에 알아볼 수 있었다.

'미니맵과 비슷한 원리라는 말이지……'

문득 미니맵을 바라보던 제닌의 눈에 의문이 떠올랐다.

'이건 또 언제 생겼지?'

사방이 녹색 점으로 가득한 곳에, 연한 푸른 점 하나가 눈에 들어왔다. 방향을 살펴보니 푸른 점은 맞은 편의 산에 찍혀 있었다.

'벡스, 잠깐 이리와 봐. 대답은 하지 말고.'

제닌은 죽은 적의 몸에서 장비를 떼어 내고 있는 벡스를 불러들였다.

'벡스, 여기 누워 있는 자식 잘 지켜보고 있어. 대답은 하지 말고.'

벡스가 고개를 크게 끄덕였다. 제닌은 벡스에게서 시선을 거두며 푸른 점이 찍혀 있는 방향을 살펴보았다.

'이글아이.'

시야가 급격히 확대되었다.

'어? 저거, 카락스인가 하는 놈 아닌가?'

맞은편 산의 중턱. 나뭇가지 위에 서서 아래를 내려다보는 카락스의 모습이 그대로 눈에 들어왔다. 시선을 마주치자 흠칫 놀라는 모습이었다.

'왜 왔는지는 모르겠지만, 덕분에 안심할 수 있겠어.'

제닌은 포로로 잡은 아인스를 벡스의 손에 맡겨 사령부로 돌려보내고 따로 행동할 생각이었다. 하지만 그런 중요한 일을 벡스에게 맡긴다는 것이 영 미덥지 않았다.

그런데 이런 상황에서 카락스의 등장은 제닌으로서는 환영할 수밖에 없는 일이었다. 일단 아스트 백작이 신뢰하는 아군이었고, 적어도 벡스보다는 훨씬 똑똑할 터였다.

제닌은 빙긋 웃으며 팔을 들었다. 그리고 손목을 까딱거리며 다가오라고 손짓했다.

카락스가 어리둥절한 얼굴로 고개를 갸웃거렸다. 나뭇가지 사이로 가려진 자신의 모습은 쉽게 발견할 수 없었기 때문이다.

하지만 제닌이 계속 손짓하자 카락스는 긴가민가하면서도 산에서 내려오기 시작했다.

'어? 그런데 이건 또 뭐지?'

제닌의 시선은 손바닥에 고정되어 있었다. 까딱거리는 손바닥에 은은한 빛이 듬성듬성 묻어 있었다.

'설마, 이게 그 마법 가루인가?'

제닌은 온몸을 살펴보았다. 은은한 빛은 그의 손과 발부분에 집중되어 있었다.

'궤짝을 열고, 부수고……'

금화를 얻었을 때의 일을 떠올리던 제닌의 얼굴이 환하게 밝아졌다.

'눈에 보인다면, 절반은 성공한 거야. 이것저것 시도해보면서 통하는 방법만 찾아내면 돼!'

제닌은 산에서 내려오는 카락스가 복덩이처럼 보였다. 카락스 덕분에 마법 가루를 해결할 실마리를 찾았기 때문이다.

'첫인상은 별로였지만, 이번 일로 용서해주지.'

좋은 일이 연달아 생기니 없던 아량까지 생겨났다.

'마리. 부하들한테 길 좀 열어달라고 해. 맞은편 산에서

이쪽으로 오는 사람이 있을 거야.'

마음으로 지시하자 곧 알아들을 수 없는 놀의 언어가 울려 퍼졌다. 그리고 얼마 지나지 않아 마차 한 대가 지나갈 정도의 길이 생겨났다. 정확히 맞은 편 산자락과 연결되는 길이었다.

'이게 대체… 어떻게 된 일이지?'

카락스는 마른 침을 삼키며 놀 떼 사이로 난 길을 바라보았다.

'설마 놀 떼를 마음대로 움직일 수 있는 건가?'

바짝 긴장한 상태로 한 걸음 내디뎠다. 놀 떼는 인간에 대한 적대감을 담아 카락스를 경계하면서도 움직이지는 않았다.

그렇게 중간쯤 왔을 때, 카락스의 머리를 때리는 생각이 있었다.

'서, 설마! 들통 난 것은 아니겠지?'

당황스러움에 잠깐 잊고 있던 사실이 떠올랐다. 바로 마리를 납치하여 제닌의 마차 주변에 던져둔 일이었다.

만약 그 행동이 없었다면 이렇게 많은 놀 떼가 모여드는 일도 없었고, 제닌이 쫓기는 일도 일어나지 않았을 것이다.

'모, 모르겠지. 모를 거야. 알 리가 없어!'

발각되면 큰일이었다. 상관을 살해할 의도로 받아들여도 카락스로서는 할 말이 없었기 때문이다.

멀찌감치 떨어진 곳에 서 있는 제닌의 모습이 눈에 들어왔다. 미소 띤 얼굴이 마치 무언가를 알고 있다는 것처럼 느껴졌다. 물론 찔리는 게 있는 카락스였기에 그렇게 보였을 따름이다.

'아, 알면 어떻게 되지? 그럼 난…….'

카락스의 발걸음이 주춤거리기 시작했다. 도둑이 제 발 저린 다는 말은 괜히 나온 말이 아니었다.

'저 인간 표정이 왜 저러지? 무슨 똥 마려운 강아지도 아니고…….'

제닌은 안절부절못하는 카락스의 모습을 바라보며 의아함을 느꼈다.

'놀 떼에 대한 걱정? 그런데 왠지 그것뿐만이 아니라는 생각이 드는 데?'

그의 감각이 뭔가 다른 이유가 있다고 외쳤다.

'슬쩍 한 번 긁어볼까?'

제닌의 생각은 그대로 말로 나타났다.

"카락스라고 했나? 이곳에는 무슨 일이지?"

"아, 그게……."

"그런데 목이 너무 뻣뻣하군."

"예?"

"한때는 내가 아래였지만, 이젠 내가 엄연히 위에 있는 걸로 아는데 말이야. 카락스 백인장."

카락스는 당황스러운 얼굴로 머뭇거리다가 뭔가를 떠올린 듯한 표정을 지었다.

"추, 충!"

"큼! 엎드려 절 받는 것이 그리 좋은 기분은 아니군. 그런데 왜 내가 묻는 말에 대답을 안 하지? 내 말이 우습게 들리나?"

"예? 무, 무슨……. 아! 그게……."

카락스가 뭔가를 떠올린 듯하자, 제닌이 그의 말을 자르고 들어왔다.

"큥! 이곳에 왜 왔는지 묻지 않았나? 자네는 상관에게 말을 두 번씩 시키는 이상한 버릇이 있군. 그건 매우 좋지 않은 버릇이야."

"아! 죄, 죄송합니다."

카락스가 식은땀을 삐질삐질 흘리며 고개를 숙였다.

쉴 새 없이 몰아치는 제닌의 질문 공세에 카락스는 정신이 혼미해질 정도였다.

"그게, 그러니까 제가 이곳에 온 이유는 아스트 백작님, 그러니까 사령관님께서……."

카락스가 더듬거리며 설명을 이어나갈 때, 제닌은 그의 말을 자르며 물었다.

"자네, 왜 그랬나?"

"헉! 그, 그걸……."

카락스가 소스라치게 놀랐다. 그 모습에 제닌은 회심의 미소를 지었다.

'걸려들었어!'

카락스가 뒷말은 삼켰지만, 제닌은 뒤에 이어질 말이 '어떻게 알았지?'라고 유추할 수 있었다.

즉, 카락스가 뭔가를 했다는 말이 된다. 또한, 그의 태도로 볼 때, 그것은 잘못일 확률이 높았다. 그동안 부하들을 다뤄본 경험에 의하면 거의 확실했다.

"그걸 어떻게 알았냐고?"

제닌이 의미심장한 미소를 띠며 카락스를 바라볼 때였다. 어느새 다가왔는지, 마리가 카락스 주위를 맴돌며 코를 킁킁거렸다.

"알아! 나! 이 냄새!"

"응? 마리, 그게 무슨 말이지?"

제닌이 바라보자 마리는 작은 입술을 열심히 움직이기 시작했다.

"이 냄새! 옮겼어! 마리! 밤! 제닌 만나던 밤! 마리 옮겼어. 제닌한테!"

아직 제대로 된 문장을 구사하지는 못했지만, 중요한 내용은 알아들을 수 있을 정도였다.

즉, 카락스가 마리를 납치해 제닌의 근처로 옮겼고, 그 덕분에 제닌은 수많은 놀 떼에 쫓기는 상황을 맞이하게 되었다는 내용이었다.

마리의 말이 끝나는 순간 카락스의 얼굴은 흙빛으로 물들었다.

제닌은 눈을 빛내며 카락스를 바라보았다.

"그러니까……."

제닌의 눈빛이 한순간 싸늘하게 변했다.

"날 죽이려 한 거네?"

"헙! 아, 아닙니다! 절대로 아닙니다! 저는 전혀 그럴 의도가……."

"의도가 아니었다? 그럼 나도 의도가 아닌 게 뭔지 보여 줄 수 있는데. 아주 뼈저리게!"

제닌은 말과 함께 슬쩍 대검을 들어 올렸다.

흉흉한 기세에 카락스는 제닌의 앞에 납작 엎드릴 수밖에 없었다.

"잘못했습니다! 죽을죄를 지었습니다! 한 번만 살려 주십시오!"

"대가는?"

카락스는 대답할 수 없었다. 그저 제닌이 관대한 처분을 내려주기를 간절히 기원할 따름이었다.

"무, 무엇이든 시키시는 대로……."

카락스는 두 눈을 질끈 감았다.

'이걸 어떻게 써먹지?'

제닌은 부들부들 떠는 카락스를 바라보며 그를 이용할 방법을 떠올려 보았다. 그러던 도중 문득 벡스에게 시선이 돌아갔다.

씨익.

제닌의 입꼬리가 급격히 치솟았다.

"벡스야! 막내 받아라!"

"예?"

카락스가 눈을 둥그렇게 뜨며 되물었다.

"우오오오! 대장! 정말입니까? 막내요?"

벡스가 괴성에 가까운 목소리로 되물었다.

"그, 그러니까 저더러 저…… 아래 서열로 들어가라는 말씀이십니까?"

카락스는 조심스럽게 되물었다. 그는 '저'라는 말을 상당히 길게 끌었는데, 그 안에는 '무식한 놈'이라든지, '덜 떨어진 놈' 같은 단어가 포함될 확률이 높았다.

"왜? 싫어?"

제닌은 대검의 날을 천천히 쓰다듬으며 대꾸했다. 싫다면 그대로 휘두를 기세였다.

'그러고 보니……. 오러를 사용했었어. 고위기사, 아니 하이어 이상일 수도 있어!'

꿀꺽!

카락스는 마른 침을 삼키며 조심스럽게 되물었다.

"저······. 그런데 저는 쉐도우리스의 전대장입니다만······."

"왜? 네 부하도 같이 들어오려고? 하긴, 너도 막내보다는 그편이 더 좋겠지?"

"아, 아니······. 그게 아니라······. 저는 사령관님께서 직접 임명한······."

"아 씹!"

제닌이 말을 끊었다. 그리고 눈을 부릅뜨며 카락스를 윽박질렀다.

"왜 이렇게 말이 길어? 싫어? 좋아? 딱, 그것만 말해."

카락스는 결국 고개를 끄덕일 수밖에 없었다.

'사령관님께서 해결해 주실 거야.'

그에게 남은 유일한 희망이었다.

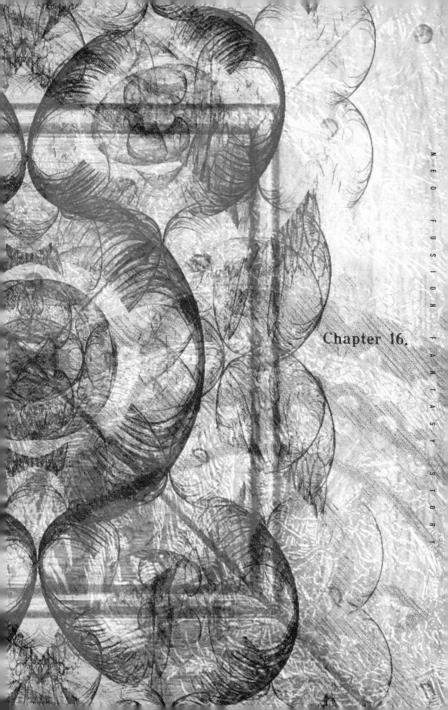

Chapter 16.

Chapter 16.
ROYAL ROADER

I

"흐음……. 이래서야 독립작전권이 의미가 없는 것 같은데?"

제닌은 불만 어린 얼굴로 중얼거렸다. 그의 시선은 손에 든 종이에 있었는데, 카락스가 들고 온 아스트 백작의 지령서였다.

독립작전권을 가지고 있다고 해서 무엇이든 지휘관 마음대로 할 수 있는 것은 아니었다.

상부에서 제시한 커다란 방향에는 따라야 했다. 그렇지 않고 중구난방으로 날뛰면 전쟁 자체를 수행하기 어려워졌다.

독립작전권의 묘미는 그 방향으로 가는 방법을 지휘관의 뜻대로 정할 수 있다는 점이었다.

만약 그마저도 상부에서 간섭해 버리면 장기판의 말처럼 지시에 따라 움직이는 다른 부대와 다를 바가 없게 된다.

지령서가 제시한 방향은 '후방교란' 이었다. 그뿐만 아니라 여러 가지 조언들도 포함했다.

"단순한 조언일 뿐이야. 솔직히 도움도 돼. 하지만 이래 버리면……"

제닌은 눈앞에 띄워 둔 지도창과 지령서에 그려진 지도를 비교해 보았다.

지도창에 찍힌 노란 점의 위치와 지령서에 그려진 지도가 나타내는 곳이 일치하고 있었다. 물론 지도 창의 노란 점은 까만 안개로 가려져 있었으나, 드러난 다른 곳과 지형을 비교해보면 정확히 일치함을 알 수 있었다.

그렇지 않아도 제닌은 그곳으로 가려 했다. '전쟁상인' 으로의 전직을 위해서였다.

"이러면 위에서 시키는 대로 움직이는 것 같잖아!"

시키는 대로 움직이는 것. 제닌의 신경을 거슬리게 한 것은 바로 이 부분이었다.

'첫 작전' 이었다.

매번 상부의 지시대로만 움직이다가, 자신의 판단에 따라 움직이는 첫 작전. 제닌으로서는 비중을 둘 수 밖에 없는 중요한 일이었다.

그런데 막상 자신이 하려던 것과 상부의 지시사항이 겹

쳐 버리니 김이 샐 수밖에 없었다.

마치 '오늘부터 열심히 공부해야지!' 하고 다짐하는 제자에게 '공부 좀 열심히 해!' 라는 스승의 타박이 떨어진 것과 마찬가지의 상황.

사실 객관적으로 따져보면 괜한 불평이었다.

아스트 백작의 지령은 참견이라기보다는, 배려에 가까웠기 때문이다.

그는 이제 첫 작전에 나선 제닌이 헤매지 않도록 지도를 첨부해주었고, 제국의 신분패도 마련해 주었다. 그것도 무려 남작의 신분패였다.

그뿐만 아니라 적지에서 그에게 도움을 줄 동조자까지 제공해주는 섬세한 배려를 했다.

'기분은 살짝 나빠도, 이번에는 어쩔 수 없으니.'

또한, 제닌이 그곳으로 가야 할 진정한 이유는 따로 있었다. 지휘관 전직이 표시된 노란 점이 사라지고 전쟁상인으로 전직하는 곳에 겹쳐졌기 때문이다.

'이 지령서 때문인 것 같기는 한데……. 뭐, 일단 그곳에 가보면 알게 되겠지.'

제닌은 지령서를 인벤토리에 집어넣은 후, 종이를 꺼내 뭔가를 적어 내려가기 시작했다.

하지만 얼마 지나지 않아 미간이 살살 찌푸려지기 시작했다.

멀찌감치 떨어진 곳에서 들려오는 소음 때문이었다.

"벡스! 군기 잡는 것까지는 좋은데, 조용히 좀 하란 말이다! 자식아!"

"옙! 대장!"

벡스의 우렁차게 대답했다.

"야! 카락스! 너 지금부터 소리 내면 죽을 줄 알아! 알았냐?"

벡스는 아주 신이 난 듯 보였다. 그는 지금까지 그가 받았던 선임들의 사랑을 그대로 카락스에게 나눠주는 중이었기 때문이다.

'어휴! 저 돌대가리를 어떻게 하지? 쯧! 막내라니까 진짜 막내로 대하네.'

사실 카락스는 오백인 장의 직위를 가지고 있었다. 비록 정식 편제는 아니었으나 백인장들 사이에서 공대받는 직위라는 것은 분명했다.

또한, 그는 3군의 사령관인 아스트 백작이 직접 조직한 쉐도우리스의 전대장이기도 했다.

직위로 보나 직책으로 보나 벡스보다 아래가 아니었다. 다시 말해, 카락스는 결코 벡스가 함부로 대할 만한 사람이 아니라는 의미였다.

'쯧쯧! 저걸 나중에 어떻게 감당하려고?'

지금 당장은 카락스가 굽혀줄 것이다. 제닌에게 지은 죄가 있었기 때문이다. 그런데 사령부로 복귀한 후로 벡스와 카락스의 상황은 역전될 확률이 높았다.

이어지는 수순은 벡스가 카락스에게 했던 일을 고스란히 돌려받는 일뿐이었다.

'뭐, 그것까지는 내 알 바가 아니고……'

자고로 부하는 강하게 굴려야 하는 법. 세상의 쓴맛을 많이 봐야 훌륭한 선임으로 성장할 수 있다는 게 제닌의 지론이었다.

제닌은 고개를 반대편으로 돌렸다. 놀 떼가 몰려있는 쪽이었는데 그쪽에서도 역시 시끄러운 소리가 들려오고 있었다.

'저쪽은 또 왜 저러는 거야?'

제닌은 걸터앉았던 바위에서 슬쩍 몸을 일으켜 놀 떼를 바라보았다.

Ⅱ

놀 떼는 원형의 공터를 그리며 뭉쳐 있었다.

그리고 공터에서는 격한 울부짖음과 함께 피가 튀고 살이 찢어지는 전투가 벌어지고 있었다.

"크르릉! 캬릉!"

"키르르르! 키릭!"

그 모습을 확인한 순간 제닌의 얼굴에 걱정스러운 표정이 떠올랐다.

격투를 벌이는 둘 중 하나가 마리였기 때문이다. 또한, 마리와 격전을 벌이는 상대 역시 제닌의 기억에 있는 놀이었다.

'아빠라더니, 그게 아니었나?'

제닌은 마리가 혼이 빠진 듯 달려나가던 때를 기억했다. 그리고 덩치 큰 놀의 주위를 돌며 안절부절못했던 모습 또한 떠올렸다.

'일단 지켜봐야 하나?'

체격은 마리가 압도적으로 불리했다.

마리가 아빠라고 불렀던 놀은 거의 인간과 흡사할 정도로 커다란 덩치였고, 반면 아직 다 자라지 않은 마리는 평범한 놀보다도 작은 체구였다. 게다가 제닌의 펫이 된 후로 거의 인간과 흡사한 모습으로 변했기 때문에 체격의 차이는 더욱 커 보였다.

'불안하긴 해도 마리에게는……'

제닌은 마리의 스테이터스 창을 열었다.

'주인의 가호가 있지!'

[마리, 엘더??(미각성)(여, 1) 레벨 : 13(1054/819 레벨 업 가능), 성장치 : 40/100, 생명력 : 235, 마력 : 275, 기본공격력 : 30.5, 기본방어력 : 23.5, 근력 15, 순발력 31, 지능

9, 지혜 9, 활력 16, 감각 10]

제닌은 흐뭇한 얼굴로 마리의 능력치를 살펴보았다.

고작 레벨1에 불과했던 처음을 생각해 보면 괄목할 만한 성장이었다.

'아이를 키운다는 게 이런 느낌일까? 아니지. 아이는 이렇게 달라진 것을 한눈에 알아볼 수가 없잖아? 그러면 제자라고 생각해야 하나?'

제닌은 실없는 생각에 피식 웃었다.

마리의 능력치는 순발력 쪽에 치중되어 있었다.

그리고 그것을 증명하듯 잔상이 남을 정도로 빠른 움직임을 보였다. 그렇게 덩치 큰 놀의 주변을 돌며 차근차근 피해를 누적시키는 마리의 모습은 제닌에게 색다른 느낌을 주었다.

'제법 싸울 줄 아는데? 저런 전투방법은 날 보면서 배운 건가?'

제닌은 왠지 모를 뿌듯함을 느끼며 이번에는 덩치 큰 놀 쪽을 바라보았다.

[Lv.15 놀 치프턴]

제닌은 눈을 둥그렇게 떴다.

'레벨이 15?'

놀은 인간의 허리에서 가슴 정도의 키에 왜소한 체격을 가진 최하급 몬스터였다. 주변의 놀들을 살펴봐도 대부분이 1, 2레벨 수준이었다. 간혹 3레벨짜리가 있기도 했으나, 어디까지나 수십 마리를 이끄는 족장들의 수준이었다.

'그런데 레벨은 몬스터만 표시되는 건가?'

앞서 싸웠던 기사단은 머리 위에 체력막대가 떠올랐을 뿐, 레벨은 표시되지 않았었다.

'정보공개 레벨을 더 올려야 할 필요가 있겠군. 만약 인간의 머리 위에도 레벨이 표시되면 그건 그것대로 엄청난 이득이야.'

강자를 알아볼 수 있다는 것은 그의 생각대로 엄청난 이득이었다. 싸울 상대를 고를 수도 있었고, 처리해야 할 순서를 정할 수도 있었다. 약한 적을 먼저 처리해 숫자를 줄여놓는 것은 전투를 이어나가는 데 큰 도움을 줄 것이다.

'레벨 15라……. 수만 마리를 이끌 만하군.'

고작해야 1, 2레벨인 놀 세계에서 15레벨이면 거의 왕이나 황제와 같은 대접을 받을 터였다.

'어쩐지……. 마리가 공격한 것에 비해 체력 막대가 거의 줄어들지 않는다더니…….'

레벨도 높았지만, 놀 치프턴의 체격도 문제였다. 그의 온몸은 우락부락한 근육으로 뒤덮여 있었다. 벡스보다는 약간 작아도 전체적인 모양새는 벡스를 연상시키는 체구였다.

이것으로 미루어 볼 때 놀 치프턴의 능력치는 아무래도

근력과 활력에 치중되어 있을 확률이 높았다.

'마리가 한 대라도 맞으면 큰일인데.'

조금 느리지만, 강력한 한 방. 순발력과 비교해 근력과 활력이 낮은 마리는 단 한 방만 맞아도 큰 피해를 볼 것이 자명했다.

제닌은 걱정했으나, 마리는 놀 치프턴의 공격을 잘 피해 내며 꾸준히 데미지를 쌓아갔다.

'좋아! 잘한다 마리! 조금만 더! 아니지! 거기서 빠졌다가, 카운터! 그렇지! 천잰데? 계속 그렇게! 더! 더!'

시간이 지나면서 제닌은 저도 모르게 마리를 응원하고 있었다.

그렇게 놀 치프턴의 체력 막대가 절반으로 줄어드는 순간이었다.

"크워어엉!"

놀 치프턴이 별안간 고함을 내질렀다. 그와 함께 그의 몸이 붉게 달아오르며 부풀기 시작했다.

'저건 또 뭐야?'

후우웅!

놀 치프턴의 팔이 공기를 찢으며 마리의 머리를 내리쳤다. 전과 비교하면 월등하게 빨라진 속도였다.

마리는 살짝 당황한 듯했으나, 바닥에 몸을 굴려 아슬아슬하게 피해냈다.

쾅!

주먹과 만난 대지가 폭발을 일으켰다.

흙먼지가 자욱하게 피어오름과 동시에 근처에 있던 자갈과 돌멩이들이 엄청난 속도를 머금고 사방으로 쏘아졌다.

문제는 그 바로 옆에 마리가 있었다는 점이었다. 마리는 바닥을 굴러 막 몸을 일으키던 상태였다.

파파파팟!

마리의 머리 위에 보이는 체력 막대가 숭덩숭덩 깎여 나갔다.

"마, 마리!"

제닌은 저도 모르는 사이 마리가 있는 쪽으로 걸음을 옮겼다.

"안 돼!"

찢어질 듯한 마리의 목소리가 터져 나왔다.

"오면 안 돼!"

제닌의 걸음이 뚝 멈췄다. 마리의 목소리에 깃든 간절함이 느껴졌기 때문이다.

'왜?'

제닌이 의문을 품는 사이, 흙먼지가 가라앉았다.

상처 입은 마리의 모습이 드러났고, 그런 마리를 향해 다시 주먹을 내리찍는 놀 치프턴의 모습이 눈에 들어왔다.

"피, 피해!"

제닌은 저도 모르게 소리쳤다. 목소리를 들었는지, 마리가 다시 바닥을 굴렀다.

콰앙!

다시금 일어난 지면의 폭발. 그 여파를 얻어맞은 마리의 체력 막대가 확연히 깎여 나갔다.

쾅! 콰앙! 쾅!

놀 치프턴의 공격은 끊임없이 이어졌고, 마리는 겨우겨우 피하면서 여파로 인한 데미지를 꾸준히 입는 중이었다.

'어떡하지?'

제닌은 초조한 얼굴로 생각을 짜냈다. 가장 먼저 떠오른 것은 레벨 업이었다.

'하지만 지금 레벨 업을 시켜봤자, 의미가 없어. 어차피 계속 피하다가 지금과 같은 상황에 놓일 뿐이야.'

처음 여파를 맞았을 때에도 마리의 생명력은 거의 가득 차있던 수준이었다. 무작정 레벨 업을 시킨다고 해도 지금과 같은 상황에서는 큰 효과를 보기 힘들었다.

상황을 반전시킬만한 계기가 필요했다.

제닌은 초조함을 억눌러가며 계속 전투를 살펴보았다.

'어? 저건!'

제닌의 눈동자가 확연히 커졌다.

Ⅲ

'마리. 피하면서 흙을 집어. 그리고 다음 공격이 날아올 때, 눈에 뿌리는 거야.'

마리는 망설이는 얼굴이었다.

'마리! 어서!'

재차 이어지는 제닌의 강요에 마리는 바닥을 뒹굴며 한 움큼의 흙을 집어 들었다.

'옳지!'

콰쾅!

자욱한 흙먼지가 피어오르고, 여파가 날아와 마리의 체력 막대를 깎았다.

이제 잔량은 20% 남짓. 한 방이라도 제대로 맞으면 그 대로 끝이었고, 여파로 인한 공격도 앞으로 몇 번이면 위험했다.

흙먼지가 가라앉으며 주먹을 치켜든 놀 치프턴의 모습이 드러났다.

'마리! 지금이야! 눈에 뿌려!'

팟!

마리가 흩뿌린 흙이 놀 치프턴의 시야를 가렸다. 일부는 눈으로 들어갔다. 한동안은 눈을 뜰 수 없을 터.

'마리, 뒤로 물러나. 최대한 멀리 떨어져서 피하기만 하

면 돼.'

제닌이 발견한 것은 서서히 줄어들고 있는 놀 치프턴의 체력 막대였다. 아무래도 몸이 붉게 달아오르는 현상은 체력을 갉아먹는 듯했다.

일시적으로 순발력과 근력이 올리는 대신, 체력이 빠르게 소모되는 것. 제닌은 놀 치프턴의 기술을 그렇게 판단했다.

즉, 시간만 끌면 놀 치프턴은 알아서 무너진다.

그러나 마리는 입술을 꾹 깨물며 고개를 내저었다.

'대체 왜? 멀찌감치 피하기만 하면 알아서 무너진다니까?'

제닌은 마리가 고개를 젓는 이유를 이해할 수 없었다. 빤히 이길 방법이 있는 상황에서 왜 저렇게 고집을 부리는 걸까?

'무슨… 이유가 있다?'

고집이라기보다는 반드시 맞서 싸워야만 하는 이유가 있는 것 같았다. 그렇지 않고서야 말잘 듣던 마리가 굳이 제닌의 지시를 거절할 이유가 없었다.

'좋아! 그럼 한 번만 물러나. 최대한 거리를 벌렸다가 상대가 달려올 때, 맞서 달려들어. 그건 할 수 있지?'

마리는 공터의 반대편으로 빠르게 물러나는 것으로 대답을 대신했다.

부웅! 붕! 후웅!

놀 치프턴은 사방으로 팔을 휘저었다. 시야가 가려지자, 혹시 모를 공격을 대비한 행동이었다.

하지만 마리는 멀찌감치 떨어진 곳에서 그 모습을 지켜보고 있을 따름이었다.

약간의 시간이 흐른 후, 놀 치프턴이 눈을 떴다. 붉게 충혈된 눈동자에는 흉흉한 살기가 느껴졌다.

"크워어어!"

놀 치프턴은 괴성을 내지르며 달려갔다. 공터 반대편에 웅크리고 있는 마리를 향해서였다.

쿵! 쿵! 쿵! 쿵!

육중한 땅 울림이 놀 치프턴의 뒤를 따랐다. 마리 역시 바닥을 박차며 마주 달려갔다.

'딱 한 번. 한 번이면 돼!'

제닌은 침을 삼키며 장면을 주시했다.

놀 치프턴은 달려가면서 어깨를 뒤로 젖혔다. 꿈틀거리는 근육이 등과 어깨의 근육이 그 안에 담긴 폭발적인 힘을 드러냈다.

'휘두를 생각인가? 그래. 저것만 잘 피하면 돼. 그리고 안으로 파고들면!'

꿀꺽.

제닌은 자꾸만 마른 침을 삼켜댔다. 마리 역시 제닌과 비슷한 생각인지, 놀 치프턴의 당겨진 주먹에 모든 시선을 모은 상태였다.

10미터, 5미터, 2미터.

쿵!

놀 치프턴은 오른발로 힘껏 바닥을 찍으며 오른 주먹을 휘둘렀다.

후웅!

마리는 가볍게 머리를 숙여 피해냈다.

'좋아! 지금!'

마리가 몸을 움츠린 후, 놀 치프턴의 품 안으로 파고들기 위해 도약하려 할 때였다.

씨익.

놀 치프턴의 입꼬리가 치솟았다.

'헛! 설마!'

제닌의 얼굴이 급격하게 굳어졌다.

부우우웅.

주먹을 휘두른 관성 그대로 놀 치프턴의 상체가 돌아갔고, 그 순간을 노린 마리가 도약했다.

'속임수! 마리! 안 돼!'

마음속으로 외쳐 보았으나 마리는 이미 공중에 띠오른 상태였다.

그리고 바로 그 순간, 놀 치프턴은 오른발을 축으로 하체를 돌리며 왼 다리를 쭉 뻗었다.

오른 주먹을 속임수로 이용한 뒤돌려차기였다.

뻐어어억!

마치 가죽 공 터지는 소리와 함께 마리의 몸은 기역 자로
접혔다. 순간 마리의 머리 위에 떠 있는 체력 막대가 하얗
게 물들었다.

"아, 안 돼! 레벨 업! 마리 레벨 업! 레벨 업!"

제닌은 두 눈을 질끈 감으며 외쳤다.

그는 대처가 너무 늦지 않았기를 간절히 빌었다.

Ⅳ

조용했다.

이상하리만치 조용했다.

조금 전까지 피 튀기는 격투가 벌어졌다는 것이 믿어지
지 않을 만큼의 정적이 무겁게 내리깔렸다.

'서, 설마……'

덜컥 걱정이 밀려왔다.

너무 늦은 것은 아닐까?

제닌은 차마 눈을 뜰 수 없었다. 그를 건드리는 누군가의
손길이 느껴지기 전까지는.

톡톡.

조심스럽게 몸을 건드리는 손길. 그와 함께 작은 목소리가 그의 귓가를 간질였다.

"주인님."

익숙한 목소리였다.

슬쩍 눈꺼풀을 밀어 올렸다.

자신을 올려다보는 또랑또랑한 눈망울이 보였다. 시야에 들어온 마리의 모습이 왠지 모르게 이지러져 보였다.

'내가 무슨!'

제닌은 흠칫 놀라며 눈가를 훔쳤다. 축축한 물기가 소매에 묻어났다. 행여나 누가 볼까 두려웠다.

'그새 정이라도 든 건가?'

만난 지 얼마 되지도 않았다.

하루? 이틀?

정확히 가늠할 수는 없었지만, 누군가와 가까워지기에 짧은 시간이라는 것만큼은 분명했다.

'안 되지. 안 돼. 정신 차려라.'

정을 느끼는 것 자체를 탓할 수는 없었지만, 정에 휘둘리는 것은 좋지 못했다.

조금 전만 해도 그랬다. 아무래도 제대로 된 판단을 내리지 못한 이유가 바로 그것 때문인 듯했다. 그 때문에 자칫 마리를 잃을 뻔하지 않았는가!

지휘관은 언제나 냉철해야 했다.

톡톡.

제닌이 마음을 다잡고 있을 무렵, 마리가 다시 그의 다리를 건드렸다.

"왜?"

마리는 양손을 모아 곱게 벌리고 있었다.

"응? 달라고? 뭘?"

"빨간 거!"

마리는 대답과 동시에 검지로 한쪽을 가리켰다.

바닥에 쓰러져 있는 놀의 모습이 보였다.

"아빠! 살려! 빨간 거!"

마리가 원하는 것은 체력 회복 물약인 듯싶었다.

'아니, 죽일 듯이 싸울 때는 언제고? 이제 와 다시 치료해 달라고?'

제닌이 잠시 어리둥절한 표정을 짓고 있자, 마리가 그의 손을 붙들고 보채기 시작했다.

"빨리! 빨리! 아빠, 죽어!"

울 것 같은 마리의 표정을 보니, 살짝 마음이 약해졌다.

결국, 제닌은 인벤토리에서 붉은 물약을 꺼내 마리 손에 쥐여준 후, 급하게 뛰어가는 마리의 뒤를 따랐다.

마리는 놀 치프턴의 입을 벌려 대부분을 마시게 한 후, 남은 것을 함몰된 가슴에 발랐다. 그리고 마지막 남은 몇 방울은 자신의 이마에 떨어뜨리고 문질렀다.

마리의 이마에 불룩 솟아오른 혹과 함몰된 놀 치프턴의 가슴은 마리의 마지막 공격을 설명해 주었다.

그러나 놀 치프턴의 돌려차기에 맞은 상황에서 마리가 어떻게 다시 공격할 수 있었는지는 제닌도 알 수 없었다. 눈을 감았기 때문이다.

"헤헤……."

마리가 제닌을 돌아보며 배시시 웃었다.

"마리, 설명해 줄래? 왜 아빠랑 싸웠는지?"

마리는 더듬더듬 설명을 시작했다. 아직 마리의 언어 구사력이 제대로 되지 않아 해석이 필요했으나, 제닌은 대충 알아들을 수 있었다.

'결국, 인정받기 위해서 목숨을 걸고 싸웠다는 말이네?'

마리는 혼혈이었다.

아빠의 종족은 놀이었고 엄마의 종족은 그녀도 알지 못한다고 한다. 하지만 놀 중의 최강인 치프턴을 간단히 쓰러뜨릴 정도였다고 하니, 놀 보다 상위의 종족인 것을 알 수 있었다.

'아마, 엘더 뒤의 물음표가 마리 엄마의 종족인 것 같은데……. 역시 각성을 해야 하나?'

생각하고 있는 제닌에게 놀 치프턴이 다가왔다.

쿵.

바닥이 울렸다. 놀 치프턴이 강하게 무릎 꿇으며 제닌을 향해 납작 엎드렸다.

구구구구궁.

지면이 울음을 터뜨렸다.

수많은 놀이 일제히 무릎을 꿇었다. 그리고 제닌이 있는 쪽을 향해 엎드렸다.

황갈색 물결이 넘실거리는 것 같았다.

'이, 이건 또 뭐야?'

갑자기 눈앞에 펼쳐진 장관에 제닌은 깜짝 놀랐다. 그러나 당황하지 않고 태연함을 가장한 채 슬쩍 마리를 바라보았다.

마리는 놀 치프턴을 가리켰다.

"대장."

'그건 나도 알고 있거든?'

마리가 이번에는 자기 자신을 가리켰다.

"대장."

'뭐, 대장을 이겼으니 새로운 대장이 되었을 수도?'

여기까지는 이해할 수 있었다. 그런데 마리는 자신을 가리키던 손가락을 제닌에게로 향했다.

"제닌. 마리 주인. 대장의 대장. 왕대장!"

'왕대장?'

웃음이 나오는 단어였으나, 현실은 결코 웃음이 나오는 상황이 아니었다.

제국 기사단과의 전투로 수천 마리가 희생되었으나, 남아 있는 놀의 숫자는 아직도 만 단위에 육박했다.

그런 무리의 대장이 되었다는 사실이 제닌은 얼떨떨하면서도 좋았다. 비록 말을 알아듣지도 못하고, 인간보다 전투력도 떨어졌으나, 그 어마어마한 숫자만으로도 놀 무리는 충분한 전력감이었다.

다만, 한 가지 걱정이 들었다.

이들을 먹일 식량과 다른 인간들의 눈이었다. 제닌이 당장 이들을 먹일 식량을 구할 방법도 없을뿐더러, 이들을 그대로 끌고 다니다가는 자칫, 몬스터를 몰고 다니는 마족으로 오인할 수도 있었다.

"그런데 말이야……. 얘들, 내가 항상 데리고 다녀야 하는 거야?"

마리가 머리를 흔들었다. 그러면서 제닌을 향해 뭔가를 내밀었다.

"피리?"

"놀들. 멀리멀리. 피리 불면. 모여."

마리는 '멀리멀리'라는 말을 할 때, 헤엄치듯 팔을 휘저었다. 제닌은 놀들이 평소에는 흩어져 있다가 피리를 불면 모인다는 의미로 해석할 수 있었다.

마리가 제닌의 손을 잡아끌었다. 그리고 엎드려 있는 놀 치프턴을 가리키며 앉았다 일어났다.

"일으키라고?"

마리가 힘차게 고개를 끄덕였다.

제닌은 놀 치프턴의 앞으로 다가가 손을 뻗었다. 그러는 도중 멈칫거렸다.

'가만, 그래도 덕분에 수많은 부하를 얻었는데⋯⋯.'

제닌은 인벤토리를 뒤적여 스켈레톤 소드를 꺼내 들었다. 놀 치프턴의 어깨를 두드린 다음 스켈레톤 소드를 내밀자 놀 치프턴은 두 손으로 공손히 받아들었다.

놀 치프턴이 몸을 일으켰다.

'흐음⋯⋯. 뭔가 허전해 보이는데⋯⋯.'

제닌은 인벤토리에서 기사단의 시체에서 거둔 갑옷도 한 세트 꺼냈다. 그것을 내밀자 놀 치프턴은 휘둥그레진 눈으로 제닌을 바라보았다. 황송해하는 표정이었다.

'별것 아니지만, 고마워하니 보기 좋네.'

기사단이 입고 있던 방어구는 부와 권력을 가진 카시어스 가문이 장인에게 의뢰하여 제작한 것이었다.

지금껏 많은 갑옷을 지켜본 제닌의 눈에는 최상의 품질로 보였으나, 막상 그가 던전에서 얻은 것에 비하면 성능이 한참 떨어졌다. 앞에 '다크나이트'라는 수식어가 붙는 방어구에 비해 고작 절반 정도의 성능이었다.

제닌의 입장에서는 별것 아닐지 몰라도, 끽 해봐야 황무지에 버려진 녹슨 칼 정도나 주워 쓰는 놀의 입장에서는 천상의 무구와 다름없을 터였다.

제닌은 흐뭇한 미소를 띠운 채 말했다.

"착용."

말과 함께 제닌이 들고 있던 갑옷이 놀 치프턴의 몸으로 옮겨갔다. 인간과 체격이 다른 놀 임에도 사이즈까지 자로 잰 듯 맞춰져 있었다.

'이게 바로 인벤토리의 묘미지!'

일반적인 무구라도 인벤토리에 들어갔다 나오면 자동으로 착용과 해제를 할 수 있었다. 또한, 착용하는 순간 대상에게 맞게 크기까지 알맞게 조절되었다.

만약 무구를 제작하는 장인들이 이 기능을 알게 된다면, 입에 거품을 물고 달려들 터였다. 그들에게는 신의 기술이나 다름없었다.

"크워어어어어!"

시커먼 갑옷으로 전신을 감싸고, 스켈레톤 소드를 손에 든 놀 치프턴이 놀 떼를 바라보며 포효했다.

다시금 황갈색 물결이 굽이쳤다. 몸을 일으킨 놀들은 놀 치프턴의 모습을 바라보더니 저마다 소리를 내지르기 시작했다.

크릉크릉! 컹컹!

키르륵!

커우우우!

들판은 놀들의 울부짖음으로 난장판이 되었다.

이전이었다면 듣기 싫은 소음으로 생각했을 테지만, 지금은 결코 소음으로 들리지 않았다.

'이게 다 내 힘이니까.'

제닌은 주먹을 불끈 움켜쥐었다.

V

황갈색 물결이 썰물처럼 빠져나갔다.

제닌은 물러가는 놀 떼를 바라보다 문득 마리를 내려다보았다. 당연히 동족들을 따라갈 줄 알았으나, 마리는 미동조차 하지 않았다.

"마리야. 넌 안 따라가?"

제닌의 물음에 생글생글 웃던 마리의 얼굴에서 웃음기가 사라져갔다. 점차 무표정해지던 얼굴은 시무룩해지더니 울먹이기 직전의 상태까지 치달았다.

급변하는 마리의 표정에 제닌이 살짝 당황할 무렵, 마리가 물어왔다.

"제닌……. 마리, 싫어?"

싫을 리가 없었다.

비록 큰 귀와 꼬리가 달리긴 했으나, 그 이질적인 느낌을 참작해도 마리는 깨물어주고 싶을 정도로 귀여운 아이였다.

게다가 가끔 나오는 엉뚱한 행동들……. 이것은 제닌으로 하여금 저도 모르는 사이 웃음 짓게 하는 활력소가 되었다.

다만, 제닌은 앞으로 적진에 침투해 움직이기에는 혼자인 편이 나았기에 보내려 한 것뿐이었다.

"싫다니. 말도 안 되지."

제닌은 그렇게 대답할 수밖에 없었다. 이 귀여운 아이를 울릴 수야 없지 않은가!

"헤헤!"

금세 눈물을 떨어뜨릴 것 같은 눈망울이 호선으로 휘어졌다. 마리가 배시시 웃으며 제닌의 다리를 붙잡았다.

"마리. 안 버릴 거지?"

처음부터 버릴 생각은 없었다. 어느 정도 위험한 상황이 해결되면 다시 불러올 생각이었다.

그런 제닌의 마음을 읽었을까? 마리가 다시 앙증맞은 입술을 놀렸다.

"마리. 강해질 거야!"

말과 함께 주먹을 불끈 쥔 마리의 모습은 제닌이 입가에 미소를 불러왔다.

'뭐, 벡스처럼 한 번 보면 잊기 어려울 만큼 튀지도 않고, 생각 없이 나대지도 않을 테니까.'

제닌은 마리의 부드럽게 쓰다듬을 때, 급격한 땅 울림이 일어났다.

슬쩍 바라보니 먼지 구름이 밀려오고 있었다.

'이글아이.'

살짝 긴장했던 제닌은 먼지 구름을 살펴보고는 긴장을 풀었다.

한 무리의 놀이었다. 그런데 놀들은 수십 마리의 말과 함께였다.

'그렇지 않아도 말을 잃어버려 곤란하던 참인데, 잘 됐군. 제국의 기사단이 타고 왔던 말인가?'

아무래도 추측이 맞을 듯싶었다.

먼지 구름과 함께 말을 끌고 온 놀 무리는, 제닌의 앞에 말을 풀어놓고는 다시 먼지 구름을 일으키며 사라졌다.

약간 어리둥절하기는 했으나, 어쨌든 필요하던 참이었고, 좋은 일이었다.

VI

"벡스. 이 빨간 종이는 마틴이고, 파란 종이는 로이드야. 알겠지?"

"옙! 빨강 마틴! 파랑 로이드!"

제닌은 벡스의 머릿속에 새기려는 듯, 몇 번이고 같은 말을 반복했다. 그때마다 벡스는 호기롭게 대답했지만, 제닌에게 믿음을 심어주기에는 모자랐다.

'벡스니까.'

한 마디였지만, 그것만으로도 제닌의 불안함을 설명하기에 충분했다.

종이에는 제닌의 지시사항이 적혀 있었다. 마틴은 그의 십인대 중 최선임이었고, 로이드는 십인대 중 가장 생각이 뛰어난 부하였다.

'이게 잘 전달되고 이루어져야, 내가 마음 놓고 활개칠 수 있어.'

많은 것이 담겨 있었다. 가장 크게 마음이 쓰였던 가족에 대한 것부터, 앞으로 부하들의 행로까지…….

제닌이 굳이 홀로 적지에 가려 했던 것도 이런 일을 따로 맡길 사람이 필요해서였다.

제닌은 카락스를 바라보았다.

"후……. 카락스. 자네도 들었겠지?"

"예! 제닌 천인장님!"

벡스가 얼마나 굴렸는지, 카락스는 군기가 바짝 든 모습이었다. 하지만 얼굴 깊숙한 곳에 숨겨진 불만은 어미이미하리라는 것을 제닌은 잘 알았다.

카락스의 어깨를 두드리던 제닌은 그의 귓가에 속삭였다.

"사령부까지. 그걸로 자네가 나에게 저질렀던 일은 없었던 일이 된다."

"헙! 가, 감사합니다!"

의욕이 느껴지지 않던 카락스의 눈이 빛을 내기 시작했다. 잠깐만 수모를 참으면 다시 원래의 위치로 돌아갈 수 있다는 희망이 생겼기 때문이다.

카락스가 벡스를 힐끔거렸다.

'벡스라고 했었지. 기억해 두지!'

그동안 그가 받았던 수모. 그리고 앞으로 사령부에 도착할 때까지 가해질 수모까지 모두 기억할 것이다.

그리고 본래의 신원을 회복했을 때.

'모조리 되갚아 주마!'

카락스는 이를 악물며 다짐했다.

"아! 그리고 저놈, 사령부까지 잘 데려갈 수 있겠지?"

제닌은 아인스 드 카시어스를 가리키며 물었다. 그는 수갑과 족쇄로 사지를 구속당한 채 기절해 있었는데, 정신이 들 때마다 뒷목을 내려친 결과였다.

"걱정하지 마십시오! 무슨 일이 있어도! 제 목숨을 걸고라도 반드시 완수하겠습니다."

카락스는 비장한 목소리로 대답했다. 정말 임무 완수를 위해 목숨이라도 바칠 것 같은 모습이었다.

"저놈이 다른 건 몰라도 무력 하나는 믿을 만할 거야. 그러니 어려운 일이 생기면 벡스에게 맡기고 물러나 있어."

"옙!"

"사령부에 도착하면 마지막으로 내가 원래 있던 부대에

남아 있던 부하들도 모두 그쪽으로 소환해 주고.

"명심하겠습니다."

"또……."

제닌은 카락스에게 이것저것 주의사항들을 잔뜩 읊어 주었다. 그래도 부하라고, 홀로 떨어지는 벡스가 못내 걱정된 모양이었다. 물론, 여기에는 벡스의 모자란 지능 탓이 컸다.

'저건 뭐, 물가에 내놓은 어린아이도 아니고…….'

제닌이 말을 모두 끝내자, 갖가지 무구를 한가득 실은 마차가 움직이기 시작했다.

기사단에게 얻은 무구와 그동안 얻은 무구 중 변변치 않은 것들은 모조리 마차에 실려 있었다. 그중에서 괜찮은 것들은 나머지 부하들에게 나눠줄 것이었고, 그 외는 상인에게 팔아 자금을 마련할 용도였다.

'아직 금화를 빼돌린 걸 드러낼 수는 없어. 물론 노회한 아스트 백작이라면, 이미 눈치챘을 확률이 높지만. 슬쩍 눈 감아주는 것과 대놓고 덮어주는 것에는 큰 차이가 있지.'

그뿐만 아니라, 마차 뒤에는 수십 마리의 말들이 끌려갔다. 어차피 제닌에게 필요한 것은 두 필 뿐, 나머지는 끌고 가봤자 번거로울 뿐이었다.

"대장! 저 갑니다! 충!"

제닌은 환하게 웃으며 인사하는 벡스에게 고개를 끄덕여 답했다.

"벡스! 잘 가!"

마리도 옆에서 열심히 손을 흔들어댔다.

쿠르르. 쿠르르르.

마차가 멀어지자 제닌은 시선을 거두었다.

"후우⋯⋯."

한숨이 먼저 나왔다.

그다지 한 일이 없음에도, 왠지 모르게 기운이 빠진 듯한 느낌이었다.

"큰 짐을 덜어낸 기분이군."

솔직히 홀가분한 마음이 컸다.

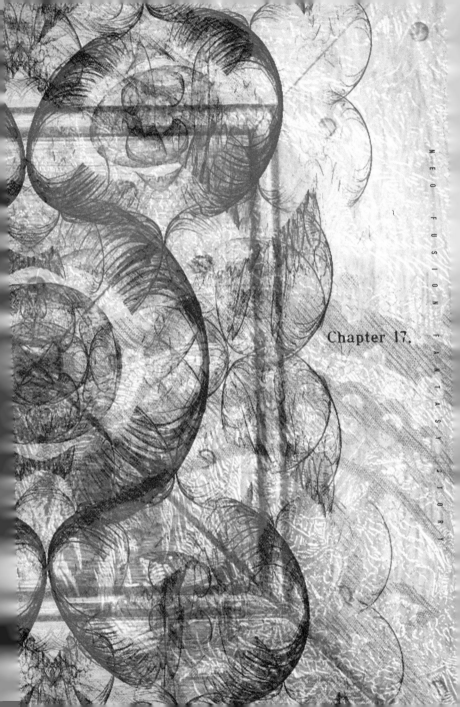

Chapter 17.

ROYAL ROADER

I

제닌은 곧바로 움직이지 않았다.

일단 던전을 한 번 더 클리어할 계획이었다.

레벨도 올리고, 좋은 아이템을 획득하기 위함이었다. 또한, 던전이라는 곳에 대해 자세히 알아보고 싶은 이유도 컸다.

그가 생각하기에 던전은 기묘한 곳이었다.

마치 이 세상이 아닌 다른 세상인 것 같았다. 몬스터가 빛과 함께 사라져 버리는 것노 그랬고, 돈을 비롯한 갖가지 물품을 떨어뜨리는 것도 그랬다. 그것도 장인이 만든 물건을 한낱 쓰레기로 만들어 버릴 만큼 엄청난 물품이 나오기도 했다.

그러나 단지 그것만이었다면 제닌은 던전이 다른 세상 같다고 생각하지 않았을 터였다. 가장 중요한 것은 바깥과

127

다른 시간의 흐름이었다.

제닌이 던전에서 체험한 시간은 적게 잡아도 하루 이상이었다. 하지만 카락스는 제닌이 사라진 후, 다시 나타나기까지 고작 두어 시간 정도밖에 흐르지 않았다고 말했다.

'이번에는 차근차근 제대로 알아볼 차례야. 더불어 레벨업도 하고, 더 좋은 장비도 얻고!'

제닌은 곧바로 장비를 강화하지 않고 리인포스 스톤을 아껴 놓았다. [보호의 육중한 대검]처럼 좋은 장비에 사용하기 위함이었다.

실컷 강화해 놓았는데, 그보다 더 좋은 장비가 나와 버리면 리인포스 스톤의 낭비였다.

제닌은 이런 생각으로 던전이 있던 동굴에 발을 들여 놓았다. 그 순간 그의 눈앞에 메시지가 떠올랐다.

[던전이 활성화되지 않았습니다. 다음 활성화 시간 6일 18시간…….]

"끄응……."

김이 새버렸다.

제닌이 허탈함에 한숨을 쉬고 있을 때, 마리는 앙증맞은 팔과 다리를 열심히 움직이고 있었다.

"얍! 얍! 핫!"

마리의 기합은 그저 귀여울 따름이었지만, 실제로 움직이는 모습은 전혀 그렇지 않았다.

숙! 슈슉! 휘익!

잔상이 남을 정도로 **빠른** 움직임. 움직임에 담긴 힘 또한 웬만한 기사는 한 방에 날려버릴 정도였다.

'제법 위력은 있어 보이지만 아무리 그래도 레벨 업보다는……'

생각하던 제닌이 흠칫 어깨를 떨었다.

'스킬!'

제닌의 머릿속에 벼락이 쳤다.

'어쩌면 6일이 짧을 수도 있겠는데?'

Ⅱ

띠링!

[반복, 숙달된 행동으로 인해 스킬의 생성이 가능합니다. 크게 휩쓸기. 스킬을 등록할 수 있습니다. 스킬 기본 보유 횟수를 초과하였습니다. (5/4) 등록 시 스킬포인트가 1 소모됩니다.]

"드디어!"

제닌은 주먹을 불끈 움켜쥐었다. 지난 닷새간 끊임없이 대검을 휘두른 끝에 얻어낸 쾌거였다.

스킬 포인트가 소모된다는 점이 조금 아쉽기는 했으나, 그것은 그리 중요하지 않았다. 지금의 제닌에게 중요한 것은 크게 휩쓸기라는 스킬을 얻었다는 사실 뿐이었다.

[스킬의 이름을 설정할 수 있습니다. 설정하지……]

"스킬 미리 보기."

이미 여러 번 들었던 설명을 굳이 다시 들을 필요는 없었다.

제닌의 눈앞에 대검을 든 그림자가 떠올랐다. 그림자가 한 바퀴 회전하며 대검을 휘두르자 대검의 궤적을 따라 바람이 일어나며 사방을 휩쓸었다.

제닌의 입가에 헤벌쭉한 웃음이 피어올랐다. 척 보기에도 대단해 보이는 스킬. 지난 닷새간의 고생이 헛되지 않았다는 증거였다.

"스킬 이름을 '수확'으로 한다."

처음에는 적이 알아차리지 못하게 하려는 생각에 'ㅣ'이라는 이름을 지었으나, 지금은 그럴 필요가 없었다.

마음속으로 스킬을 발동시킬 수 있게 되었기 때문이다. 이제는 오히려 순간적으로 떠올릴 수 있는 특징적인 이름이 좋았다.

띠링!

[스킬명 '수확'이 스킬로 등록되었습니다. 스킬명 '수확'이 명령어로……]

제닌은 손을 휘저어 눈앞의 메시지를 지우며 스킬 창을 열었다. 그는 스킬의 효과가 궁금해 안달이 날 지경이었다.

[수확(Lv.1) 숙련도(1/100)]

- 무기를 크게 휘둘러 반경 5미터 안의 모든 적에게 공격력의 60%에 해당하는 피해를 줍니다.

- 사용시 30의 생명력과 50의 마력을 소모합니다.

'드디어……'

스킬 설명을 바라보는 제닌의 얼굴은 감격에 젖어 있었다. 지난 닷새간의 노력이 주마등처럼 그의 머릿속을 스쳐 갔다.

제닌은 일대일 대결에는 자신 있었다. 비록 상대의 심리를 무너뜨리는 방법이기는 했으나, 이미 엑셀시어를 쓰러뜨린 경험도 있었다.

때문에, 다수와의 싸움에서 효과적으로 사용할 수 있는 스킬이 필요했다.

제닌은 기사단과의 전투를 떠올리며 스킬을 수련할 방법을 정했다.

처음에는 그저 대검을 횡으로 휩쓸었다. 하지만 무려 나흘간 같은 행동을 반복해도 효과가 나타나지 않자, 대싱을 정하고 대검을 휘두르기 시작했다. 덕분에 산의 나무들이 때아닌 횡액을 당해야 했다.

제닌은 초토화된 산의 정상에 서서 아래를 내려다보았다.

'고맙다. 너희의 도움이 컸다.'

제닌은 고마움을 담아 쓰러진 나무들을 훑어본 후, 비교적 나무가 멀쩡히 남아 있는 곳을 찾아 이동했다.

이윽고 가운데에 선 그가 조용히 읊조렸다.

"수확."

주변의 풍경이 한 바퀴 돌아갔다. 동시에 손에 쥔 대검이 아름다운 푸른 궤적을 그려냈다.

쿠화아악!

한바탕 광풍이 주변을 휘감았고, 이내 잠잠해졌다.

툭.

제닌은 발끝으로 살짝 지면을 찼다.

기긱. 기기기긱. 콰직! 푸스스스스!

띠링!

[칭호 : 삼림파괴자를 획득하셨습니다.]

– 나무 속성의 적에게 공포감을 심어주고 10%의 추가 피해를 줍니다.

– 숲을 근간으로 하는 종족이 적대할 확률이 상승합니다.

'훗!'

그리 좋지 않은 칭호임에도 제닌은 웃었다. 스킬의 효과가 만족스러웠기 때문이다.

'그나저나 너무 느리군. 던전에서는 몇 시간 안 걸렸는데 말이야.'

어느 정도 추측은 가능했다.

'아무래도 생사가 걸린 상황이어야 스킬을 얻을 시간이

짧아지는 것 같군.'

나흘간 허공에 칼질할 때에는 생기지 않았으나, 나무를 적으로 가정하고 공격하자 하루 만에 스킬이 생겨났던 것이다.

'그런데 마리는 왜 벌써 두 개야?'

제닌이 스킬 하나를 생성하는 동안, 마리는 두 개의 스킬을 생성했다. [난타]와 [순간가속]이었다.

순간가속을 사용한 난타는 제닌이 놀랄 정도로 위력적이었다.

제닌은 열심히 수련하고 있는 마리를 바라보며 살짝 불만스런 표정을 지었다가, 이내 표정을 풀었다.

'뭐, 마리가 강해지는 건 나에게도 좋은 일이니까.'

생각을 정리한 제닌은 입을 열었다.

"마리야! 고기 먹자! 고기!"

"응! 꼬기!"

멀리서 대답과 함께 마리의 기척이 빠르게 가까워졌다.

Ⅲ

"어이! 킹! 부하들 좀 더 소환해봐! 이왕이면 잘 좀 섞어서, 더 많이!"

제닌은 지루하다는 듯한 말투로 외쳤다.

두 번째 던전 탐험은 생각보다 너무 쉬웠다.

초반의 스켈레톤 들은 마리가 나서서 처리했고, 스켈레톤 워리어조차 그가 나설 필요가 없었다. 게다가 나섰어도 [보호의 육중한 패왕의 검] 한 방이면 산산이 부서졌다.

로열가드와 워락이 나타난 곳에서는 새로 얻은 스킬 [수확]의 위력을 시험해 보았다. 워락은 수확 한 번에, 로열가드는 두 번에 무너져 내렸다.

제닌은 거기까지 쉬지 않고 달려왔다가, 스켈레톤 킹이 나타나는 공터 앞에서 잠시 휴식을 취했다.

그 후, 공터로 들어와 스켈레톤 킹이 소환하는 부하들과 맞서 싸웠다. 전에 겪어본바, 소환이 여러 번 이어진다는 것을 알았기에 마력을 아꼈다.

스켈레톤 다크나이트는 느렸다. 굳이 스킬을 사용하지 않아도 슬슬 피하면서 데미지를 주니 몇 대 때리지 않아도 와르르 무너졌다.

그러다가 다크스나이퍼나 다크메이지가 나타나면 [일점집중]을 사용해 먼저 처리해 버리고, 남은 다크나이트를 상대하면 끝이었다.

그렇게 스무 번가량을 처리하자 스켈레톤 킹은 부하를 더 소환하지 않았다.

"빨리 소환 안 할래?"

제닌은 도발할 생각으로 왕좌 위에 앉은 스켈레톤 킹을 향해 손가락을 까닥거렸다.

그러나 스켈레톤 킹은 턱뼈만 요란하게 부딪칠 뿐, 더는 부하를 소환하지 않았다.

"뭐야? 설마, 끝난 거야? 안 하는 게 아니라 못하는 거였어?"

처음에 보았던 스켈레톤 킹의 모습에서는 거만함과 여유로움이 느껴졌었다. 그런데 지금의 스켈레톤 킹은 뭔가에 쫓기듯 다급한 모습이었다.

'설마 소환 횟수에도 제한이 있는 건가? 아! 스켈레톤 킹의 반지의 설명이 마력의 절반을 소모하여 소환한다고 했었지?'

문득 인벤토리에 고이 모셔두었던 스켈레톤 킹의 반지가 생각났다.

'밖에서 썼다간, 대륙의 공적이 되겠지만. 여긴 아무도 보는 사람이 없잖아?'

물론 제닌 외에 마리가 있었으나, 마리는 그의 펫. 거의 절대적인 아군이었다.

제닌은 슬쩍 왼쪽 위를 바라보았다. 생명력은 70%가량, 마력은 90% 이상이 남은 상태였다.

제닌은 스켈레톤 킹의 반지를 착용하고, 설명을 다시 한 번 읽어 보았다.

- 마력의 절반을 소모하여 스켈레톤을 소환할 수 있습니다. 소모되는 마력에 따라 소환되는 스켈레톤의 숫자와

종류가 달라집니다.

– 소환제한 : 태양을 볼 수 없는 곳.

'이거, 뭐가 나올지 궁금한데?'

제닌은 기대감 어린 얼굴로 중얼거렸다.

"스켈레톤 소환."

순간적으로 제닌은 몸에서 무언가가 빠져나가는 느낌이 들었다. 그와 동시에 손가락에 낀 반지에서 짙은 회색빛 기류가 흘러나오기 시작했다.

안개처럼 바닥에 깔리던 기류는 세 갈래로 갈라지더니 형체를 이뤄갔다.

따그락. 따각.

완성된 스켈레톤이 제닌을 바라보며 고개를 숙였다.

'로열가드? 워락?'

제닌의 얼굴에 실망감이 스쳐 갔다.

제닌은 스켈레톤 킹쯤은 언제든 처치할 수 있었다. 즉, 스켈레톤 킹보다 자신이 강하니 응당 다크나이트 급 이상이 나올 것으로 예상했다.

물론, 이해는 할 수 있었다.

'하긴, 저놈이 원조이고, 이건 저놈이 사용하는 기술을 따라 하는 것뿐이니.'

비록 흡족한 결과는 아니었지만, 중요한 카드로 사용할 수 있다는 사실에는 변화가 없었다.

'슬슬 정리해볼까?'

제닌은 천천히 왕좌로 향하는 계단을 올랐다.

우우우웅!

보이지 않는 막이 그의 몸을 가로막았으나, 제닌은 피식 웃으며 중얼거렸다.

'일점집중!'

투둥! 쩌정!

단 두 번 만에 보호막이 깨져 나갔다.

스켈레톤 킹은 왕좌에서 일어나 주춤주춤 물러서고 있었다.

"웨폰 아우라."

화르륵!

[보호의 육중한 패왕의 검]에서 푸른 불꽃이 피어올랐다. 어차피 마지막이니 마력을 아낌없이 사용할 생각이었다.

"내가 무섭냐? 명색이 왕이란 놈이, 무슨 겁을 그렇게 먹고 그래? 어차피 일주일 지나면 다시 만들어질 거면서."

따닥! 딱딱딱!

스켈레톤 킹이 빠르게 턱뼈를 마주쳤다.

뭔가 말하고 싶은 게 있는 것 같았으나, 아쉽게도 놈에게는 성대가 없었다.

"가는 길에, 좋은 장비나 하나 두고 가라고!"

슬쩍 뛰어오른 제닌은 대검을 수직으로 내리그었다.

스컹!

스켈레톤 킹의 몸의 중앙에 실선이 생겨나더니 세로로 나뉘어 쓰러졌다.

이어 스켈레톤 킹은 빛무리를 남긴 채 스러졌다.

띠링!

[전투 종료. 누적 경험치 52를 획득했습니다.]

"스테이터스."

[걸음마를 뗀 제닌, 인간(남, 21) 레벨 : 22(4297/4331), 생명력 : 630, 마력 : 670, 기본공격력 : 65, 기본방어력 : 63, 근력 48(36+12), 순발력 34, 지능 14, 지혜 25, 활력 39(30+9), 감각 31, 보너스 포인트 0]

'흐음……. 처음 들어왔을 때하고 비교하면…….'

제닌은 레벨과 경험치를 보며 전에 들어왔을 때를 떠올려 보았다.

'처음 들어왔을 때는 1000이 넘게 올랐던 것 같은데. 지금 오른 건 700 정도인가? 너무 쉬워서 그런가? 아니면 내가 너무 강해져서?'

던전에 들어오기 전 제닌의 레벨은 21(3511/3621)이었고, 현재는 22(4297/4331)이었다.

'게다가 20레벨이 넘어가면서 레벨 업 하는 데 필요한 경험치가 급격하게 상승한 이유도 있겠지.'

제닌이 기억하기로 19에서 20이 될 때는 300정도의 경험치가 필요했었다. 그런데 20에서 21이 될 때는 거의 그 두 배에 가까운 경험치가 필요해졌다.

'레벨이 올라갈수록 레벨 업이 더욱 힘들어진다는 의미인가?'

제닌은 눈앞에 떠오른 메시지를 손으로 치우고 이번에는 아래를 살폈다.

'에게……'

제닌의 얼굴에 실망스러운 표정이 떠올랐다. 보라색 빛이 보이지 않았기 때문이다.

리인포스 스톤 몇 개와 하급 체력회복 물약 몇 개, 골드와 실버가 섞인 돈이 어지럽게 널려 있었고, 브레스트 플레이트 하나가 파랗게 빛나고 있었다.

두 번째는 경험치뿐만 아니라 처치한 몬스터가 떨어뜨리는 장비 또한 적었다.

스켈레톤 킹을 만나기 이전에 얻은 것 중에서 쓸만한 것이라고는 두 자루가 한 쌍인 파란색 단검뿐이었다.

이미 엄청난 무기를 가진 제닌에게는 필요가 없었고, 마침 마리에게 변변한 무기가 없었기에 쌍 단검은 마리의 손에 쥐여 주었다.

단검을 제외한 나머지는 하얀색이거나 녹색뿐이었다.

'그래도 움직이기 편하면서도 방어력이 좋은 갑옷이 필요했는데, 잘됐네.'

제닌은 아쉬움을 삼키며 브레스트 플레이트를 집어 들었다.

[굳건한 패왕의 흉갑, 방어력 : 82(54+28), 무게 : 8.7kg, 내구도 : 54/56, 활력+7, 방어력+28, 착용제한 : 근력 35, 활력 35, 레벨 20]

자연스럽게 장비에 대한 설명이 떠올랐으나, 제닌의 시선은 설명을 살피는 게 아니라 바닥에 꽂혀 있었다.

'책?'

흉갑을 들어낸 자리에 덩그러니 놓여 있는 책. 그것도 보통 책이 아니었다. 보라색으로 빛나는 책이었다.

제닌은 뭔가에 홀린 듯, 책을 집어 들었다.

[스킬 북을 얻으셨습니다. 스킬 북을 통해 스킬을 생성할 수 있습니다. 저장된 스킬 마력운용술(중급)을 익히시겠습니까?]

"스킬 북? 마력운용술?"

마력운용술. 말 자체만으로도 마력과 관계된 스킬이라는 것을 알 수 있었다.

제닌이 스킬을 사용하는 원천은 마력.

'만약 이 스킬이 마력을 늘려주는 효과가 있다면!'

심장이 거세게 요동치기 시작했다.

제닌은 마른침을 꿀꺽 삼키며 입을 열었다.

"스킬 설명, 마력운용술."

[마력운용술(중급)]

– 자연에 존재하는 마력을 끌어들여 체내의 길을 따라 운용합니다.

– 시간당 200의 마력을 회복하고, 2의 마력을 영구적으로 상승시킵니다.

설명을 읽어가던 제닌은 벅찬 감동이 치밀어 올랐다.

'정말이었다니! 마력을 늘릴 수 있는 스킬이라니!'

심장 박동이 주체할 수 없을 정도로 빨라졌다. 스킬 북을 든 손은 부르르 떨리고 있었다.

스킬을 사용하는 제닌은 강력했다. 일대일에서는 웬만해서는 지지 않을 거라고 자부했다.

하지만 스킬을 사용할 수 있게 만드는 원천은 마력. 마력이 다한다면 제닌의 전투력은 급감할 수밖에 없었다.

늘 마음에 걸리던 문제였으나, 마력을 상승시키기 위해서는 지혜에 보너스 포인트를 투자하는 것밖에 딱히 다른 방도가 없었다.

그러나 지혜에만 투자하다 보면 그만큼 신체적인 능력은 소홀해질 것이고, 이는 전투력의 상승이 느려진다는 의미였다.

제닌은 빠르게 강해지고 싶었다.

귀족들도 감히 함부로 건드릴 수 없을 만큼의 압도적인 강함을 손에 넣고 싶었다.

누군가에게 휘둘리는 삶 따위는 살고 싶지 않았다. 그것은 지금까지 만으로도 충분했다.

무엇보다 자신의 행동으로 인해 그동안 불행한 삶을 살았던 가족들에게 보답하고, 그들과 함께 행복한 삶을 누리기 위해서 반드시 그 강함을 손에 넣어야 했다.

마력이라는 제한 때문에 계획에 차질이 생긴 상황에서, 마력을 증가시킬 수 있는 스킬을 획득했다.

'신을 믿지는 않지만, 지금은 감사의 기도라도 올리고 싶은 심정이야.'

[스킬을 익히시겠습니까?]

다시 한 번 물음이 떠올랐다.

"익힌······."

서슴없이 대답하려던 제닌은 갑작스레 입을 닫았다.

불현듯 떠오른 생각 때문이었다.

"익히지 않는다!"

외침과 함께 제닌은 인벤토리를 열었다. 그곳에 착용 해제한 건틀렛을 집어넣고는 무언가를 꺼냈다.

리인포스 스톤이었다.

'이왕 배울 거라면 더 좋은 것을!'

제닌은 손에 든 리인포스 스톤을 스킬 북에 가져다 붙였다.

치칙. 치치치칙.

기묘한 소음과 함께 스킬 북 위에 검은 비가 내리는 듯한 현상이 일어났다. 그와 함께 스킬 북은 흐릿하게 변하기 시작했다.

"아, 안 돼!"

꼬리뼈에서 시작된 불안감이 척추를 타고 뒤통수까지 치솟았다.

온몸에 소름이 돋아났다.

욕심이 너무 과했던 걸까?

과한 욕심을 부린 자신에게 신이 벌을 내린 걸까?

"크읙!"

제닌은 이를 악물며 스킬 북을 움켜쥐었다. 이대로 놓치기 싫다는 마음에서 나온 발악이었건만, 그의 손은 허무하게 스킬 북을 통과해 버렸다.

치칙! 치치칙!

다시금 기묘한 소음이 일어났다.

제닌의 귀에는 마치 과한 욕심을 부린 자신을 조롱하는 목소리처럼 들렸다.

"빌어먹을! 빌어먹을!"

제닌은 주먹을 휘둘렀다. 옆에 있던 왕좌가 그의 화풀이 대상이 되었다.

쿵! 쿵! 쿵!

주먹이 깨질 듯 아파졌으나, 제닌이 느끼는 상실감은 그깟 아픔 따위에 비할 바가 아니었다.

우웅.

스킬 북이 있는 쪽에서 작은 울림이 피어올랐다.

하지만 제닌의 귀에는 들리지 않았다.

"제, 제닌…… 주인님……."

옆에서 흔드는 마리의 손길을 느끼고서야 제닌은 정신을 차렸다.

"하아……."

제닌은 깊은 한숨을 내쉬었다. 정신이 돌아오기는 했으나, 허탈한 심정은 여전했다.

우웅! 우우우웅!

미약했던 울림이 점차 커졌다. 그제야 제닌도 그것을 인식하고 그쪽을 바라보았다.

스킬 북이 은은한 빛을 내고 있었다.

보랏빛이 점차 옅어졌다. 그리고 투명하게 변하더니 다시 색을 입기 시작했다.

어스름하게 밝아오는 여명처럼 스킬 북에 다시 색이 입혀졌다.

노르스름한 색이었다.

물에 떨어뜨린 물감처럼 옅었던 색이 점차 진해지더니, 완연한 주황빛을 뿜어내기 시작했다.

제닌은 뭔가에 홀린 듯한 얼굴로 몸을 일으켰다. 그리고 스킬 북이 있는 곳으로 다가갔다.

양손을 뻗었다. 그리고 주황빛으로 빛나는 책을 조심스럽게 감싸 안았다.

'느, 느껴진다! 느껴져!'

거친 종이의 감촉이 고스란히 느껴졌다. 손등 쪽은 아릿한 통증을 호소했지만, 손아귀에서 전해지는 충실함에 비할 바는 아니었다.

띠링!

[오류! 강화할 수 없는 물품입니다.]

[오류가 수정되었습니다. 강화할 수 있는 물품과 없는 물품의 구분점이 생성되었습니다.]

눈앞에 메시지가 떠올랐으나, 제닌은 파리 쫓듯 치워버렸다. 그는 스킬 북을 살펴보기에 여념이 없었다.

[스킬 북 : 마력운용술(상급)]

정보를 확인한 제닌의 눈에 물기가 어렸다.

[스킬을 익히시겠습니까?]

"이, 익힌다……."

제닌은 물기 어린 목소리로 대답했다.

'과한 욕심은 독이야. 이득에 눈이 멀지 말고, 면밀하게 따져보아야 했어.'

빠밤! 빠바바밤!

마치 제닌의 깨달음을 축하하듯, 팡파르가 울려 퍼졌다.

[D급 던전 음산한 폐광을 클리어하셨습니다.]

[소요시간 : 1 : 23 : 21]

[진행률 : 99%]

[클리어 랭크 : A+]

[보상 : 스켈레톤 킹의 반지]

[랭크 추가보상 : 300골드, 경험치 700]

"아! 클리어 경험치가 있었지!"

이로써 한 단계 레벨 업이 더 가능해졌다.

IV

[상급 마력운용술(Lv.10) 숙련도(205/2200)]

- 자연에 존재하는 마력을 끌어들여 체내의 길을 따라 운용합니다.

- 시간당 3500의 마력을 회복하고, 35의 마력을 영구적으로 상승시킵니다.

제닌은 스킬창의 설명을 바라보다가, 왼쪽 위에 떠오른 자신의 얼굴을 바라보았다. 정확히 말하자면 얼굴 아래 그려진 붉고 푸른 막대였다.

생명력(628/630), 마력(7845/7845)

절로 입가에 흐뭇한 미소가 떠올랐다. 그저 보기만 해도 배가 부른 느낌이었다.

무려 7845의 마력.

이제는 마음 놓고 스킬을 사용해도, 마력이 떨어질 일은 쉬이 일어나지 않을 것이다.

'역시, 탁월한 선택이었어.'

제닌은 던전을 곧바로 벗어나지 않았다. 던전과 바깥의 시간 차이를 최대한 이용해 능력을 발전시키기 위한 선택이었다.

또한, 그는 스킬포인트로 마력운용술의 스킬 레벨을 올렸다. 많은 고민 끝에 내린 결정이었다.

스킬포인트에 대해 연구해 본바, 제닌은 기본적으로 1레벨당 1의 스킬포인트가 주어졌고 5레벨당 기본적으로 보유할 수 있는 스킬이 하나씩 늘어난다는 것을 알아냈다.

즉, 20레벨이면 기본적으로 4개의 스킬을 보유할 수 있었고, 추가로 스킬을 익히려면 스킬포인트 1을 소모해야 했다.

스킬포인트는 스킬 레벨을 올릴 때 사용할 수도 있었고, 새로운 스킬을 익힐 때에도 사용할 수 있었다.

스킬 레벨이야 어차피 숙련도를 올리는 것으로 가능했기에, 웬만하면 새로운 스킬을 익히는 데 스킬포인트를 사용하는 편이 좋았다.

그러나 다른 단발성 스킬과 마력운용술은 궤가 달랐다. 또한, 다른 스킬은 더 좋은 스킬을 얻을 확률이 있었지만, 상급 마력운용술의 색깔은 주황색. 아이템을 비롯해 제닌이 지금까지 습득한 모든 것 중 가장 등급이 높았다.

마력운용술은 스킬 레벨을 올릴수록 마력을 쌓는 시간을 단축할 수 있었다. 제닌이 가장 시급하게 필요로 했던 것은 마음껏 스킬을 사용할 수 있을 정도의 마력이었다.

그렇게 마력운용술에 포인트 10을 투자하자 남은 스킬포인트는 10이 되었다. 총 22에서 웨폰 아우라와 수확에 각각 1포인트를 사용한 결과였다.

제닌은 잠자는 시간마저 아껴가며 마력운용술을 펼쳤다. 그러다가 마력이 가득 차면 익혀 둔 스킬을 남발하여 마력을 소모하기도 했다. 덕분에 스킬의 레벨과 숙련도 또한 쑥쑥 올라갔다.

제닌은 다른 스킬도 살펴보았다.

[이글아이(Lv.3) 숙련도 22/300 마력 2/초]

– 정신을 집중하여 일시적으로 시력을 향상합니다.

– (Lv.2) 눈에 마력을 집중하여 마법적인 효과를 발견합니다.

이글아이 스킬이 2레벨이 되면서 생긴 효과. 제닌이 손에 묻은 마법 가루를 볼 수 있었던 이유는 바로 이것 때문이었다.

덕분에 제닌은 이런저런 시도를 해볼 수 있었고, 결국 거슬리던 마법 가루를 제거할 수 있었다.

해결책은 뜻밖에도 체력회복 물약이었다. 마법 가루는 체력회복 물약을 바르자 씻긴 듯 사라졌다.

[기습(Lv.4) 숙련도 433/500 마력 30]

- 근거리 적의 후방으로 고속이동하여 기본 피해의 190%에 해당하는 피해를 줍니다.

- 사용자를 인식하지 못한 상대를 타격했을 경우 220%의 피해를 줍니다. 또한, 일정 확률로 스턴을 유발합니다.

[기습]은 원래 [1]이었으나, 스킬 이름을 바꾸는 방법을 알아낸 후, 제닌이 다시 정한 이름이었다.

[일점집중(Lv.3) 숙련도 185/300 마력 50]

- 같은 지점을 연속으로 타격해 피해를 중첩합니다.

- 정확한 타격시 타격 횟수에 비례해 30%의 피해가 증가하고, 대상의 방어력을 7% 하락시킵니다. 최대 10회 중첩할 수 있습니다.

[웨폰 아우라(Lv.5) 숙련도 469/700 마력 11/초]

- 마력을 가공한 아우라를 무기에 덧씌워 공격력과 절삭력을 360% 상승시킵니다.

[수확(Lv.4) 숙련도(247/500) 생명력 45 마력 80]

- 무기를 크게 휘둘러 반경 6.5미터 안의 모든 적에게 공격력의 90%에 해당하는 피해를 줍니다.

- 사용시 45의 생명력과 80의 마력을 소모합니다.

각 스킬에는 소모되는 마력이 각각 표시되고 있었다.

마력 개방으로 인함인지, 정보공개 레벨이 상승한 효과인지는 잘 모르겠으나 제닌에게는 좋은 일이었다.

처음 스켈레톤 킹과 싸울 때, 이유 없이 [일점집중]을 사용하지 못했던 적이 있었기 때문이다.

'위력이 증가하는 만큼 마력의 소모도 커졌어. 만약 마력운용술이 없었다면, 몇 번 사용해보지도 못하고 무력해졌을 거야.'

딱 하나 걸리는 것은 [수확]이었다.

'생명력을 증가시키는 스킬 같은 건 따로 없으려나?'

욕심은 끝이 없는 법, 하나를 가지면 또 다른 하나도 가지고 싶은 게 사람 마음이었다.

'후후! 과욕이지, 과욕이야……'

제닌은 자조 섞인 웃음을 지었다. 그러다 문득 손가락에 낀 반지에 시선이 닿았다.

"아! 이게 남았었지!"

제닌은 손뼉을 마주치며 다시 외쳤다.

"스켈레톤 소환!"

몸 안에서 무언가가 쑥 빠져나가는 느낌과 함께, 반지에서 짙은 회색빛 기류가 흘러나오기 시작했다.

안개처럼 바닥에 깔리던 기류는 하나로 뭉쳐 형체를 이뤄갔다.

'하나?'

제닌의 얼굴에 의문이 떠올랐다.

그동안에도 꾸준히 스켈레톤 소환을 해왔었다. 그리고

마력이 늘어남에 따라 점차 강한 놈들이 소환되는 것을 확인했다.

'얼마 전에 소환했을 때는 스켈레톤 다크메이지 둘, 다크스나이퍼 둘, 그리고 다크나이트 한 마리였지?'

스켈레톤 킹이 소환하던 부하 중 가장 마지막 조합이 바로 그것이었다.

'그렇다면 설마……'

제닌의 얼굴에 기대감이 자라났다. 그 사이 검은 기류는 완전히 형체를 갖췄다.

스르르륵.

"어?"

제닌이 어리둥절한 표정을 지었다. 완성된 형체의 크기가 보통의 스켈레톤과 다를 바 없었기 때문이다. 스켈레톤 킹이라면 그보다 두 배는 커야 했다.

[쉐도우마스터]

소환된 놈은 온몸에 검은 기류를 휘감은 인간을 연상시켰다. 그 때문인지 앞에 스켈레톤이라는 수식어 또한 붙어 있지 않았다.

'대체 정체가 뭐냐? 넌?'

스켈레톤 킹만큼 크지도, 그렇다고 딱히 강하다는 느낌이 들지도 않았다. 게다가 소환된 스켈레톤이 응당 하는 복종의 자세 또한 취하지 않았다.

"이리와 봐."

쉐도우마스터는 제닌을 흘깃 바라보더니 다시 정면을 바라보았다.

'어쭈? 소환물 주제에 감히 주인을 무시해?'

아무래도 응징이 필요해 보였다.

'마리. 이리 와서 저놈 버릇 좀 고쳐 놔봐.'

마리는 강해졌다. 던전에 들어와 레벨도 두 개나 더 올렸고, 이제는 스켈레톤 다크나이트급도 순식간에 처리할 정도였다.

"응!"

맑고 또랑또랑한 대답이 들려옴과 동시에 황갈색 잔영이 쉐도우마스터를 향해 쏘아졌다.

- 훗!

순간적으로 누군가의 목소리가 들린 것 같았다. 무척이나 기괴했고, 왠지 모르게 듣는 사람의 기분을 나쁘게 하는 목소리였다.

'뭐지?'

제닌은 의문을 담은 눈으로 쉐도우마스터를 바라보았다. 마리가 지척까지 다다랐음에도 어떠한 반응조차 보이지 않고 있었다.

'다가오는 기척도 못 느끼는 건가? 설마?'

제닌의 얼굴에 실망감이 자라날 때였다.

"어?"

마리가 의문 어린 목소리를 냈다. 그녀의 공격이 쉐도우마스터의 몸을 그대로 통과했기 때문이다. 주먹에 감촉이 전혀 느껴지지 않았다. 마치 연기를 때린 것과 같은 느낌이었다.

"아, 안 돼!"

제닌의 다급한 목소리가 마리의 귓가를 때렸다. 그 순간, 마리는 자신을 향해 뭔가가 쇄도하는 느낌에 양팔을 교차해 앞을 가로막았다.

검은 기류였다.

어린아이 머리만 한 검은 기류는 맹렬한 회전을 머금고 있었다.

슈욱.

검은 기류는 앞을 가로막은 마리의 팔을 연기처럼 통과했고, 마리의 가슴으로 스며들었다.

빠각!

섬뜩한 소리와 함께 마리의 몸이 튕겨 날아갔다.

"마, 마리!"

제닌은 황급히 마리가 날아가는 쪽으로 달려가 떨어지는 마리를 받아 들었다.

숨을 쉬지 않았다. 가슴 한가운데가 움푹 함몰된 모습이 제닌의 눈에 들어왔다.

"이런 미친! 쌍!"

황급히 인벤토리에서 체력회복 물약을 꺼냈다. 입을 벌려 하나를 마시게 했고, 한 병을 더 꺼내 가슴에 부었다.

"마리! 마리!"

뺨을 두드리고 가슴을 압박하자 겨우 호흡이 돌아왔다. 조심스럽게 마리를 눕혀 놓은 제닌의 눈에서 푸른 빛이 번뜩였다. 그와 동시에 들불처럼 타오르는 살의가 그의 온몸에서 뿜어졌다.

– 호오!

또다시 누군가의 목소리가 들리는 듯했다.

"가루를 내주마."

제닌은 이를 갈며 쉐도우마스터를 향해 달려갔다.

'웨폰 아우라.'

푸른 불꽃이 거세게 일었다.

제닌은 대검을 치켜든 채 쇄도했다. 마리 때처럼 검은 기류가 그를 향해 쏘아졌다.

'기습.'

순식간에 쉐도우마스터의 뒤로 돌아간 제닌이 대검을 내리쳤다. 그와 동시에 생각했다.

'일점집중.'

슈슈슈슈!

마리가 그랬던 것처럼, 제닌의 공격 역시 통하지 않았다. 쉐도우마스터의 몸은 안개처럼 흩어졌다 다시 돌아오기를 반복했다.

 - 훗! 내 몸은…….

'통과해 버린다면.'

"보호."

제닌은 [보호의 육중한 패왕의 검]이 가진 스킬 [보호]를 사용했다.

원래는 그의 몸 주변에 투명한 보호막을 생성하는 기술이었으나, 제닌은 여러 가지 연구 끝에 몸 밖으로 보호막을 끄집어내 방패처럼 사용하는 방법을 터득했다.

방법은 고도로 집중된 의지였다.

제닌은 그 방법으로 쉐도우마스터의 몸 주변에 보호막을 둘러쳤다. 마치 쉐도우마스터의 몸을 가둔 것 같은 형태였다.

 - 이, 이게 무슨!

제닌은 의지를 더욱 집중해 보호막을 좁히기 시작했다. 그 안에 들어 있는 쉐도우마스터의 몸도 함께 압축되었다.

'통과하지 못하게 만들면 되는 법.'

"일점집중."

제닌은 나지막한 목소리로 중얼거렸다. 그의 손이 번개처럼 움직이며 대검의 면으로 보호막을 내려치기 시작했다.

빠바바바바바바박!

보호막이 물결치듯 출렁였다.

 - 이, 이런! 끄아아악!

기괴한 목소리가 고통에 겨운 비명을 토해 냈다.

'통한다!'

제닌의 입가가 비틀려 올라갔다.

'일점집중. 일점집중. 일점집중.'

제닌은 끊임없이 일점집중을 사용했고, 보호막이 흐릿해지면 다시 보호를 걸었다.

– 끄악! 끄아아악! 끄아아아아악!

쉐도우마스터는 계속해서 비명을 지르다가 어느 순간 검은 연기가 돼서 흩어졌다.

보호막 안의 색깔이 투명해지는 것을 확인한 제닌은 자리에 앉았다.

'마력운용술.'

마력이 다시 차오르자 그는 다시 스켈레톤 소환 스킬을 사용했다.

– 크윽! 이번에는 당하지!

쉐도우마스터는 나름대로 대책을 생각한 듯 보였으나, 그의 몸은 이미 소환할 당시부터 제닌의 보호막 안에 갇힌 상태였다.

'일점집중. 일점집중. 보호. 일점집중!'

쉐도우마스터는 또다시 연기로 변해 사라졌다.

'마력운용술.'

'스켈레톤 소환.'

'마력운용술.'

'스켈레톤 소환.'

'마력운용술.'

'스켈레톤 소환.'

제닌은 끊임없이 마력운용술과 스켈레톤 소환을 반복했다. 쉐도우마스터는 온몸으로 저항해 보았으나, 온몸이 산산이 부서지는 고통 속에서 스러지는 결과를 맞이할 따름이었다.

– 끄아악! 그, 그만! 이제 그만!

어느 순간 기괴한 목소리가 제닌에게 사정하기 시작했다.

하지만 제닌은 쉽게 용서할 생각이 없었다.

'소환물 주제에, 감히 주인을!'

자신을 무시한 것도 문제였지만, 자칫 마리를 잃을 뻔했던 것이 더 큰 분노를 유발했다.

제닌은 굳은 얼굴로 묵묵히 소환과 분쇄를 반복했다. 횟수가 열 번이 넘어가고, 스무 번을 맞이했다.

스르륵.

쉐도우마스터는 보호막 안에서 소환되자마자 납작 엎드리는 자세를 취했다.

– 자, 자비를…….

기괴한 목소리가 들려왔으나, 제닌은 가뿐히 무시했다.

제닌의 마음은 확고했다.

'그림자만 봐도, 기척만 느껴도, 냄새만 맡아도. 지리게끔.'

다시 열 번, 스무 번, 서른 번…….

– 제, 제발! 뭐든 지 마스터가 시키는 대로 하겠습니다! 그러니 제발! 용서해 주십시오!

쉐도우마스터는 온몸을 부들부들 떨며 간청했다. 제닌은 그제야 손을 멈췄다.

"할 줄 아는 것은?"

– 그게… 그러니까…….

쉐도우마스터는 당황한 듯 말을 더듬었다. 그동안 누적된 충격과 두려움이 대답할 말을 잊게 한 것이다.

"일점……."

– 자, 자, 자, 잠깐만! 시간을 주십시오! 그, 그러니까 이, 일단. 몸을 연기처럼 만들 수 있고, 그, 그림자 속으로 스며들어 숨을 수 있습니다. 다른 그림자에서 다시 나타날 수도 있습니다. 그리고…….

쉐도우마스터는 필사적으로 자신의 능력과 가치에 대해 설명했다.

'암살자. 그것도 훌륭한!'

제닌은 속으로 만족스러운 웃음을 지었다.

일반적인 공격이 통하지 않는 몸에, 그림자와 그림자 사이로 이동할 수 있는 능력. 그리고 한 방으로 마리를 빈사 상태에 빠지게 한 것으로 보아, 공격적인 능력 또한 나쁘지 않았다.

특히 제닌의 마음에 든 점은 남의 눈에 띄지 않고 움직일 수 있다는 것이었다.

스켈레톤들이 나타나면 사람들은 흑마법사가 나타났다 며 기겁하겠지만, 쉐도우마스터는 몰래 소환하면 얼마든지 들키지 않고 사용할 수 있었다.

또한, 이성이 있다는 것 또한 커다란 이점이었다. 그동안 소환된 스켈레톤들은 무언가 부족했다. 공격이나 방어 같 은 간단한 지시만 알아들을 뿐, 그 외의 것들은 전혀 생각 지 못했기 때문이다.

꼭두각시 인형. 제닌이 느끼기에 스켈레톤들은 딱 그 정 도였다.

그러나 쉐도우마스터는 달랐다.

비록 처음에 주인을 무시하는 등 건방을 떨기는 했지만, 이는 이성이 있었기에 드러난 성격이었다. 제대로 복종만 시킬 수 있다면, 말 그대로 부하 하나가 늘어난 것과 다름 없었다.

"약점은?"

– 예?

제닌이 슬쩍 대검을 다잡았다.

– 아! 햇빛! 햇빛에 약합니다. 그리고 신성력이 담긴 공 격은 무시할 수 없습니다. 그리고 불의 속성이 담긴 공격도

신성력만큼은 아니지만 아픕니다.

"그 외에는 없고?"

그건 언데드 같은 부정한 존재들이 가지는 일반적인 약점이었다.

– 예…….

어쩐지 대답이 확고하지 못했다.

"정말 없다고?"

제닌은 대검의 표면을 매만지며 되물었다.

– 그, 그게……. 그림자 속에 숨어 있을 때 공격당할 수 있습니다.

"그래? 그림자란 말이지…….."

제닌은 고개를 끄덕였다.

"좀 전에, 뭐든지 한다고 했었지?"

– 예! 뭐든지! 마스터께서 시키시는 대로 하겠습니다!

쉐도우마스터가 기쁜 목소리로 대답했다. 그와 동시에 제닌의 한쪽 입꼬리가 치솟았다.

"그럼 내 그림자 속으로 들어가서 가만히 있어. 그게 내 명령이다."

– 알겠습니다!

대답을 들은 제닌이 뒤를 돌아보며 말했다.

"마리."

분기가 풀풀 날리는 표정을 한 마리가 제닌의 곁으로 다가왔다.

"네 차례다. 마음대로 해."

"응!"

– 마, 마스터……

쉐도우마스터가 들어가 있는 제닌의 그림자에 분노한 마리의 주먹질이 작렬했다.

"난타! 난타! 난타! 난타!"

땅이 패고 자갈이 흩날렸다.

움푹 팬 바닥의 깊이만큼 쉐도우마스터가 받는 데미지는 커져갔다.

– 끄윽! 끄아아악! 차, 차라리! 한 번에!

당하는 쉐도우마스터의 입장에서는 제닌에게 당했던 것보다 훨씬 더 고통스러운 시간이었다.

마리의 공격력이 제닌보다 훨씬 낮았기 때문이다. 게다가 마리는 그림자의 말단, 그러니까 팔과 다리부터 차근차근 공략해 나가는 독심을 보여 주었다.

신기한 점은 쉐도우마스터의 생명력이 떨어질수록 그가 들어가 있는 그림자의 크기와 선명도가 줄어든다는 점이었다.

그렇게 제닌, 마리, 쉐도우마스터로 내려오는 서열이 만들어졌다.

'무력은 엑셀시어? 아니, 그 이상으로 보면 되나?'

섣불리 판단할 수는 없었다.

'어쨌든 엑셀시어보다 유용하게 사용하면 되겠지.'

정답이었다.

녹슨 철검이라도 소드 룰러의 손에 들리면 이름난 명검을 부러뜨릴 수 있었고, 신이 내려준 무기라도 삼류 용병의 손에 들리면 별 힘을 내지 못했다.

유능한 암살능력과 더불어 막강한 무력을 지녔음에도 쉐도우마스터는 마리보다 아래의 서열에서 만족해야 했다. 그동안의 교육이 헛되지 않았는지, 이제는 마리의 그림자만 봐도 알아서 고개를 숙이는 상황이었다.

'슬슬 나가봐야겠군.'

던전에 들어온 지도 벌써 열흘 이상이 지났다. 바깥과의 시간 차이가 대략 10배인 것을 생각하면 실제로 하루 정도 지난 셈이었다.

'들어오기 전에 엿새. 여기서 하루. 다 해서 일주일. 지금쯤이면 놈들도 슬슬 움직이기 시작했겠지?'

제닌은 부하들을 떠올리며 미소 지었다.

'부탁하마. 내가 적어 놓은 대로만 움직여다오. 내가 후방을 휘저으며 놈들의 시선을 끌어 줄 테니까.'

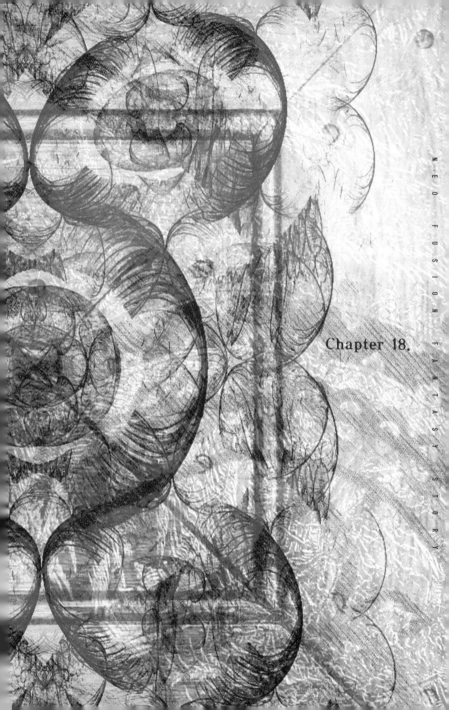

Chapter 18.

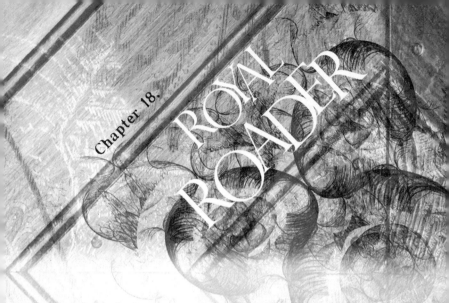

ROYAL
ROADER

I

"씨부럴! 저놈들이 무슨 상인이야? 완전히 날 도둑놈들
이지!"

후줄근한 병사 복장의 청년이 더운 콧김을 씩씩 뿜어댔
다. 키는 평범했지만, 차돌처럼 단단해 보이는 체구를 가진
청년이었다.

"이보게 존슨. 말조심하게! 저놈들이 들으면 어떻게 되
는지 몰라서 그러나?"

옆에서 걷던 늙수그레한 병사가 청년의 어깨를 두드렸
다. 왜소한 체격에 역시 후줄근한 복장. 집에 돌아가면 할
아버지 소리를 들을 만한 인물이었다.

"한스 할아범. 내가 어디 틀린 말 했습니까? 저놈들이 도

165

둑놈이 아니면, 산적들은 아주 천사겠수! 천사!"

"이보게 존슨! 목소리를 낮추라니까!"

"내가 그걸 몰라서 이러는 게 아니잖아요. 하도 답답해서 그러지! 답답해서!"

존슨은 주먹으로 자신의 가슴을 쾅쾅 두드렸다.

"개 같은 상인! 빌어먹을 귀족! 썩을 놈의 나라!"

"지금 뭐라고 했지?"

그들의 등 뒤에서 목소리가 들려왔다.

"헙!"

뒤를 돌아본 한스의 얼굴이 흙빛으로 물들었다. 번쩍거리는 갑옷을 차려입은 기사를 보았기 때문이다.

"기, 기사님!"

한스가 기사의 앞에 납작 엎드렸다.

"아, 아무 말도 아니었습니다. 그저 하찮은 평민들의 잡담일……."

"늙은이는 닥쳐라. 나는 그 앞의 평민에게 물었다."

기사는 한스의 말을 자르며 날카로운 눈빛으로 존슨의 등을 쏘아보았다.

"앞에 있는 평민. 방금 뭐라고 했는지를 물었다. 대답하지 않을 건가?"

기사의 손이 허리춤의 검 손잡이를 잡아 갔다.

"존슨 이놈아! 당장 대답 안 해? 기사님께서 하문하시지 않느냐!"

"늙은이는 닥치라고 했다!"

퍼억!

외침과 함께 기사는 왜소한 한스의 몸을 걷어찼다.

"아이고!"

쿠당탕탕!

비명을 내지르며 날아간 한스가 요란하게 바닥을 굴렀다. 주변을 지나던 병사들의 시선이 일제히 그들에게로 모여들었다.

바닥을 구르는 늙은 병사와 기사. 상황은 한눈에 알아볼 수 있었다.

높은 신분의 낮은 신분의 사람을 핍박하는 일은 비일비재했다. 그러나 기사의 갑옷에 새겨진 문양을 알아본 순간, 병사들의 눈빛이 달라졌다.

'빌어먹을 상단 소속!'

그들의 눈빛이 의미하는 것은 명백한 적의였다.

"늙은 버러지 따위가……."

기사가 나직이 중얼거렸다. 비록 나직한 목소리였으나, 가까이 있던 사람들의 귀에는 확실히 들릴 정도였다.

'버러지?'

순간 모두의 가슴 속에서 알 수 없는 무언가가 왈칵 치밀어 올랐다. 그것은 무척이나 뜨거웠다.

"하, 한스 할아범! 괜찮아요?"

존슨은 이미 돌아선 상태였다. 그가 기사를 피해 쓰러진 한스에게 다가가려 할 때였다.

스릉.

서늘한 칼날이 존슨의 목덜미에 드리워졌다.

"나를 무시하는 건가? 하찮은 버러지 주제에?"

존슨은 걸음을 멈췄다.

그의 손은 바지 뒤로 돌아가 있었는데, 뒤에 꽂힌 단검의 손잡이를 단단히 붙든 상태였다.

"존슨 이놈아! 당장 엎드리라니까! 기사님께 잘못했다고 빌어!"

한스는 바닥을 뒹굴면서도 존슨에게 소리쳤다.

"닥쳐라. 늙은이! 이놈 다음은 네 차례다."

기사의 외침에 지켜보는 병사들의 눈빛이 더욱 사나워졌다. 그중에는 기사를 향해 이를 가는 자도 있었다.

까드득!

주변에서 들려온 섬뜩한 소리에 기사의 얼굴이 살짝 굳어졌다. 곁눈질로 주변을 살펴본 그의 얼굴은 한층 더 굳어졌다.

주변의 모든 병사가 기사를 향한 분노를 표출하고 있었다. 까딱 잘못했다가는 병사들이 폭동을 일으킬 수도 있다는 생각이 기사의 머리를 스쳤다.

'상대 못 할 것은 없지만······.'

일이 커지면 기사에게도 좋을 일은 없었다.

가장 현명한 대처는 그만두고 물러나는 것.

그러나 그러기에는 기사의 자존심이 허락지 않았다. 여기서 물러서면 하찮은 평민 출신 병사들이 자신을 어떻게 볼 것인가!

모르긴 몰라도 자신들이 두려워 물러난 겁쟁이 기사가 있다며 술자리에서 씹어댈 확률이 높았다.

'게다가 내가 물러난 사실을 그놈이 알게 되면!'

기사는 누군가의 얼굴을 떠올렸다.

기사 아카데미 시절의 라이벌이었으나, 하찮은 평민 출신이기에 기사 서임을 받지 못하고 군에 투신한 인물이었다. 그리고 그는 어느새 천인장의 자리에 올라 이곳 나이트럴 요새의 병사를 지휘하고 있었다.

'그 천한 놈이 날 우습게 보겠지!'

문제를 감수하고라도 눈앞의 버러지를 처단해야 할 이유가 생겼다.

'처단한다.'

기사가 막 검을 쥔 손에 힘을 더하려 할 때였다.

"지금 내 부하에게 뭐하는 짓인가?"

등 뒤에서 들려온 목소리가 기사의 행동을 끊었다. 기사의 얼굴이 와락 일그러졌다.

낯익은 목소리였다. 그렇기에 기사에게는 더욱 듣기 싫은 목소리이기도 했다.

'빌어먹을!'

천인장 테슬라. 그의 등장으로 상황은 정리되었다.

존슨은 상단과 귀족을 모욕한 죄로 열 대의 채찍형과 더불어 철창에 갇히는 벌을 받았다. 대신 기사는 죄 없이 걸어차인 한스에게 밀 열 자루를 배상해야 했다.

Ⅱ

"썩을! 빌어먹을! 제기랄!"

존슨은 제대로 눕지도 못할 정도로 좁은 철창에 갇힌 채 계속 욕설을 내뱉었다. 비록 지금은 임시감옥으로 사용하고 있었지만, 본래는 맹수를 넣어두는 우리로 사용되던 철창이었다.

"뭐가 그렇게 불만이지?"

청아한 목소리가 들려왔다.

존슨의 고개가 소리가 난 쪽으로 돌아갔다.

곱상하게 생긴 청년 하나와 로브를 뒤집어쓴 어린 소녀가 그를 바라보고 있었다.

'생긴 걸 보아하니, 이놈도 재수 없는 귀족 나부랭이인 것 같은데…….'

존슨은 인상을 찌푸렸다. 철창에 갇히기 전에 채찍에 맞았던 등이 쓰라려 왔기 때문이다.

'괜스레 엮여 봤자 좋을 게 없지.'

"보아하니 귀하신 분 같은데, 나 같은 버러지한테 관심 가지실 필요는 없수. 가던 길이나 가슈."

시비조가 역력한 말투. 안타깝게도 존슨에게는 불편한 속마음을 감추며 고운 말을 할 만한 재주가 없었다.

"아까 보니까 채찍도 맞던데? 무슨 죄를 지어서 그렇게 됐지?"

'죄? 이런 개자식이! 지금 누굴 놀리나?'

존슨의 인상이 험악해졌다.

가뜩이나 죄 없이 얻어맞고, 철창에 갇힌 게 억울해 죽을 지경이었다. 그런 상황에서 죄를 지었느냐고 묻는 말은 상처에 소금을 뿌리는 격이다.

"이런!"

존슨이 막 욕설을 퍼부으려 할 때였다.

"대답하면 아프지 않게 해 주지."

"헹! 댁이 무슨 재주로?"

코웃음 치는 존슨의 눈앞에 붉은 액체가 든 조그마한 병이 내밀어졌다.

"그냥 봐서는 모를 테니, 일단 맛보기로."

병의 마개를 연 청년이 안에 든 붉은 액체를 한 방울 찍어 손가락을 튕겼다.

툭.

작게 튄 물방울이 존슨의 상처에 닿았다.

사아아.

간질간질하면서도 시원한 느낌이 들었다. 비록 등을 볼 수는 없었지만, 존슨은 물방울이 닿은 상처가 나았음을 본능적으로 깨달았다.

"무, 묻고 싶은 게 뭡니까?"

존슨은 공손하게 물었다.

청년은 빙긋 웃으며 되물었다.

"상단을 왜 그렇게 싫어하지?"

잠시 머뭇머뭇하던 존슨이 입을 열었다.

"치료부터 먼저 해주슈. 어차피 갇혀 있는 몸이니 도망갈 수도 없잖수?"

"그러지."

청년은 손에 든 약병을 내밀었다.

"반은 마시고, 반은 등에 뿌리면 될 거야."

Ⅲ

제닌의 목적지는 라테스 성이었다. 그곳은 원래 왕국의 영토였다가 지금은 제국에게 점령된 지역이었다.

라테스로 가는 가장 가까운 경로는 최전방에 위치한 나이트럴 요새를 통과하는 방법이었다.

일주일이 멀다 하고 국지전이 벌어지는 요새답게, 경계는 삼엄했다. 그러나 경계하는 병사들의 행색은 말이 아니었다.

'뭐 저렇게 말랐어? 장비는 왜 이렇게 낡았고?'

한두 사람이라면 모르겠지만, 거의 모든 병사가 그런 모습이었다.

'설마 식사도 제대로 안 시켜주는 건가?'

제닌은 보급품 수송을 하면서 그동안 많은 부대와 요새를 오갔었다. 하지만 지금 바라보는 나이트럴 요새의 병사들은 그중에서도 최악의 상태였다.

그러던 도중 상인을 욕하는 존슨의 모습을 보았고, 이어 벌어진 기사와의 시비도 지켜보았다.

'처분이 관대하군. 저건 처벌이라기보다는, 병사를 감싸는 거야.'

귀족 모독죄는 기득권을 유지하려는 귀족들에 이해 중죄로 다스려졌다. 게다가 실제 전투가 벌어지는 최전방 요새에서 벌어진 일이었기에 즉결처형해도 이상하지 않은 일이었다.

'상인을 욕하는 걸로 보아, 아무래도 병사들의 행색이 저런 것과 상인이 연관된 것 같은데. 또, 이곳 천인장과 저

기사 사이에도 뭔가 알력이 있는 것 같고.'

제닌은 이어지는 과정을 지켜보며 눈을 빛냈다.

'냄새가 나는군. 상당히 구린 냄새가!'

제닌은 조용히 어두워지기를 기다렸다가 존슨이 갇혀 있
는 철창으로 다가갔다. 그리고 체력회복 물약을 미끼로 그
에게 이곳의 상황에 대해 전해 들을 수 있었다.

전쟁은 상단과 밀접한 관계가 있었다. 군사를 운용하기
위해서는 어마어마한 물품과 식량이 필요하기 때문이다.

상단은 그것을 군에 납품하는 대신 전투에서 획득한 전
리품을 사들일 권리를 얻었다.

문제는 이 권리가 독점적이라는 것에 있었다.

상단을 운영하는 곳은 대부분 귀족 가문이거나, 막강한
귀족 가문을 등에 업은 곳이었다. 그들은 뒤에 업은 가문의
힘으로 지휘관을 압박하거나 때로는 뇌물로 회유하는 등의
수단을 썼다. 당연한 말이지만 욕심으로 골수까지 검게 물
든 이들이 대부분이었고, 병사들을 대상으로 폭리를 취하
고 있었다.

일례로 적국인 에이서스 제국의 장비들은 자국인 크라인
왕국의 장비보다 품질이 월등했다.

그러나 상단이 사들이는 가격은 헐값이었다. 대신 왕국
에서 생산된 장비를 팔았는데, 제국의 장비 다섯 개를 처분
해야 왕국의 장비 하나를 살 수 있었다.

질 좋은 장비를 팔고 질 낮은 장비를, 그것도 다섯 배나 되는 가격으로 살 사람은 없었다. 그야말로 미친 짓이었다.

하지만 상단은 병사들로 하여금 그럴 수밖에 없는 환경을 만들었다. 제국의 장비를 착용한 병사를 첩자로 몰아간 것이다.

그 때문에 전리품을 획득한 병사들은 눈물을 머금고 그것을 헐값에 넘겨야 했다. 심지어는 그저 소유하고 있다는 것만으로도 상단은 그들을 첩자로 몰아갔다.

힘 있는 가문을 등에 업은 상단의 어마어마한 폭거였다. 그러나 그들은 거기에서 만족하지 않고, 한발 더 나아갔다.

본래 지급해야 할 보급품을 지급하지 않고 병사들에게 팔았다. 그뿐만 아니라, 병사들은 식량마저도 전리품을 판 돈으로 사 먹어야 했다. 전리품을 얻지 못한 병사들은 전투에 지친 몸을 쫄쫄 굶겨야 했다.

병사들은 억지로 끌려와 목숨 걸고 싸우는 이들이었다. 그런 그들의 입장에서 식사마저 제대로 못 하게 만드는 상단은 그야말로 찢어 죽여도 시원치 않은 놈들이었다.

"뭐, 이런 개 같은 경우가 다 있어? 상부에서는 그걸 알면서도 놓아둔단 말이야?"

제닌이 버럭 화를 냈다.

그 역시 말단 병사에서부터 시작한 터라, 병사들의 고충을 잘 알고 있었다. 특히, 식사는 힘겨운 군 생활을 그나마

175

버틸 수 있게 해주는 유일한 즐거움이었다.

"상부라고 다를 게 뭐 있겠수? 다 똑같은 놈들이지."

존슨이 대꾸했다.

'아! 그리고 보니 이곳은……'

아스트 백작이 맡은 3군이 아닌, 2군에 속한 곳이었다. 그리고 2군의 사령관은 소속이 다른 제닌에게도 소문이 들려올 정도로 악명이 자자했다.

'아무리 더럽고 힘들어도 2군보다는 훨씬 행복할 거라더니……'

제닌은 하급병 시절 선임에게 들었던 말을 떠올렸다. 실제로 살펴보니 선임에게 들었던 것보다 더하면 더했지, 못하지는 않았다.

"이곳 천인장은 어때?"

"무얼… 묻는 거요?"

존슨은 조심스럽게 되물었다.

"병사들이 보기에 좋은 사람이냐는 질문이야."

"그건 왜……"

'다혈질인 놈이 쉽게 대답하지 못하는 걸 보니, 둘 중 하나겠군. 천인장이 쉽게 대하지 못할 정도로 어려운 사람이거나, 질문이 무엇을 의미하는지를 몰라 대답하기 망설이는 것.'

제닌의 감각은 후자에 손을 들어 주었다.

'망설이는 이유는 혹시라도 천인장이 해를 입을까 두려워하는 거겠지. 부하가 그렇게 생각할 정도면 최소한 썩은 놈은 아니야.'

제닌은 씩 웃으며 답했다.

"거래를 좀 해야 할 것 같아서."

"거래?"

존슨의 얼굴이 딱딱하게 굳어졌다. 거래라는 말에서 상인을 떠올린 까닭이었다.

"후후! 그렇게 노려볼 것까지는 없잖아? 난 너희가 이를 가는 상인 놈들이랑은 다르거든?"

"그걸 어떻게 믿소?"

제닌은 인벤토리에서 천인장의 패를 꺼내 존슨의 눈앞에 들이밀었다.

"같은 편이니까."

"처, 천인장… 이셨습니까?"

존슨의 말투는 다시 공손해졌다.

"참고로 내가 여기 온 것은 비밀이어야 돼. 비밀 임무 중이니까."

"비밀임무!"

존슨의 눈동자가 초롱초롱 빛나기 시작했다.

"임무 덕분에 나는 없는 사람이 되어야 하지. 반드시 그래야 해. 알겠지?"

"예? 예."

"그래. 조용히 입 다물고 있어봐. 어쩌면 너희에게 좋은 일이 일어날 수도 있으니까."

"옙! 알겠습니다."

천인장의 패와 비밀임무. 그 두 가지 사실을 들은 존슨은 눈빛에 존경심까지 담아가며 제닌을 대했다.

'이 녀석도 어째 좀 단순한 것 같은데? 벡스만큼은 아니지만……'

어쩌면 그래서 더 눈에 띠었는지도 몰랐다. 왠지 모르게 벡스를 연상시키는 모습.

'녀석……. 잘하고 있겠지?'

문득 벡스의 순박한 웃음을 떠올리던 제닌이 몸을 돌렸다. 이젠 천인장을 만나러 가야 할 때였다.

몸을 돌렸던 제닌이 다시 고개를 돌려 물었다.

"아! 그리고 여기 있는 상단의 이름이 뭐지?"

"그게… 크라제? 아! 크로제 상단이라고 했습니다."

'크로제? 어디서 많이 들어본 이름인데?'

크로제 상단. 그리고 그 뒤에 있는 크로제 백작가.

그곳은 아르스 드 비엘의 외가였다.

사실 비엘 백작 자체는 썩은 귀족이 아니었다. 제닌은 그가 평민들을 착취하거나 핍박하지 않고 선정을 펼친다는 소문을 들은 적이 있었다.

비록 망나니 아들이라는 문제가 있었지만, 그는 아들을 구타한 제닌을 오히려 칭찬했다고 한다. 아들의 버릇을 고쳐주어서 고맙다는 말까지 했다고 하니, 나쁘게 볼 수 없었다.

그러나 아르스 드 비엘의 외가인 크로제 백작가는 달랐다. 뒤에서 수작을 부려 아르스를 제닌의 직속상관으로 앉혀 놓은 장본인이었다.

모든 사실을 떠올린 제닌은 한껏 입매를 비틀어 올렸다.

'크크크! 이거 절대로 그냥 넘어갈 수 없겠는데?'

Ⅳ

다음날 오전, 짐마차 몇 대를 비롯한 일단의 병력이 나이트럴 요새를 빠져나왔다. 마차의 옆면 포장에는 크로제 백작가의 문양이 새겨져 있었다.

짐칸 위로 포장이 불룩 솟아 있었는데, 그 안에는 병사들로부터 헐값에 사들인 전리품을 비롯한 각종 물품이 기득 실려 있었다.

후방으로 나아가던 마차의 행렬은 요새가 보이지 않는 곳에 다다르자 직각으로 방향을 틀었다. 그리고 다시 두어 시간 정도 나아가다가 또다시 직각으로 방향을 틀었다. 최종적으로 방향을 정한 곳은 제국과의 전선이 있는 쪽이었다.

'쯧! 이건 뭐, 너무 빨라서 지겨울 정도인데? 이것들은 생각이 없나? 이렇게 대놓고 움직여 버리면 밤새 이것저것 고민한 내가 바보 같잖아?'

제닌은 멀찌감치 떨어진 곳에서 미니맵을 바라보고 있었다. 미니맵에는 연한 푸른색 점이 천천히 움직이고 있었다.

연한 푸른색 점은 마리의 것이었다. 제닌은 경계가 느슨해진 틈을 타 마리를 짐칸 안에 숨어들게 했다.

마차는 계속 이동하더니 날이 저물 무렵 폐허가 된 작은 마을에 도착했다. 호위하던 병력은 마을을 탐색했고, 이상이 없자 모닥불을 피우고 식사를 마련하는 등 부산을 떨기 시작했다.

'뭔가 익숙한데? 거의 반역에 가까운 행위인데도 긴장감도 별로 없어 보이고⋯⋯.'

그 모습을 바라보던 제닌은 얼굴을 찌푸렸다.

전리품을 빼돌려 전선 근처로 향한 마차. 그리고 누군가를 기다리는 듯한 모습. 이런 것들이 의미하는 바는 명백했다.

제국과의 거래.

또한, 익숙해 보이는 크로제 상단의 모습은 이런 거래가 전부터 자주 이루어졌다는 것을 의미했다.

'쓰레기 같은 놈들! 병사들이 목숨을 걸고 싸워 얻은 것을 고스란히 다시 넘겨줘? 아무리 그래도 최소한의 양심은

있어야 할 것 아니야?'

제닌은 모닥불 주변에 모여 식사하는 인물들을 바라보며 이를 악물었다.

'그런데 이상한 점도 있는데? 전리품을 팔아넘기는 대가로 뭘 받는 거지? 게다가 이렇게 양측의 병사를 희생시켜서 도대체 뭘 얻겠다는 거야?'

제닌은 이런 의문이 들었다.

초반에 이루어진 제국의 대대적인 침공 이후 전선은 거의 굳어진 상태였다. 크라인 왕국 영토의 3분의 1을 장악한 제국은 소규모 국지전만 계속 유도할 뿐, 대규모 회전은 피해왔다.

왕국 지휘부에서는 이런 제국의 움직임을 더 무리하지 않고 현재 점령한 곳까지를 영토로 편입할 생각으로 파악했다.

'잠깐! 설마!'

제닌은 깜짝 놀란 표정을 지었다.

'정보가 필요해. 국지전이 활발하게 벌어지는 곳과 그렇지 않은 곳의 정보가! 만약 내 생각대로라면!'

제닌은 등골이 오싹할 정도의 한기를 느꼈다.

쿠르르. 쿠르르르.

멀리서 마차 구르는 소리가 들려왔다.

'제국 놈들의 등장인가?'

제닌은 차갑게 가라앉은 눈으로 그곳을 주시했다.

'너희가 무슨 짓을 꾸미는지는 모르겠지만······.'

제닌은 주먹을 움켜쥐었다.

'니들 뜻대로는 안 될 거야.'

크로제 상단의 인물은 아주 정중한 자세로 제국의 인물을 맞이했다. 이어, 짐꾼들이 마차에 실린 짐을 교환하는 동안 양측의 윗자리들의 술자리가 벌어졌다.

'씹어 죽일 놈들! 이 시간에도 전투로 죽어가는 병사들이 있건만!'

모닥불을 중심으로 벌어지는 떠들썩한 술판을 바라보며 제닌은 이를 갈았다. 그사이 옆으로 다가오는 기척이 느껴졌다.

익숙한 기척. 짐칸 속에 숨어 있던 마리가 그곳을 빠져나와 다가오고 있었다.

'마리. 어땠어?'

제닌의 물음에 바짝 다가온 마리가 귓가에 속삭였다.

"센 놈. 없어. 나보다 약해."

'기척을 눈치챈 사람도 없고?'

마리가 세차게 고개를 끄덕였다.

'그렇단 말이지······.'

제닌의 입매가 비틀려 올라갔다.

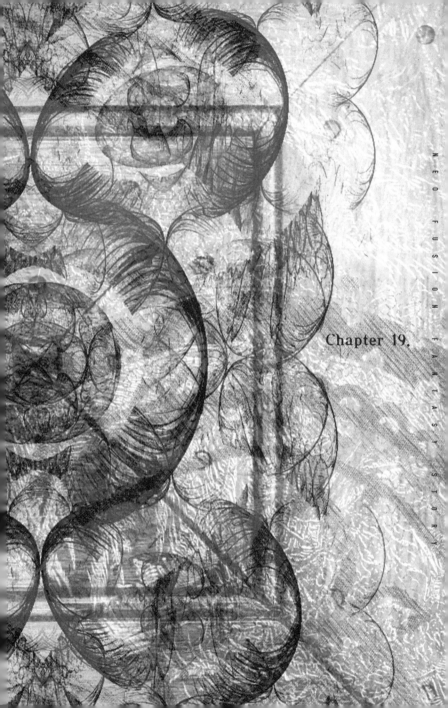

Chapter 19.

I

"마차가! 마차가 비었어!"

떠들썩한 밤이 지난 후, 호들갑스러운 목소리가 아침을
깨웠다.

"도둑이다! 부단주님! 부단주님을 깨워!"

"헉! 부단주님! 부단주님이!"

크로제 상단 쪽의 상황이었고, 제국 쪽 상황 역시 다르지
않았다. 간밤에 마차가 텅텅 비었고, 병력의 우두머리가 살
해당하는 사건이 일어났다.

누가 그랬을까?

오래 생각할 것도 없었다. 이곳에는 근본적으로 적대적
관계인 두 무리가 있었다.

챙챙! 차르르릉!

양측 병력이 서로 칼을 겨눴다.

"하찮은 왕국의 상단 따위가, 감히 제국의 물건에 손을 대고, 제국의 귀족을 살해하다니! 제정신인가?"

"그건, 우리가 묻고 싶은 말이다! 대체 제국은 왜 우리의 물건을 강탈하고, 상단의 부단주를 살해했는가!"

기사로 보이는 이들이 격한 어조로 말을 주고받았고, 양측의 분위기는 점차 과열되어갔다.

'크크크! 어젯밤은 형제처럼 친해 보이더니, 오늘 아침에는 원수로구나!'

크로제 상단의 일꾼 복장을 한 채, 음흉한 미소를 짓는 사내가 있었다. 다름아닌 제닌이었다.

주변의 다른 이들은 다가올 전투에 대한 긴장감으로 바짝 얼어 있었으나, 제닌은 달랐다. 오히려 그는 전투가 벌어지기를 바라는 쪽이었다.

'여기서 관건은, 두 무리 모두에게 생각할 시간을 주지 않는 것!'

양측의 수장이 동시에 당했다. 계속해서 말을 나누다 보면 누군가는 이상함을 느낄 수도 있을 것이다. 그리고 상황을 파악하기 시작하면, 이곳에 있는 두 무리가 아닌, 제삼자가 있다는 사실을 깨달을 수도 있었다.

슈욱!

어디선가 날아든 단검이 제국 병사의 안면에 박혔다. 제
닌의 솜씨였다.

크헉!

"하찮은 왕국 놈들이!"

"우, 우리가 한 짓이……."

크로제 상단 쪽 기사가 뭐라 변명하려 할 때, 제국 기사
가 검을 휘둘렀다.

서걱!

"크윽!"

창졸간에 벌어진 일에 상단 쪽 기사의 팔이 잘려나갔고,
기사는 신음을 삼키며 명령했다.

"고! 공격해라! 공격!"

"쳐라! 버러지 같은 왕국 놈들을 짓밟아 버리자!"

전투가 시작되는 것을 확인한 제닌은 조용히 그 자리를
벗어났다. 그는 반쯤 무너진 담장 뒤에 몸을 숨긴 채, 이따
금 단검을 날려댔다.

'전투는 공평해야 하고…….'

살짝 비틀린 제닌의 입매에 잔인한 미소가 맺혔다.

'쓰레기는 이왕이면 같은 쓰레기로 치우는 편이 좋잖아?
손도 더럽히지 않고.'

힘이 한쪽으로 기울어진 경우, 강한 쪽은 별다른 피해 없
이 반대편을 제압할 수 있었다.

하지만 서로의 힘이 비슷하다면 전투는 더 치열해질 수밖에 없었다. 당연히 인명피해 또한 늘어났다.

제닌은 특히 부하들을 지휘할 수 있는 기사급 인물들을 먼저 처리했다.

전투가 벌어지는 상황을 파악하고 명령할 인물이 없어지면, 병사들은 그저 무작정 싸울 수밖에 없었다. 적이 다 죽거나, 아군이 다 죽을 때까지, 더는 자신을 향해 무기를 겨눈 사람이 없을 때까지.

'그나저나 슬슬 올 때가 됐는데?'

제닌은 양측의 균형이 어느 정도 맞춰졌다고 판단하자, 담장 뒤로 완전히 몸을 숨겼다. 그리고 미니맵을 살펴보았다.

경계 부근에서 연한 푸른점이 나타났다. 이어, 다수의 녹색 점들이 나타났다.

'시간은 잘 맞췄는데?'

동트기 전, 제닌은 나이트럴 요새로 마리를 보냈다. 쉐도우마스터를 보내는 편이 나을 수도 있었으나, 그의 모습을 보면 천인장이 오해할 수도 있었다.

또한, 시간이 늦어져 해가 뜨기라도 하면 큰일이었다. 쉐도우마스터는 해가 뜨면 타격을 받다가 소환이 풀리는 약점이 있었다.

마리는 천인장에게 제닌의 서신을 전달했고, 미리 약속

한 대로 천인장이 병사를 보내온 것이었다.

'그나저나 참 신기하단 말이야. 내가 아군으로 생각하는
것은 천인장 하나뿐인데, 다른 병사들까지 다 녹색 점으로
표시되는 건 무슨 원리일까?'

살짝 의문을 품었던 제닌이 고개를 흔들었다.

'뭐, 정보공개 레벨인가 하는 게, 더 오르면 알게 되겠
지. 그보다 지금은……'

제닌은 인벤토리를 열었다. 그리고 어젯밤에 습득한 물
품 중, 병사들에게 필요한 보급품과 식량을 꺼내 반쯤 무너
진 담장 뒤편에 쌓아두기 시작했다.

두두두두두.

기병들의 말발굽 소리가 땅을 울렸다. 시간을 맞추기 위
해 요새 안의 기병을 모조리 끌고 온 것 같았다.

갑작스러운 땅 울림은 제국 측 인물과 크로제 상단의 인
물 모두를 당황스럽게 했다.

"저, 적이다!"

"비겁한 놈들! 함정이었다니!"

"도망쳐라!"

제국 측 인물들이 먼저 몸을 뺐다. 처음 이곳에 나타난
것은 서른 명 정도였는데, 마지막까지 살아 도망진 것은 다
섯에 불과했다.

크로제 상단의 인물 역시 손가락으로 꼽을 정도밖에 남지

않았다. 다만 그들은 이러지도, 저러지도 못하고 우왕좌왕하다가 기병들에게 포위당하고 말았다.

명령을 내릴 간부가 없었기에 벌어진 일이었다.

"본인은 나이트럴 요새 기병대장 막스다! 정체를 밝혀라!"

"우, 우리는……."

기병 대장의 싸늘한 말투에 크로제 상단 인물들은 말문이 막혔다.

사실대로 대답하자니 적국과 내통한 사실이 들통 나고, 그렇다고 거짓을 말하기에는 그들의 복장과 마차에 새겨진 크로제 상단의 문양이 너무 확실히 드러났다.

인물 중 하나가 옆 동료의 가슴에 칼을 꽂았다.

"크윽! 왜?"

비명과 동시에 물음이 이어졌다. 죽음의 고통보다도 궁금함이 앞섰다.

"가족을……."

동료의 가슴에서 칼을 뽑은 그가 이번에는 스스로 목을 베었다. 고향에 남아 있을 가족에게 피해를 주지 않기 위한 자결이었다.

적과 내통한 죄는 반역죄에 준하는 처벌을 받았다. 내통한 자는 물론 그 가족까지 책임을 물어 목이 매달리게 된다. 어차피 죽을 것, 가족과 함께 목이 매달리는 것보다는 스스로 목숨을 끊는 편이 나았다.

그러나 모두가 같은 생각은 아니었다.

"크윽!"

"끄아악!"

한 인물이 나머지 동료 둘을 자신의 손으로 처치한 후, 무기를 버렸다.

"다, 다 말하겠소! 우린 크로제 상단에 고용된 용병이오. 제국과 내통한 것은 크로제 상단이고, 우리는 그저 위에서 시키는 대로만……. 커헉! 왜……."

기병대장 막스의 창이 그의 가슴에 박혀 있었다.

"천인장님께서 그러시더군. 우리가 삼키기에는 너무 큰 고깃덩이라고. 체하지 않으려면 우리 쪽 목격자는 단 한 명도 없어야 한다고."

가슴에 창이 박힌 용병은 그 말을 다 듣지도 못한 채 모로 쓰러졌다. 말에서 내려 창을 뽑아내던 막스가 날카로운 눈빛으로 주변을 둘러보았다. 그러다가 반쯤 무너진 담장 쪽에 시선을 고정했다.

"나와라!"

"후후! 제법인데?"

양손을 어깨 위로 올린 제닌이 담장 위로 모습을 드러냈다. 그와 동시에 강한 회전을 머금은 장창이 제닌에게로 날아들었다.

쇄애액!

"뭐야?"

제닌은 피식 웃으며 손을 앞으로 뻗었다.

텁!

막스가 던진 장창은 그대로 제닌의 손아귀에 잡혔다.

"시험? 테슬라가 그러라고 시켰어?"

순간 막스의 눈썹이 꿈틀거렸으나, 그는 제닌을 바라보다 고개를 숙였다.

"죄송합니다. 생존자가 한 명도 없어야 한다는 명령을 들은 터라……."

"뭐, 됐고."

제닌이 그의 어깨를 두드렸다. 그리고 그의 옆을 지나치며 귓가에 속삭였다.

"한 번만 더 그러면, 피똥 싼다?"

순간 막스의 어깨가 움찔거렸다.

"너 말고, 테슬라 말이야."

막스의 어깨가 조금 더 크게 움찔거렸다. 테슬라는 나이트럴 요새를 지휘하는 천인장의 이름이자, 막스가 충성을 바치는 상관이었다.

"개가 물면 주인을 패야 한다는 게 내 신조거든? 사실, 개가 무슨 잘못이 있겠어? 물어야 할 사람, 안 물어야 할 사람을 잘못 가르친 주인이 문제지."

막스의 몸이 부르르 떨리다가 잠잠해졌다. 끓어오르는

화를 겨우 가라앉힌 모습이었다.

"뭐야? 너, 오줌 쌌냐?"

"으아아아!"

막스가 고함을 내지르며 주먹을 치켜들었다. 제닌은 막
스의 눈을 바라보며 가만히 서 있었다.

차갑게 가라앉은 눈빛, 비틀려 올라간 입매.

막스는 그 눈을 마주한 순간 등줄기를 타고 싸늘한 한기
가 흐르는 기분이 들었다.

끓어 올랐던 화가 씻은 듯 가라앉았다.

'주, 죽는다……'

"훗! 그래도 단명은 안 하겠네."

제닌은 피식 웃으며 막스의 손에 창대를 쥐여줬다.

"테슬라가 시켰든, 네가 임의로 그랬든, 그건 그리 중요
하지 않아. 중요한 것은 말이야."

꿀꺽.

막스가 마른 침을 삼켰다.

"누울 자리를 보고 다리를 뻗으라고. 아니다 싶으면 닝
큼 엎드려 손발을 싹싹 빌고. 그게 이런 개 같은 세상에서
오래 사는 비결이니까."

제닌의 몸에서 순간적으로 어미어마한 실기가 뿜어졌다.
그것은 막스의 온몸을 옥죄며 무시무시한 공포감을 느끼게
했다.

"아, 알겠… 크윽! 습니다."

막스는 목소리가 안 나오는 목을 억지로 쥐어짜며 겨우 대답했다.

"물건은 저기에 있으니까 알아서 가져가고. 테슬라한테 안부도 전해주고. 조만간 찾아갈 테니까."

제닌은 막스의 어깨를 두드리며 기세를 거뒀다.

"아 참! 테슬라한테 이것 좀 전해 줘. 이건 진짜 중요한 거니까, 네가 직접 전해줘야 한다. 알았지?"

제닌은 품 안에서 둘둘 말린 서신을 꺼내 막스에게 건넸다. 막스 공손히 받아들며 대답했다. 압도적인 힘의 차이를 느낀 순간, 그는 맹수 앞의 강아지 마냥 기가 죽어 있었다.

"반드시 전하겠습니다."

– 제닌! 제닌!

제닌이 막 몸을 돌리는 순간, 머릿속에서 마리의 목소리가 들려왔다.

이것은 뜻밖에도 마리가 스스로 발견해낸 기능이었다. 방식은 제닌이 벡스나 마리에게 사용하는 것과 같았다. 대상을 강하게 떠올리면서 의사를 전달하는 것.

이렇게 의사를 전달할 수 있는 거리는 미니맵을 최소로 축소한 범위 안이었다.

'마리? 왜 그래?'

마리는 막스의 기병대보다 앞서 도착했는데, 제닌은 마

리에게 도망치는 제국의 인물들을 뒤쫓으라는 지시를 내려
둔 상태였다.

　– 얘네들. 갈라졌어.

　'응? 어떻게 갈라졌는데?'

　– 셋, 둘. 왼쪽, 오른쪽.

　'세 명은 왼쪽, 두 명은 오른쪽이라고?'

　– 응!

　제닌은 지도창을 띄워 방향을 가늠해 보았다.

　'왼쪽은 라테스고 오른쪽은⋯ 모르겠네.'

　라테스는 제닌이 가야 할 지역의 이름이었고, 다른 쪽은
온통 까만 안개로 가려져 있어 제닌도 뭐가 있는지 알 수
없었다.

　'어떻게 한다?'

　목적지가 라테스이기는 하나, 이대로 놓아주기에는 왠지
모를 찜찜함이 있었다.

　특히 크로제 상단의 부상단주에게서 얻은 물건은 아무리
봐도 심상치 않았다. 그와 더불어 그의 감각이 ㄱ 물건과 오
른쪽으로 향한 인물들이 관련 있음을 외쳐대고 있었다.

　'감각은 여태껏 틀린 적이 없었어.'

　제닌은 마음을 정했다.

　'마리. 나랑 떨어져도 저놈들 추격할 수 있겠어?'

　– 우움⋯⋯. 응!

마리는 약간 망설이는 듯하다가 힘차게 대답했다.

'그럼 왼쪽 놈들을 따라가. 먼저 공격하거나 하지 말고, 일단 중요한 것은 놈들의 본거지를 파악하는 거니까. 발각된 것 같으면 무조건 도망쳐. 도망친 다음에는 라테스 근처에 숨어 있으면 돼. 내가 찾아갈 테니까.'

– 으응…….

대답이 시원치 않은 것으로 보아, 지시 내용이 너무 복잡한 것 같았다.

'마리. 그냥 두 가지만 기억해. 놈들이 도착하는 곳을 잘 기억할 것. 그리고 큰 도시의 근처에 있을 것. 알았지?'

– 응!

미니맵에서 마리의 푸른 점이 붉은 점의 뒤로 바짝 따라붙는 모습이 보였다. 제닌은 오른쪽으로 갈라져 나간 붉은 점을 바라보며 땅을 박찼다.

II

"이놈들은 대체 어디까지 가는 거지?"

제닌은 미니맵의 붉은 점을 바라보며 중얼거렸다.

오른쪽으로 진행하던 붉은 점은 어느 순간 직각으로 방향을 틀었다. 전선의 반대쪽, 제국의 점령지 깊숙한 곳을 향하는 경로였다.

'무슨 지도라도 있는 건가? 병영이 있는 곳을 너무 잘 피하는데?'

제닌은 이미 붉은 점이 뭉쳐 있는 곳의 사이를 몇 번이나 지나친 뒤였다. 제닌은 굳이 살펴보지 않아도 그 붉은 점이 뭉친 곳이 제국 병사들의 병영이라는 것을 깨달을 수 있었다.

놈들은 그 사이에 흩어져 있는 정찰병과도 몇 번 마주쳤으나 무언가를 꺼내 보이자 정찰병은 그들에게 경례한 후 물러갔다.

'신분패. 그것도 제법 높은 신분을 가진 것 같은데?'

제닌도 제국의 신분패를 가지고 있었다. 비록 몰락하기는 하지만 당당한 귀족의 신분패였다.

라테스 성과 같은 점령지에서 그것은 효과적인 신분 증명의 수단이었다. 몰락한 가문을 재건하기 위해 전장 근처에서 공을 세울 기회를 노린다. 누가 들어도 그럴듯해 보이는 이유였다.

하지만 최전방의 전서를 돌아다니다가는 의심을 시기에 좋았다.

'나중에 품을 뒤져보면 되겠지. 지도가 있으면 좋고, 저것도 함께 얻으면 되겠군.'

어차피 적이다. 적을 처리하고 얻는 전리품은 목숨 걸고 싸우는 병사의 당연한 몫이었다.

아침나절에 시작한 추격은 해가 뉘엿뉘엿 넘어갈 때가 되어서야 비로소 끝났다.

제닌이 추격한 자들이 도착한 곳은 산을 깎은 자리에 목책을 높게 쌓아 올린 요새였다.

'담장이 높다는 말은.'

제닌은 목책을 바라보며 하얗게 웃었다.

'그만큼 숨길 게 많다는 뜻이지.'

Ⅲ

'스켈레톤 소환.'

해가 지평선 너머로 완전히 사라지자 제닌은 쉐도우마스터를 소환했다.

"마스터의 부름을 받았습니다."

쉐도우마스터는 소환되자마자 제닌의 앞에 납작 엎드렸다. 극진한 예였다.

제닌은 흡족한 얼굴로 바라본 후 손가락을 들어 멀찌감치 떨어진 목책을 가리켰다.

"들어가서 살펴봐. 사람은 몇 명인지, 무엇을 하는 곳인지. 그리고 저 안에 혹시 이런 게 있나 찾아봐."

제닌은 인벤토리 안에서 주먹만 한 둥근 물체를 꺼내 쉐도우마스터에게 보여주었다.

[???]

둥근 물체는 크로제 상단이 제국 측에게 넘겨받은 물건 중 하나였는데, 그곳을 총괄하던 부상단주가 보물인 양 품에 안고 자던 상자에서 얻었다.

조그마한 상자 안에는 부드러운 천으로 두껍게 감싸놓은 둥근 물체가 하나 담겨 있었다.

'무기? 보물? 뭐하는 물건인지는 모르겠지만, 적어도 한 가지만큼은 확실하겠지.'

제닌은 둥근 물체를 손바닥 위에서 살살 굴리며 눈을 빛냈다.

'그 부상단주라는 놈이 품에 안고 잘 정도로 중요한 물건이라는 점!'

"다녀오겠습니다. 마스터."

쉐도우마스터는 조용히 목책 안으로 스며들었다.

제닌은 근처 바위에 등을 기대고 앉아 하늘을 살펴보았다. 서쪽 하늘에 걸려 있는 초승달의 어스름한 빛이 눈에 들어왔다.

'곧 움직이기 좋은 시간이 오겠군.'

초승달마저 지평선 너머로 사라지고 나면, 완벽한 어둠이 찾아올 터. 지켜야 할 자에게 어둠은 두려운 존재지만, 침입자에게는 최고의 아군이었다.

'마력운용술.'

제닌은 바위에 기댄 채 마력운용술을 사용했다. 마력은 그가 가진 힘의 원천. 시간이 날 때마다 가득 채워놓는 것은 무슨 일이 벌어질지 모르는 전시에는 기본 중 기본이었다.

스르르륵.

제닌이 등을 기댄 바위의 그림자 안에서 쉐도우마스터가 솟아났다. 초승달이 서쪽 지평선 근처에 아슬아슬하게 걸친 시점이었다.

쉐도우마스터는 제닌의 뒤통수를 바라보더니 슬그머니 팔을 들었다. 그의 손끝이 창날처럼 뾰족한 모양으로 변했다.

"잘 보고 왔나?"

제닌은 고개도 돌리지 않은 채 물었다. 쉐도우마스터는 흠칫 놀라더니 제닌의 뒤통수를 향해 깊숙이 머리를 숙였다.

"예. 마스터께 보고 올립니다."

"웬만하면 앞으로 오지? 괜히 신경 거슬리게 하지 말고."

살짝 날이 서 있는 제닌의 목소리에 쉐도우마스터가 황급히 그의 앞으로 움직였다.

"쓸데없는 짓을 하는 건 뭐, 아무래도 좋아. 다만, 뒷일은 오로지 자신이 책임져야 할 거야."

쉐도우마스터는 대답을 하지 않았다. 그렇지만 제닌은 쉐도우마스터의 몸을 휘감은 기류가 미세하게 흔들리는 것을 확인할 수 있었다.

'음흉한 속내를 가진 놈이긴 하지만······.'

제닌은 미니맵을 바라보는 중이었다.

한가운데에 노란색 점이 찍혀 있었다. 조금 전에는 주황색으로 빛났던 색이 점차 옅어지는 중이었다.

'다 보인단 말이지.'

제닌은 쉐도우마스터를 가리키는 점이 다시 녹색으로 변한 것을 확인하며 피식 웃었다.

'뭐, 언제 날 한번 잡아서 제대로 교육해 봐야지. 그래도 안 고쳐지면 굳이 이놈을 고집할 필요가 없잖아?'

제닌에게는 스켈레톤 킹의 반지가 하나 더 있었다. 두 번째 던전 클리어 보상으로 획득한 것이었다.

혹시나 하는 생각에 반지를 바꿔 끼우고 스켈레톤 소환을 해 보았다.

놀랍게도 소환된 것은 스켈레톤 킹이었다.

물론 던전의 최종 보스였던 스켈레톤 킹에 비할 바는 아니었다. 쉐도우마스터처럼 이성이 있는 것도 아니었고, 소환할 수 있는 부하도 스켈레톤 워리어 급이 고작이었다.

'하지만 혼란을 일으키기에는 충분하지.'

스켈레톤 킹은 워리어급 스켈레톤을 한 번에 다섯 기씩 총 열 번까지 소환할 수 있었다.

간혹 스나이퍼나 워락 같은 것도 소환되었기에 모두 모았다가 한꺼번에 풀어놓으면 엄청난 혼란을 일으킬 수 있었다.

제닌은 생각을 정리하며 입을 열었다.

"됐고, 읊어봐."

"예. 먼저 목책 안의 인간은……."

쉐도우마스터의 설명은 초승달이 완전히 사라질 때까지 이어졌다.

목책 안의 인간은 이백 명가량이었다.

그중 반수가 병사였고, 기사로 보이는 이들이 스물. 기사 중 열 명은 쉐도우마스터가 있는 쪽을 바라보며 뭔가 이상하다는 낌새를 느낄 정도였다.

'최소한 고위기사급 이상이라는 의미겠지.'

문제는 무장 하지 않은 서른 명가량의 인물이었다.

그들 중 다섯 정도는 지시를 내리는 자였고, 나머지는 지시를 받는 자들이었다.

또한, 쉐도우마스터는 무장하지 않은 자들이 둥근 물체와 비슷한 것을 만드는 중이라는 사실도 말해 주었다.

제닌은 인벤토리에 들어 있는 둥근 물체를 생각했다.

'만들고 있다? 이렇게 경계가 철저한 곳에서? 지금과 같은 전시에 만들 만한 것 중, 높은 지위에 있는 놈이 애지중지할 정도로 가치가 있는 물건은?'

위험한 냄새가 짙게 느껴졌다. 물론 위험한 만큼 좋은 느낌도 풍기는 냄새였다.

'신무기!'

IV

제닌은 곧바로 움직이지 않았다. 밤이 깊을 때까지 기다렸다가 사람 대부분이 잠들 시간을 넘겨서야 비로소 움직이기 시작했다.

동이 트기까지 두어 시간 정도를 남겨둔 시각. 보초를 서던 병사들의 경계심마저 무뎌질 때를 즈음하여 은밀한 움직임이 시작되었다.

스르륵. 스슷!

스르륵. 서걱!

갑자기 그림자에서 솟아난 쉐도우마스터의 공격을 막을 이는 존재하지 않았다. 적어도 병사들 수준에서 그는 사신이나 다름없는 존재였다.

타오르는 횃불에 그림자가 일렁일 때마다 어김없이 하나의 생명이 사그라졌다.

'다른 건 몰라도 암살능력 하나는 쓸 만하군.'

목책 위에서 보초를 서던 병사들을 모조리 처리하는 것은 순식간이었다. 그 안에 포함된 기사 두 명도 변변한 저항조차 못 한 채 병사들과 같은 결말을 맞았다.

목책 내부를 순찰하는 병사들까지 처리하자 요새 안은 쥐죽은 듯 고요해졌다.

제닌은 발소리를 죽인 채 한 건물 앞으로 다가갔다.

작지만 돌과 흙벽돌로 만든 벽이 단단해 보이는 건물이었다. 내부에는 붉은 점 세 개가 찍혀 있었다. 쉐도우마스터가 그의 낌새를 느낀 것 같다는 기사들이었다.

'조용히 안에 숨어 있다가, 문이 열림과 동시에 기습하도록. 한 명 정도는 처리할 수 있겠지?

- 예스. 마스터.

쉐도우마스터는 대답과 함께 건물 벽으로 스며들었다.

똑똑똑.

제닌은 노크한 후 대검을 다잡았다.

'웨폰 아우라.'

푸른 불꽃이 대검을 감싸 안았다.

저벅. 저벅. 저벅.

발소리가 다가왔다.

"가르딘의 촛불."

문 안쪽에서 들려온 목소리. 일종의 암어를 묻는 것 같았으나, 제닌이 알 바는 아니었다.

스르륵.

웨폰 아우라를 머금은 대검은 단단한 나무문을 부드럽게 뚫고 들어갔다. 잠금장치가 있는 부분이었다. 그와 더불어 뒤에 있는 기사의 몸까지 꼬치 꿰듯 꿰었다.

"크흑!"

문 건너편에서 답답한 비명이 들려오자 제닌은 그대로

문을 밀고 안으로 들어갔다.

그가 들어서자 쉐도우마스터가 한 기사의 뒤에서 일어났고, 제닌은 나머지 하나를 향해 단검을 날렸다.

푸푹!

목과 가슴에 각각 단검이 꽂힌 기사가 절명했다.

쉐도우마스터 날카로운 기류로 기사의 목을 베며 맡은 바 임무를 완수했다.

제닌은 몸을 날려 단검을 맞은 채 쓰러지는 기사의 몸을 붙잡았고, 조용히 바닥에 눕혔다. 그리고 문으로 다가가 대검을 뽑으며 꼬치처럼 꿰인 기사 역시 조용히 바닥에 눕혀놓았다.

'하이어도 못 되는군. 엑셀시어 급을 어떻게 조용히 처리할까를 고민했었건만……'

고민이 무색할 정도로 쉬웠다. 기사들은 저항은커녕 비명조차 지르지 못했다.

스르륵.

문이 닫혔다. 열린 문에서 흘러나오던 미약한 빛이 완전히 사그라졌다.

대검이 관통했던 자국마저 어둠 속에 묻혀들었다. 제닌이 천조각으로 안쪽에서 틀어막은 탓이었다.

"어디지?"

제닌이 나직이 물었다.

쉐도우마스터가 한쪽 벽면으로 다가갔다.

"이쪽 벽을 밀면 돌아갑니다. 마스터."

제닌이 다가가 천천히 벽을 밀었다. 돌과 흙벽돌로 이루어진 벽은 무거웠지만, 제닌의 근력을 감당하지는 못했다.

그륵. 그르르륵.

돌 쓸리는 소리와 함께 벽이 돌아갔다.

이어 나타난 공간에는 작은 상자 몇 개가 놓여 있었다. 제닌이 크로제 상단의 부상단주에게서 얻었던 것보다 더 크고 길쭉한 모양의 상자였다.

달깍.

하나의 뚜껑을 열어보니 둥근 물체 세 개가 두꺼운 천으로 싸여 있었다.

'이게 전부인가?'

상자는 모두 스무 개. 제법 널찍한 비밀 공간에 비하면 초라한 숫자였다.

'그만큼 만들기 어렵다는 말인가?'

아직은 가정에 불과했지만, 만약 이것이 신무기라면 어마어마한 가치를 지녔을 걸로 생각되었다.

제닌은 상자에서 둥근 물체를 모두 꺼내 인벤토리에 집어넣은 후, 건물을 빠져나왔다.

밖은 여전히 고요했다.

'어딜 먼저 가야 할까?'

애초부터 답은 정해져 있었다.

제닌과 쉐도우마스터는 병영과 기사들의 숙소를 차례로 돌며 조용히 요새를 무력화시켰다.

잠든 와중에 당한 기습은 엑셀시어조차 막아내기 어려웠다. 물론 잠들어 있는 기사 중에서 최강자를 먼저 처치한 영향이기도 했다.

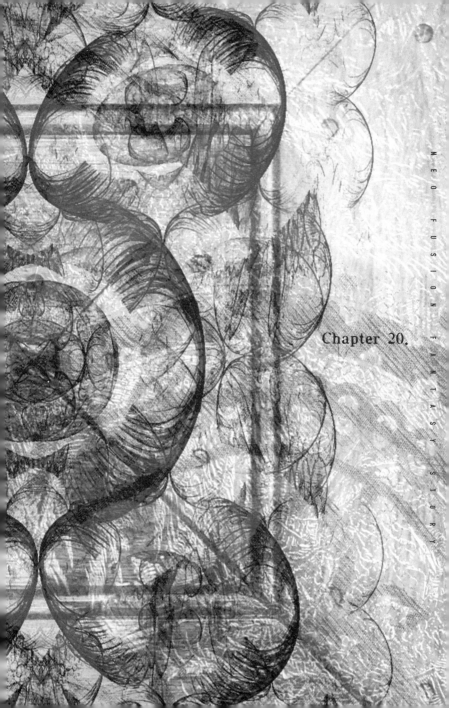

Chapter 20.

Chapter 20.

ROYAL
ROADER

I

툭. 툭툭. 툭툭툭.

곤히 잠들어 있던 가트는 누군가 자신을 건드리는 느낌
에 깨어났다.

"내가 잘 때는 깨우지 말라고!"

짜증스럽게 외치던 가트가 움찔 놀라며 입을 다물었다.
목덜미에 와 닿은 싸늘한 칼날 때문이었다.

"누, 누구요?"

검은 복면으로 가린 얼굴이 가트의 눈앞에 나타났다.

"보여줄까?"

"그, 그렇……."

가트는 흠칫 놀라며 입을 다물었다.

'얼굴을 보면 확실히 죽일 거야.'

가트는 순간적으로 상황을 판단했다.

먼저 이곳은 신무기 개발과 생산을 위해 비밀리에 만들어진 시설이었다. 이 일을 주도한 귀족가문의 핵심인물 외에는 이곳을 아는 사람이 거의 없었다.

비밀리에 만들어진 시설답게 이곳의 경비는 삼엄했다. 상대는 그런 경비를 뚫고 들어온 침입자였다.

얼굴을 복면으로 가렸다는 것은 정체를 숨기겠다는 뜻. 다시 말해 얼굴을 보면 입막음을 위해서라도 무조건 죽인다는 이야기였다.

물론 얼굴을 보지 않는다고 무조건 살 수 있다는 것은 아니었다. 다만, 살 수 있는 여지가 조금이라도 있는 것과 전혀 없는 것은 차이가 컸다.

천천히 고개를 가로젓는 가트를 바라보며 검은 복면의 인물이 낮게 웃었다.

"제법 눈치가 빠른데? 나는 보여줘도 아무 상관이 없었는데 말이야."

능글능글한 말투였으나, 속뜻은 가트를 죽이겠다는 말과 다름없었다.

"나, 나는 보기 싫소."

가트는 황급히 부정했다.

"천천히 일어나서 걸어."

"어, 어디로?"

"글쎄. 가보면 알지 않을까?"

검은 복면에게 위협당한 가트가 향한 곳은 널따란 방 안이었다. 그곳에는 가트의 동료들이 모여 있었는데, 그중 몇 명은 바닥에 쓰러져 있었다. 그 광경을 바라본 가트의 몸이 흠칫 굳어졌다.

"쯧쯧! 그러게 왜 사람 말을 못 믿고 그래? 내가 움직이면 죽는다고 그렇게 말했건만."

검은 복면은 혀를 찼다.

'냉혹한 암살자!'

사람이 죽었음에도 저리 태연할 수 있다는 사실 자체가 검은 복면이 차가운 피를 가진 암살자라는 증거였다.

"네가 여기서 제일 높다면서?"

가트의 몸이 흠칫 굳어졌다. 동시에 그는 머릿속이 복잡해졌다.

'설마 다 알고 날 찾아온 건가? 그런데 누가?'

가트는 모여 있는 인물들을 바라보았다. 그와 눈을 마주치지 못한 인물이 몇 명 있었다. 그의 정체를 흘린 범인은 이들일 것이다.

"자……. 관계자들이 다 모였으니."

검은 복면이 품 안에서 뭔가를 꺼내 들었다.

거무튀튀한 빛깔. 그리고 주먹만 한 크기를 가진 둥근

물체였다.

"헙!"

방에 모여 있던 인물들의 입이 동시에 벌어졌다. 그러면
서 모두가 주춤주춤 뒤로 물러섰다.

"뭐야? 왜들 그렇게 놀라는데?"

검은 복면은 둥근 물체를 손바닥에서 굴리다가 슬쩍 위
로 던져 올렸다. 순간 모두의 시선이 둥근 물체에 고정되
었다.

"이, 이런 미친!"

"아, 안 돼!"

모두의 입에서 튀어나온 거친 소리. 그와 동시에 그들은
일제히 바닥에 엎드리며 몸을 웅크렸다.

턱.

검은 복면은 둥근 물체를 받아들었다.

'저렇게 겁에 질린 모습은 이게 그만큼 위험한 물건이라
는 뜻이겠지?'

이제는 둥근 물체의 정체가 무기라는 확신이 들었다. 제
닌은 빙긋 웃으며 옆에 엎드린 가트의 몸을 툭툭 찼다.

"이게 뭐지?"

눈앞에 둥근 물체를 들이밀자, 가트가 기겁하며 뒤로 물
러났다.

"그, 그건!"

가트는 튀어나오려는 말을 간신히 막았다.

"말하기 싫어? 뭐, 그럼 할 수 없지. 한 번 던져보는 수밖에."

슬쩍 던졌다가 받는 간단한 동작도 저들은 두려워했다. 그렇다는 말은 이 둥근 물체가 충격에 무척 약하다는 의미였다.

제닌은 천천히 팔을 움직였다. 손을 뒤로 빼며 던지려는 자세를 취하자 방 안에 있는 모두가 벌벌 떨기에 바빴다.

"모, 못 던질 거요. 그, 그러면 당신도 죽게 되오!"

'호오! 아주 위험한 물건이란 뜻인가? 그 말은 적에게 사용하면 그만큼 효과도 좋다는 말이겠네?'

가트의 외침에 제닌은 빙그레 웃었다.

"보호."

우우우웅.

미세한 울림과 함께 투명한 막이 제닌의 몸을 감싸 안았다. 가트는 검은 복면의 몸 주위에 시야를 굴절시키는 막이 형성된 깃을 느낄 수 있었다.

"다섯만 셀 거야. 그동안 결정해. 하나, 둘······."

숫자가 늘어날 때마다 가트의 속은 바짝바짝 타들어 갔다.

'사, 살 수 있다고 장담하는 건가? 저게 얼마나 위험한 물건인지도 모르면서?'

'보호'라는 말을 중얼거리는 것으로 보아 그 막이 몸을 보호하는 용도라는 것을 깨달을 수 있었다. 그 막이 얼마만큼의 강도를 가졌는지는 가트도 몰랐다.

그러나 한가지만큼은 확실해 보였다. 적어도 맨몸으로 노출된 자신들보다는 나을 터였다.

"네엣……."

가트는 두 눈을 질끈 감은 채 소리쳤다.

"익스플로젼 스톤이오!"

"현명한 판단이야."

제닌은 싱긋 웃으며 던지려는 자세를 거뒀다.

'폭발하는 돌이라……'

"위력은?"

제닌은 다시 물었다.

"이 방 정도는 흔적 없이 날려버릴 정도요."

가트는 처음보다 쉽게 대답했다.

모든 것이 그렇듯 비밀이라는 것도 처음이 어려울 뿐이었다. 하나를 털어놓는 것이 힘들지 한번 말하기 시작하면 술술 불게 되어 있었다.

횟수가 중요한 건 아니었다. 그저 비밀을 누설했다는 사실 자체가 중요한 것이다.

제닌은 방을 훑어보았다. 제법 넓은 방이었으나, 그저 날려버린다는 말로는 위력을 정확히 파악하기 어려웠다.

"애매하게 대답하지 말고 확실히 하자고. 이런 무기를 개발하려면 실험도 많이 해봤을 것 아니야? 바위로 하면?"

"우리도 완성된 익스플로젼 스톤은 아직 제대로 실험한 적이 없소. 하지만 손톱만 한 것으로도 머리통만 한 바위를 부술 수 있었소. 이것을 대입하면 수치상으로 한 변이 5미터인 사각형 모양의 바위를 가루로 만들 정도의 위력이 나올 것이오."

'호오⋯⋯.'

이제는 확실히 감을 잡을 수 있었다. 동시에 제닌은 등줄기가 서늘해짐을 느꼈다.

'이걸 그냥 터뜨렸으면?'

가트가 대답한 대로의 파괴력이라면 보호막이 버틴다고 장담할 수 없었다.

'훗! 협박하다가 내가 골로 갈 뻔했는데?'

제닌은 표정을 추스르며 다시 물었다.

"원리는?"

"그, 그건⋯⋯."

"쉽게 가지고. 십게."

제닌이 다시 익스플로젼 스톤을 만지작거리자 가트는 한숨을 내쉬며 입을 열었다.

"후⋯⋯. 말씀해 드리다. 그런데 그 전에 나도 한 가지만 물으면 안 되겠소?"

"살려달라고 빌어볼 생각인가?"

"그보다……."

가트는 방 안의 동료를 둘러본 후 말을 이었다.

"우릴 거두어 주시면 안 되겠소?"

"그 말을 꺼내는 건, 그만한 가치가 있다는 뜻인가?"

가트가 고개를 끄덕였다.

"먼저 익스플로젼 스톤은 매우 불안정한 물건이오. 아주 약간의 충격에도 폭발을 일으키오. 하지만 그 문제를 보완할 방법을 찾아냈소."

"난 별 상관없는데?"

제닌에게는 어차피 외부의 충격에 영향을 받지 않는 인벤토리가 있었다. 아무리 불안정한 물건이라 해도, 인벤토리에 넣어 두었다가 결정적인 순간에 꺼내 사용하면 될 일이었다.

"우, 우리는 뛰어난 광물학자이자 장인들이오. 거두어 주시면 반드시 쓸모가 있을 것이오."

"어? 그런데 이거 좀 이상한데?"

의문 섞인 말에 가트가 제닌을 바라보았다. 그의 손에 들린 익스플로젼 스톤이 붉게 달아오르고 있었다. 가트의 눈이 튀어나올 듯 커졌다.

폭발의 징조였다.

"피해! 아니, 던지시오! 당장! 멀리!"

가트는 엎드려 벌벌 떨었다. 하지만 시간이 지나도 폭발은 일어나지 않았다.

"역시, 나한테는 별문제가 아니군."

붉게 달아올랐던 익스플로젼 스톤은 인벤토리에 집어넣으니 아무 일도 일어나지 않았다. 게다가 원래 있던 익스플로젼 스톤의 개수에 더해지기까지 했다.

다시 꺼내 확인해 보니 붉게 달아올랐던 상태마저 원래대로 돌아와 있었다.

"어, 어떻게?"

믿기지 않는 얼굴로 바라보는 가트에게 제닌은 웃음으로 답했다.

"왜? 알고 싶어?"

가트는 고개를 흔들었다. 비밀을 아는 대가로 목숨을 잃고 싶은 생각은 없었다.

"그런데 말이야. 도대체 뭘 보고 나더러 너희를 거두라는 말을 했지?"

제닌은 다시 물었다.

"먼저 이렇게 소란스리움에도 아무도 이곳을 찾지 않은 것으로 보아, 밖의 병력이 모두 죽었을 것으로 추측하오. 귀하는 그것이 가능할 정도로 강력한 무력을 갖췄을 것이오."

'제법인데?'

제닌의 눈동자가 살짝 빛났다.

"또한, 귀하는 부하들 여럿을 거느린 지휘관으로 생각되오."

"이유는?"

"귀하의 말투. 지시를 내리는 것에 익숙한 말투였소."

'머리도 제법 좋고, 관찰력도 나쁘지 않아.'

"더 남았나?"

제닌은 고개를 끄덕이며 되물었다.

"마지막으로 가장 중요한 이유는……."

가트는 슬쩍 말끝을 흐리며 제닌의 주의를 끌었다.

"귀하도 우리와 같이 핍박받고 억눌리는 삶을 살아왔기 때문이오."

복면 아래 가려진 제닌의 눈동자가 약간 커졌다.

Ⅱ

꿍.

고막이 찢어질 정도로 날카롭지는 않았지만, 몸속 깊은 곳까지 울리는 소리가 터져 나왔다. 그와 동시에 지진이 일어난 듯 흔들리는 땅의 진동에 제닌은 마른 침을 삼켰다.

쿠르르르.

절벽 일부가 무너져 내렸다. 요새에 면한 산의 높이 또한 약간 낮아진 듯 보였다.

'만약을 대비해서라도 다시 만들지 못하도록 해야지. 이건 다시 만들어져서는 안 될 물건이야.'

그저 설명으로 듣던 것과 실제로 위력을 체감한 것은 차이가 컸다.

익스플로젼 스톤은 제닌이 전장에서 경험했던 마법 중에서도 상위 마법과 비슷할 정도의 위력이었다.

마법은 대단한 위력이지만 마법사의 숫자는 극히 소수였다. 또한, 그 소수 중에서도 전투에 나설만한 실력을 갖춘 이들은 더욱 소수였다.

고위기사의 숫자와 비교해도 백 분의 일 수준.

게다가 마법사는 한 번 마법을 사용하면 한참 동안 휴식을 취해야 했다. 이런 이유로 마법사는 전투 중에도 가장 중요한 시기에 마법 한 방을 날리는 것이 주된 역할이었다.

하지만 익스플로젼 스톤은 달랐다. 그저 던지기만 하면 마법과 같은 폭발이 일어났다. 미리 만들어 비축해 두기만 하면 그야말로 전쟁의 향방을 결정할 수 있는 전략 무기가 되는 것이다.

무너진 절벽에는 작은 동굴이 뚫려 있었다. 그곳에는 시포니움이라는 광물이 매장되어 있는데, 따로 모아 정제하면 화력 좋은 연료로 사용할 수 있다고 한다.

문제는 여기에 뇌전 마법을 가했을 때였다.

설령 아주 약한 뇌전 마법이라도 일단 정제한 시포니움에 닿기만 하면 엄청난 폭발을 일으키게 된다. 뇌전 마법은 시포니움을 폭발하게끔 유도하는 일종의 기폭제 역할이었다.

익스플로젼 스톤은 정제된 시포니움에 충격을 받으면 아주 약한 뇌전을 발생시키는 마법진을 결합하여 만들어진 물품이었다.

비록 이것을 연구하던 마법사는 폭발에 휘말려 죽었으나, 그가 연구하던 일지는 동굴 안의 연구실에 고스란히 남아 있었다.

우연히 이 주변을 수색하던 제국의 한 귀족 가문이 이곳을 발견했다. 프라덴 후작가로 카시어스 후작가와 쌍벽을 이룰 정도로 영향력 있는 세력가였다.

엄청난 위력의 신무기를 만들 수 있다는 일지의 내용은 프라덴 후작의 야심을 자극했다. 이것을 잘만 이용하면 황제의 자리도 차지할 수 있음을 깨달았다.

그는 수행원 중에서 가문의 핵심인물을 제외한 모든 이들을 죽여 입을 막았다. 그리고 조용히 제국으로 돌아와 이곳 주변을 자신의 관할로 삼아 전쟁을 수행하겠다는 포부를 밝혔다.

뜻이 받아들여지자 프라덴 후작은 이곳에 요새를 건설했다. 병사를 파견해 왕국과 전투를 치르기는 했으나, 어디까지나 형식적인 것에 불과했다.

진정한 목적인 신무기 개발을 위해 제국 각지의 광물학

자와 장인을 구슬려 이곳에 가둬놓았다.

요새를 지키던 기사와 병사들은 이들의 감시 역할을 겸하고 있었다.

가트의 설명을 모두 들은 제닌은 이곳이 비밀리에 건설된 요새라는 점이 마음에 들었다.

'이거, 잘하면……'

제닌은 가트의 설명을 토대로 좋은 생각을 떠올렸다.

프라덴 후작이 이 주변을 관할로 삼았기에 다른 부대가 이곳으로 접근할 확률은 지극히 낮았다. 설령 다른 부대가 접근해도 요새 문을 열어주지 않으면 그만이었다.

요새의 문을 강제로 열기 위해서는 적어도 공작급 이상의 고위 인사가 이곳을 찾아야 했다.

그뿐만 아니라, 프라덴 후작은 기밀유지를 위해 전선으로 파견하는 병력을 요새 안으로 들이지 않았다. 그저 옆을 지나치게 했을 뿐이었다.

요새 안을 들락거리는 인원은 한 달에 한 번, 개발 상황의 체크와 보급을 위해 들르는 소수의 인원뿐이었다. 그나마도 보급 수레는 밖에 둔 채, 물품만 안으로 날랐다.

'놈들이 다녀간 것이 불과 며칠 전. 놈들이 다시 이곳을 찾을 때까지는 근 한 달가량이 시간이 있다. 또한, 다음번에 찾아오는 이들만 잘 처리하면 최소한 두 달 이상의 시간을 벌 수 있을 거야. 그런 다음……'

제닌의 머릿속에는 한 가지 계획이 그려지고 있었다.

'한 가지 걸리는 것은 과연 이들을 믿을 수 있느냐 하는 점인데……'

가트는 신무기의 개발이 완료되면 입막음을 당할 거라는 사실을 잘 알고 있었다. 그래서 일부러 시간을 끌며 연구의 진척을 늦추다가 최근 들어서야 시제품을 완성했다고 했다.

아직 불안정하다는 이유로 프라덴 후작에게 보내지는 않았으나, 며칠 전 그중 한 개를 가져갔다고 한다. 바로 제닌이 처음으로 얻은 익스플로젼 스톤이었다.

'그런데 비밀을 지키기 위해 요새까지 만들어 놓고, 왜 굳이 타국의 인물에게 넘겼을까?'

제닌은 어렵지 않게 이유를 추측할 수 있었다.

'위력 테스트인가? 자국에서 터뜨렸다가는 정보가 새어 나갈 위험이 크고, 타국이라면 위력을 확인한 후 입막음만 잘하면 될 테니까.'

크로제 상단의 뒤에 있는 크로제 백작은 제국에 충성한다고 해도 과언이 아닐 정도의 인물이었다. 지금과 같은 전시에 적국인 제국과 거래하는 것만 봐도 알 수 있는 대목이었다.

'어쩌면 내가 얻은 금화와 보석의 상납을 주도한 인물일 수도 있겠지. 그런데 이걸 어디에 쓰려고 했을까?

어마어마한 위력을 가진 신무기의 특성상 아무래도 누군가를 죽이려 했을 확률이 높아 보였다.

'후훗! 어쩌면 그게 나일지도 모르겠군.'

제닌은 그들이 제국에 상납하려던 보물을 가로챘다. 그들로서는 찢어 죽여도 시원치 않을 원수일 터였다.

물론 아스트 백작에게 정보를 차단해 달라는 부탁을 하기는 했지만, 자고로 완벽한 비밀은 없는 법이었다. 크로제 백작이 그 정보를 이미 얻었을 가능성을 무시할 수 없었다.

'녀석들이 잘 해줘야 할 텐데……'

제닌은 문득 부하들을 떠올렸다. 그가 지시한 사항 중 가장 큰 비중을 차지하는 것은 그와 부하들의 가족을 안전한 곳으로 피신시키는 일이었다. 아무런 걱정 없이 마음대로 움직일 수 있는 최소한의 조건이 바로 소중한 사람들의 안전이었기 때문이다.

제닌은 머리를 내저어 생각을 흩었다. 괜한 걱정보다 지금은 부하들을 믿고 그의 일을 확실하게 마무리해야 할 때였다.

제닌은 먼저 익스플로젼 스톤을 생산하는 장비와 재료를 모조리 인벤토리에 넣었다. 병사들과 기사들의 물품은 물론, 식량마저도 며칠 분을 제외하고는 모두 인벤토리 안에 보관했다. 또한, 가트와 다른 인물들의 신분패를 거둬들였다.

요새 밖으로 벗어나지 못하게 하려는 최소한의 조치였다. 지금과 같은 전시에 신분패 없이 밖으로 돌아다니다가는 첩자로 오인당하기에 십상이었다.

물론 이렇게 해도 배신하려고 마음먹는다면 어쩔 수 없었다. 다시 돌아왔을 때, 수상한 분위기가 느껴진다면 시원하게 계획을 접으면 그만이었다.

'어차피 얻을 것은 다 얻었으니까.'

생산하기 위한 장비는 물론, 신무기 개발을 위한 모든 자료까지 털었고, 시포니움이 채광되는 광맥은 아예 사용불가 상태로 만들었다.

적지에 비밀 거점을 마련하려는 계획이 물거품 된다는 점은 약간 아쉬웠으나, 그것을 제외한 나머지는 전혀 아쉬울 게 없었다.

Ⅲ

"히잉! 심심해……."

마리는 무료한 표정으로 풀밭 위를 뒹굴었다. 그러다가 벌떡 일어나 산 아래로 보이는 커다란 성을 내려다보다 다시 드러눕는 행동을 반복했다.

제닌이 지시한 임무는 이미 완수한 지 오래였다. 장소를 파악했을뿐더러 언제든 커다란 성 안에 들어가기만 하면 도망친 인물을 다시 찾아낼 자신이 있었다.

비록 지금은 인간과 비슷한 모습으로 변했지만, 개보다 뛰어난 놀의 후각이 어디로 간 것은 아니었다.

다시 풀밭에 누워 한참을 뒹굴고 있을 때, 바람의 방향이 바뀌었다.

마리가 갑자기 귀를 쫑긋 세웠다. 동시에 코를 벌름거리며 냄새를 맡기 시작했다.

'오고 있어.'

얼마 지나지 않아 그녀의 머리카락이 서서히 솟구치기 시작했다.

'강한 놈이야!'

마리는 긴장된 눈으로 산 아래를 내려다보았다. 인간들이 자주 돌아다니는 성 쪽이 아닌, 반대쪽 평원에서 다가오는 강대한 기세가 느껴졌다.

마리는 솜털이 일어설 정도로 긴장했지만, 꼬리를 말고 도망치지는 않았다.

'강해져야 해. 강해질 거야!'

그러기 위해서는 강한 적과의 전투가 필요했다. 그녀의 본능이 그렇게 말해 주었다.

마리는 작은 주먹을 꾹 말아쥐었다.

몬스터였던 본성에 내재한 호전성이 투지를 끌어 올리기 시작했다.

"크어허헝!"

은빛 털을 가진 괴수가 포효했다. 꼬리를 제외한 몸길이가 5미터를 가뿐히 넘는 거대한 괴수였다.

어깨높이는 벡스의 키만 했고, 하체로 갈수록 유선형을 그리며 낮아졌다. 체형으로 볼 때 앞발을 사용한 할퀴기와 눌기에 능할 것으로 여겨졌다.

머리는 사자를 닮아 있었는데, 이마에 두 개의 은색 뿔이 뻗어 있었다. 뿔에는 미늘처럼 역방향으로 난 돌기가 있었는데, 한 번 박히면 웬만해서는 빠지지 않을 것처럼 보였다.

뒷목에서 시작해 척추를 타고 말의 갈기와 같은 털이 돋아 있었고 그 사이로 뾰족한 가시가 드문드문 박혀 있었다. 또한, 뭉툭한 꼬리 끝은 가시가 돋아 모닝스타를 연상시켰다.

그뿐만 아니라 발끝에 달린 발톱과 툭 튀어나온 송곳니까지……. 한 마디로 표현하자면 몸을 이루는 모든 요소가 전투에 특화된 괴수였다.

그런 괴수의 앞에는 양손에 단검을 움켜쥔 채 서 있는 마리가 있었다. 그 모습은 거대한 태풍 앞의 조각배처럼 위태로워 보였다.

"캬르릉!"

나름대로 투지를 담아 외쳐 보았지만, 거대한 괴수의 포효와 비교하면 초라할 정도였다.

'할 수 있어!'

마리는 입술을 꾹 깨물었다.

'마리는! 강해!'

탓!

땅을 박차며 튀어 나갔다. 그 순간 그녀의 몸은 황갈색 바람으로 변해 휘몰아쳤다.

무려 44에 달하는 순발력의 영향이었다.

[마리, 엘더??(미각성)(여, 1) 레벨 : 17(1802/1785 레벨 업 가능), 성장치 : 60/100, 생명력 : 280, 마력 : 350, 기본공격력 : 40, 기본방어력 : 28, 근력 18, 순발력 44(39+5), 지능 12, 지혜 12, 활력 19, 감각 10]

현재 마리의 능력이었다.

아빠인 놀 치프턴과의 전투에서 승리함으로써 성장치가 20 증가했다. 또한, 세닌이 그녀에게 준 쌍단검의 영향으로 순발력이 추가로 올라갔다.

[기민한 도굴꾼의 쌍단검, 공격력 : 22-46, 무게 : 1.7kg, 내구도 : 27/29, 순발력+5, 착용제한 : 순발력 30, 레벨 15]

스슷. 스스슷. 츳!

황갈색 바람은 괴수의 몸을 이곳저곳 누비며 상처를 입

했다. 그러나 두껍고 질긴 가죽을 뚫기에는 마리의 공격력이 너무 모자랐다.

어찌나 얕게 베었는지, 상처에서 피조차 흘러나오지 않을 정도였다. 괴수에게 마리는 단지 파리나 모기처럼 귀찮은 존재에 불과했다.

"크허어엉!"

다시금 괴수의 입에서 내뿜어진 포효.

그 순간 바람처럼 움직이던 마리의 몸이 움찔거렸다. 맹수의 울음소리에 포함된 특유의 저주파가 그녀의 몸을 경직시킨 결과였다.

일종의 피어였다.

경직된 마리를 향해 괴수가 꼬리를 휘둘렀다.

쐐에에엑!

공기가 찢어지는 소리가 일어났다. 흉악한 가시가 돋친 꼬리 끝이 무시무시한 속도로 날아들었다.

'크윽!'

마리는 입술 안쪽을 힘껏 깨물었다. 아릿한 통증과 함께 쇠 내음 가득한 피 맛이 입안을 맴돌았다.

아슬아슬한 순간 경직이 풀렸고, 찰나의 순간 마리는 순간가속 스킬을 사용했다.

겨우 피해내기는 했지만, 꼬리 끝에 돋친 가시가 로브를 스쳐 가는 것까지는 막지 못했다.

찌이이익!

그나마 다행이었다. 경직을 풀어내는 것이 조금만 늦었더라면 지금쯤 마리는 몸에 구멍이 숭숭 뚫린 채 하늘을 날고 있었을 것이다.

마리는 몸을 움츠렸다가 다시 달려들었다. 황갈색 바람이 괴수의 몸을 휘감으며 생채기를 만들기 시작했다.

괴수는 앞발을 내려치고 꼬리를 휘두르는 등, 마리를 잡기 위한 노력을 기울였다. 그러나 그야말로 바람을 손으로 잡으려는 헛된 몸짓에 불과했다.

"크허허헝!"

괴수가 다시 포효를 터뜨렸다.

하지만 이번에는 먹히지 않았다. 마리는 무언가로 귀를 틀어막은 상태였다. 물론 포효에 포함된 저주파는 몸을 통해서도 전해졌으나, 직접 듣는 것보다는 훨씬 강도가 약했다.

'난타!'

괴수의 배 밑으로 파고든 마리가 난타 스킬을 발동시켰다. 그녀의 놈이 한층 더 빨라지며 괴수이 뱃가죽에 상처를 만들기 시작했다.

마리는 그동안의 시도로 괴수의 가죽이 비교적 약한 부분을 찾아낼 수 있었다. 몸통의 아래쪽과 목, 그리고 턱밑이었다.

이곳은 같은 힘으로 공격해도 등 쪽보다 더 깊숙한 상처를 만들 수 있었다.

따끔따끔한 공격이 거슬렸는지 괴수가 배를 깔고 앉았다. 마리는 직전에 빠져나와 괴수의 몸을 타고 올랐다. 척추를 타고 목을 거슬러 머리에 다다른 마리가 단검을 역수로 잡고 힘껏 내리찍었다. 뾰족한 단검의 끝은 괴수의 눈을 향하고 있었다.

아슬아슬한 순간 눈꺼풀이 내려왔다. 마리의 단검이 눈꺼풀을 찔렀으나 미세한 차이로 뚫지는 못했다.

"크허허헝!"

괴수가 울부짖으며 길길이 날뛰기 시작했다. 한 입 거리도 안 되는 마리에게 상처를 입은 것에 몹시 분개한 상태였다.

정신없이 흔들리는 괴수의 몸 위에서 마리는 괴수의 갈기를 잡고 겨우 버텼다. 아슬아슬한 상황임에도 침착한 눈빛은 마리가 뭔가 노리는 것이 있음을 나타냈다.

쐐애애액!

다시금 무시무시한 파공성이 들려왔다.

그 순간 마리는 괴수의 몸에서 뛰어내렸다.

퍼억!

그녀가 있던 자리에 괴수의 꼬리가 떨어져 내렸다. 괴수의 몸이 움푹 팼고, 가시가 박힌 자리에서 진득한 피가 흘러내리기 시작했다.

"크허어엉!"

괴수가 다시 울부짖었다. 고통스러움이 묻어나는 울부짖음이었다.

그 시각 마리는 자세를 바짝 낮춘 채 괴수의 배 밑으로 파고든 상태였다.

'저거야!'

마리의 눈빛이 이채를 띠었다. 그녀의 눈빛은 마치 먹잇감을 노리는 독수리의 그것을 닮아 있었다.

마리의 시선이 집중된 곳은 괴수의 꼬리 아래쪽에서 덜렁거리는 살덩이였다.

그곳은 다른 부위와 달리 털도 없었고, 가죽 또한 무척이나 얇아 보였다. 게다가 평소에는 꼬리로 덮어 보호하는 것으로 보아 약점이 확실해 보였다.

지금은 괴수가 꼬리를 휘두른 직후의 순간. 얇은 가죽의 살덩이는 고스란히 모습을 드러낸 상태였다.

'순간가속!'

마리의 몸이 쭉 늘어난 듯 보였다. 그리고 살덩이에 근접하자 마리는 난타 스킬을 발동시켰다.

스슷. 스걱! 서거걱!

피가 튀기 시작했다.

"그워어어어어!"

괴수가 고통스러운 비명을 내질렀다.

그와 함께 누군가의 괴로운 듯한 목소리가 마리의 머릿속을 울렸다.

- 크윽! 아무리 그래도 저건…….

"응?"

무척이나 익숙한 목소리. 그리운 목소리이기도 했다.

문득 동작을 멈춘 마리가 고개를 갸웃거렸다.

"주인님? 제닌?"

- 마리! 도중에 멈추면 어떻게 해!

확실히 들려온 제닌의 목소리에 마리의 얼굴이 환하게 밝아졌다.

쐐애애액!

다시금 공기가 찢어지는 소리가 들려왔다.

- 이런! 마리! 숙여!

마리가 황급히 엎드렸고, 괴수가 휘두른 꼬리가 그녀의 머리 위를 스쳐 지나갔다.

"꺄악!"

마리의 비명이 들려온 순간, 제닌은 괴수의 등 위에 올라선 상태였다.

'웨폰 아우라.'

푸른 불꽃을 휘감은 대검이 괴수의 뒷목을 뚫고 들어갔다.

"그워어어어어어!"

괴수는 처절한 단말마를 끝으로 무너졌다.

"휴……. 마리, 괜찮아?"

"제닌!"

밝은 웃음을 머금은 마리가 제닌의 품 안으로 뛰어들었다.

"녀석, 그렇게 보고 싶었어?"

제닌은 마리의 머리를 쓰다듬었다. 절로 입가에 피어오른 부드러운 미소가 제닌의 마음을 말해 주었다.

'그런데 뭐가 이렇게 축축하지?'

문득 손을 살핀 제닌의 얼굴이 굳어졌다. 진득한 피가 묻어났기 때문이다.

"마리?"

대답은 들려오지 않았다.

제닌은 황급히 체력회복 물약을 꺼내 마리의 입에 흘려넣었다. 그리고 마리의 몸을 살폈다. 목 뒤쪽에 예리하게 베인 상처가 보였다.

제닌은 체력회복 물약 하나를 더 꺼내 그곳에 발라준 후 조심스럽게 마리를 바닥에 눕혔다.

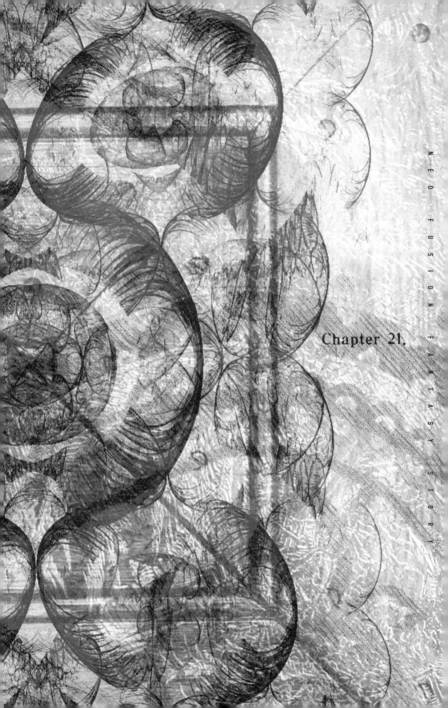

Chapter 21.

Chapter 21.

ROYAL ROADER

I

　'너도 고생이 참 많다. 어쩌다가 나 같은 주인을 만나서……. 별로 해준 것도 없는데 매번 그렇게 위험한 상황만 겪으니 원…….'

　누군가의 목소리가 아련하게 들려왔다. 듣고 있자니 왠지 모르게 가슴이 따뜻해지는 느낌이었다.

　타닥. 타닥.

　나무 타는 냄새와 함께 식욕을 돋우는 냄새가 코끝을 맴돌았다. 입안에 절로 침이 고였다.

　"고기?"

　귀가 쫑긋 솟으며 자연스럽게 목소리가 흘러나왔다.

　"마리?"

제닌이 놀란 목소리를 내며 다가와 마리를 안아 들었다.

"괜찮아?"

"응……."

마리는 기어들어가는 목소리로 대답했다.

걱정이 가득 담긴 제닌의 목소리를 듣고 있자니, 가슴 한 구석이 저릿한 느낌이 들었다. 그와 동시에 왠지 모르게 얼굴이 화끈거렸다.

'이상해. 기분…….'

영문을 알 수는 없었으나 무척 기분이 이상했다.

'왜? 이상하지?'

그러나 이런 마리의 의문은 이어지는 제닌의 물음에 밀려 사라져 버렸다.

"고기 먹을래?"

"응!"

마리가 크게 고개를 끄덕였다.

제닌이 내민 고기를 허겁지겁 받아먹던 마리가 갑자기 고개를 들었다.

"제닌. 아까 그거."

"그거라니? 아! 아까 싸웠던 괴수?"

마리가 고개를 끄덕이자 제닌은 인벤토리에서 괴수의 시체를 꺼내 들었다. 한 뭉텅이 베어진 뒷다릿살이 모닥불 위의 고기를 설명해 주었다.

"이건 왜?"

"심장. 필요해."

"심장을? 아!"

마리의 물음에 어리둥절한 표정을 짓던 제닌은 무언가를 깨달은 듯 고개를 끄덕였다.

그런 후 마리의 능력을 확인해 보니 100에 근접해 있는 성장치가 눈에 들어왔다.

'심장을 먹으면 각성하게 되는 건가?'

왠지 모르게 가슴이 두근거려왔다. 각성한 마리가 변할 모습에 대한 기대감이었다.

생각하는 사이 마리는 단검으로 괴수의 몸을 열심히 찔러대고 있었다. 얼굴을 찌푸릴 정도로 애를 쓰는 듯 보였으나, 효과는 거의 없었다. 죽은 후에도 괴수의 가죽은 여전히 질긴 모양이었다.

'이거, 가죽을 벗겨서 갑옷을 만들면 괜찮겠는데?'

철로 만든 갑옷보다 가볍고 편하면서도 강력한 방어력의 방어구를 만들 수 있을 듯싶었다.

"마리. 내가 해 줄게."

마리가 물러나자 제닌은 대검으로 괴수의 가슴을 갈랐다. 가슴 깊숙한 곳에 숨겨진 심장을 꺼내 들자 뜨끈뜨끈함이 전해졌다.

'이상한데?'

인벤토리에 들어갔다 나온 물체는 거의 일정한 온도를 유지했다. 차갑지도, 뜨겁지도 않은 온도였다.

'자체적으로 열을 내는 건가?'

제닌은 신기하다는 표정으로 괴수의 심장을 바라보다가 마리에게 건넸다.

마리는 양손으로 심장을 쥐고 하늘 높이 들어 올렸다.

우우웅. 우우웅.

미약한 떨림이 일어나며 심장이 은은한 빛을 내기 시작했다. 마리는 빛을 내는 심장을 품에 안고 지그시 눈을 감았다.

화아아악.

환하지만 부드러운 빛무리가 피어올랐다. 레벨 업을 할 때와 같이 강렬한 빛이 아닌, 포근함이 느껴지는 빛이었다.

밤중의 산속에서 갑자기 빛이 피어오르면 사람들이 이상하게 생각하게 생각할 테지만, 제닌은 마리의 주변을 가릴 생각을 하지 않았다.

'이 빛은 내 눈에만 보이니까.'

제닌은 놀 치프턴 과의 싸움에서 마리를 레벨 업 시켰을 때를 떠올렸다. 그때, 자신을 제외한 나머지 놀들은 마리의 몸을 휘감은 빛에 반응하지 않았다. 만약 그들에게도 보였다면 어떤 반응이든 있었을 것이다.

빛은 점점 진해지며 맥동했다. 마치 심장이 뛰는 모습을 빛으로 표현한 것 같았다.

제닌은 그 빛을 바라보며 왠지 모르게 가슴이 시큰거림을 느꼈다.

'뭐지? 내가 왜?'

어쩐지 눈가가 축축해진 듯도 싶었다.

'크흠! 뭔 놈의 연기가 이렇게 매워?'

괜스레 모닥불 탓을 했으나 실은 어느 정도 알 것도 같았다.

'아이를 낳고, 그 아이가 성장하는 모습을 지켜보는 게 이런 심정일까?'

팟!

사위를 메웠던 빛이 한순간에 사라졌다.

빛이 걷힌 공간에는 어린 소녀가 서 있었다.

[Lv.17 마리(Pet)]

머리 위의 이름표는 소녀가 마리임을 주장했다. 하지만 마리의 특징이었던 큰 귀와 꼬리가 사라져 버린 완전한 인간의 모습이었다.

'상태를 확인해봐야!'

제닌은 황급히 마리의 능력치 창을 열었다.

[마리, 엘더 스피릿(어, 1) 레벨 : 17(1823/1785 레벨 업 가능), 생명력 : 280, 마력 : 880, 기본공격력 : 35.5, 기본방어력 : 30, 근력 22, 순발력 27(22+5), 지능 20, 지혜 37, 활력

19, 감각 25]

'엘더 스피릿? 고대 영혼? 상위 영혼?'

그뿐만 아니라 능력치 역시 대폭 변동했다.

'설마… 스킬도?'

마리의 스킬 창을 열어보니 기존의 스킬은 사라지고 그 대신 네 개의 스킬이 반짝이고 있었다.

[치유(Lv.1)]

– 마력을 치유의 힘으로 변환하여 대상의 부상을 치료하고 생명력을 약간 회복시킵니다.

[속박(Lv.1)]

– 투명한 마력의 실을 내뿜어 목표로 삼은 대상의 몸을 옭아맵니다.

[응원(Lv.1)]

– 기원이 담긴 마력으로 대상을 응원합니다.

– 대상의 공격력과 방어력이 소폭 상승합니다.

[계승](종족스킬)

– 심장을 취한 대상의 모습으로 변할 수 있습니다.

– 생명체가 살아있을 때의 능력을 온전히 이어받습니다.

스킬의 설명을 읽어가던 제닌의 입이 점차 벌어졌다.

'종족 자체가 달라진 건가? 그 영향인 거야?'

스킬 하나하나가 놀라웠다.

치유는 신관 중에서도 선택받은 이들만 사용할 수 있는

힐과 비슷했다. 치유의 힘이란 본래 신에게서 비롯된 것.

'이건 웬만하면 보이지 않는 편이 좋겠어.'

무척 유용한 스킬이었으나, 함부로 사용하기에는 위험부담이 있었다.

'잘못했다가는 신전을 적으로 돌리게 될 테니까.'

속박은 전투에서 유용하게 사용할 수 있는 스킬이었다. 또한, 응원 또한 아군의 전투력 자체를 끌어올릴 수 있는 스킬이었다.

'예전의 마리가 순발력 위주인 레인저였다면, 지금은 인간의 마법사나 지능이 있는 몬스터의 주술사와 비슷한 느낌인데? 그렇다면⋯⋯.'

앞으로 마리는 직접적인 전투보다는 뒤에서 아군을 회복하고 적을 방해하고 아군의 능력을 끌어올리는 역할을 시켜야 할 듯했다.

'그런데 이 계승은 도대체⋯⋯.'

제닌은 마지막 스킬인 계승을 바라보며 탐탁지 않은 표정을 지었다.

'설마, 아까 그 괴수로 변할 수도 있다는 건가? 그게 말이 돼?'

현재 마리의 모습은 고작 십 대 조반의 어린 소녀에 불과했다. 아까 처치한 괴수는 그런 마리에 비해 수십 배의 덩치와 흉악한 외모를 가지고 있었다.

제닌은 마리가 그런 괴수로 변할 수 있다는 사실이 믿어지지 않았다.

"제닌!"

생각하고 있는 제닌에게 마리가 달려들었다. 폴짝 뛰어 품에 안기는 모습에 제닌은 얼떨결에 받아들었다.

'정말 사라졌네?'

제닌은 마리의 귀가 있던 자리를 만져보고, 인간과 같은 귀의 모양을 확인했다.

꼬리가 있던 부분도 더듬어 보았다. 꼬리 또한 완전히 사라졌음을 확인할 수 있었다.

"흐응…… 간지러워. 이상해……."

마리가 몸을 살짝 뒤틀며 묘한 콧소리를 냈다.

"크흠! 큼!"

제닌은 황급히 손을 떼고 마리를 내려놓았다.

정말 순수한 호기심으로 인한 행동이건만, 마리의 반응을 보니 뭔가 잘못한 것 같다는 생각이 들었다.

그는 인벤토리에서 로브 하나를 꺼내 마리의 몸에 입히고 다시 한 번 자세히 살펴보았다.

'정말 어쩔 수 없는 상황이 아니라면 그런 흉측한 몰골로 변하게 할 수는 없지.'

마지막 계승 스킬은 아무래도 봉인해 두고 사용하지 않는 편이 나을 듯싶었다. 한 번 변한 모습을 봐버리면 두고 두고 그 모습이 머릿속에 남을 것 같았다.

'이제 완벽한 인간이네. 누구도 의심할 수 없는 인간이야.'

이로써 한 가지 마음에 걸렸던 사실이 해결되었다. 전에는 인간과 다른 마리를 함부로 드러낼 수 없는 실정이었다.

만약 그것이 드러나면 인간들은 탐을 내거나, 적대할 터였다. 그 때문에 로브로 온몸을 꽁꽁 싸매고 다닐 생각이었는데, 그런 제한이 사라졌다.

이제는 마리를 데리고 인간 무리에 섞여도 아무런 문제가 없었다.

'그런데 뭐라고 설명하지? 딸? 동생?'

외모의 차이는 열 살가량. 둘 다 애매했다.

'뭐, 대충 둘러대면 되겠지.'

그보다 중요한 것은 마리가 새로 얻은 스킬의 위력을 실제로 확인해 보는 일이었다.

화이트 베어.

하얀 털이 북슬북슬한 곰이었다.

평상시의 모습은 하얀 털을 가진 강아지를 커다랗게 확대한 것처럼 보였다. 선해 보이는 인상이지만 막상 적이나 먹잇감이 나타나면 돌변했다. 선한 인상에 내재한 흉포함은 어지간한 맹수도 한 수 접어줄 정도였다.

전 대륙에 널리 퍼져 있는 상위 포식자.

"쿠워어어어!"

라테스 성 인근을 주름잡던 화이트 베어는 갑작스러운 횡액에 몸서리쳐야 했다.

Ⅱ

라테스 성은 크라인 왕국에 속했을 당시 북부 최고의 거점도시이자 물류의 요충지였다. 이런 점을 알았기에 제국은 전쟁 초기에 이곳을 점령했고, 안정화하기 시작했다.

지금은 전쟁이 시작되고 3년에 가까운 시간이 흐른 시점. 현재의 라테스는 전시라는 것을 알아보기 힘들 정도로 활발한 옛 모습을 되찾았다.

"쯧쯧! 자네도 잠을 못 잔 겐가?"

"말도 말게. 어찌나 소름 돋던지……."

피곤함이 역력한 늙은 사내의 물음에 비슷해 보이는 사내가 몸서리쳤다.

"저기 산에 있는 화이트 베어겠지?"

"이 근처에 그만한 소리를 낼 놈이 그놈밖에 더 있겠나? 그런데 또 다른 놈이 나타난 것 같은데?"

"하긴, 그렇지 않고서야 밤새 그렇게 울부짖을 일이 뭐가 있겠나? 서로 비슷비슷한 놈끼리 치고받느라 밤새도록 싸운 거겠지."

"쯧쯧! 기사님들이 좀 나서서 처리하면 좋을 텐데 말이야. 저 산 근처는 그놈이 내려올까 무서워 상단들도 빙 돌아간다니까?"

옆에서 들려온 사내들의 말에 제닌은 피식 웃었다.

'이거 본의 아니게 사람들 잠을 설치게 했는데?'

옷자락을 끌어당기는 느낌에 돌아보니 마리가 또랑또랑한 눈망울로 그를 바라보고 있었다.

"제닌. 왜 웃어?"

제닌은 웃음기 띤 얼굴로 마리의 귓가에 속삭였다.

"아무래도 벡스 투 때문에 사람들이 잠을 제대로 못 잔 것 같아."

벡스 투, 마리가 화이트 베어에 붙인 이름이었다.

"벡스 투? 왜?"

이해할 수 없다는 표정에 제닌은 마리의 머리를 부드럽게 쓰다듬었다.

"어젯밤 벡스 투가 좀 시끄럽게 했잖아. 그런데 그 소리가 여기까지 늘렸나 봐. 사람들이 무서워서 잠을 못 잔 거지."

"무서워? 벡스 투. 안 무서운데? 하나도?"

"마리는 벡스 투보다 강해서 안 무섭지만, 약한 사람들한테는 벡스 투가 무섭거든."

"아! 알겠어! 마리도 오우거 무서웠어!"

몸에 비해 커다란 머리를 세차게 끄덕이는 모습이 너무

귀여워 제닌은 저도 모르게 마리를 안아 들었다.

"녀석. 이젠 오우거가 널 무서워해야 할걸?"

그냥 하는 말이 아니었다. 어젯밤 그와 마리가 괴롭힌 화이트 베어는 오우거와 동급으로 칠 정도로 무서운 놈이었기 때문이다.

"우웅! 그래도. 무셔……."

마리는 제닌의 품 안에 얼굴을 묻고 비비적거렸다. 어리광 같기도 했지만, 그게 딱히 싫지도 않았다. 사람들이 보기에도 그저 사이좋은 부녀 정도로 보일 터.

'정탐하기에는 평범해 보이는 게 제격이지.'

제닌은 마리의 등을 토닥이며 옆에 있던 건물의 간판을 스치듯 살펴보았다.

'코르테 상단이라…….'

마리는 왼쪽으로 갈라진 세 명이 들어간 곳이 바로 이 건물이라고 알려 주었다.

주변 건물을 압도하는 크기와 쉴 새 없이 드나드는 사람들의 모습. 이곳 라테스에서 제법 잘 나가는 상단인 듯싶었다.

'일단 위치는 알아 두었으니…….'

다시 찾아오는 것은 한밤중일 것이다.

제닌은 코르테 상단의 건물을 그대로 지나쳐 인파 속으로 사라졌다.

그가 다음으로 찾은 곳은 옷가게였다.

"이 아이가 입을만한 것과 내가 입을 만한 걸로."

주인으로 보이는 투실투실한 중년 여인은 제닌을 쓱 훑어보더니 그의 말을 귓등으로 흘렸다.

꾀죄죄한 몰골에, 짝이 맞지 않는 엉성한 방어구가 냉대의 이유인 듯싶었다.

"내 말이 안 들리나?"

"행패 부릴 생각은 않는 게 좋을 거야. 내가 소리 한 번 지르면 경비대가 바로 달려올 테니까."

투실투실한 여인은 눈에 쌍심지를 켜고 제닌을 노려보았다.

'이거 참……. 별것이 다 거슬리게 하네?'

"본인은 귀족이다."

제닌은 품 안에서 신분패를 꺼내 들었다.

괜스레 드잡이질하기 싫으니 알아서 기라는 의미에서 꺼낸 것이었으나, 여주인의 반응은 여전했다.

"흥! 아아……. 귀족이셨어요? 하면서 대우해 줄 줄 알았나? 보아하니 몰락한 가문 한 번 일으켜 보려고 전쟁터에 기웃거리는 모양인데. 여기서 행패 부리지 말고 저기 병영으로나 가시죠? 여긴, '진짜 귀족' 분들이 주로 찾는 곳이니까."

비꼼이 가득한 말투. 그러나 그와는 별개로, 여주인은 뜻밖에도 제닌이 역할 하려고 마음먹었던 것을 제대로 꿰뚫어 보고 있었다.

'기분 나쁘긴 하지만, 그래도 역할 하나는 제대로 잡은 것 같은데? 차라리 이 차림으로 그냥 계속 다녀?'

딸랑!

등 뒤에서 종소리가 울리며 말끔한 정복 차림의 군인과 화려한 드레스의 귀부인이 안으로 들어섰다.

"어머! 이런 지독한 냄새가! 마르다? 여기 어디 썩는 물건이라도 있는 건가요?"

부채로 얼굴을 가린 귀부인의 말에 튼실한 여주인이 제닌을 노려보았다.

"이 사람이! 썩 나가라니까 그러네! 진짜 귀족분들 심기 거슬리지 말고 얼른 나가!"

제닌은 슬슬 열이 올랐으나, 순순히 밖으로 나갔다. 지금은 적지에 잠입한 상태. 여기서 소란을 피워봤자 좋을 게 없었다.

가게를 나서니 바로 맞은 편에도 옷가게가 하나 있었다. 다가가서 진열된 옷을 살펴보니 방금 나온 곳처럼 화려한 옷은 아니었으나 수수하면서도 깔끔한 디자인이 마음에 들었다.

'나쁘지 않군.'

딸랑!

문을 열고 들어서자 맑은 종소리가 울렸다.

"어서 오세요!"

듬성듬성 난 주근깨가 매력적인 하얀 얼굴의 소녀가 활달한 목소리로 제닌을 맞이했다.

"어머! 예쁜 아이네? 아저씨 딸? 동생?"

마리를 보며 호들갑을 떠는 모습을 보니 제닌은 가라앉았던 기분이 살짝 풀리는 듯했다.

"나와 이 아이가 입을 옷으로. 그리고 난 아⋯⋯."

"그보다는 먼저 씻으셔야겠는데요? 어쩜! 이렇게 귀여운 아이를 제대로 씻기지도 않고 데리고 다닐 수가 있어요? 아저씨는 보호자 실격이에요!"

아저씨가 아니라고 말하려 했는데, 그만 소녀의 말에 잘려 버렸다.

'그러고 보니 언제 씻었더라?'

생각해보니 블러디 울프를 만나기 전, 부대를 떠난 이후로 여태 한 번도 씻은 적이 없었다.

"냄새⋯ 나나?"

"아주 코가 썩을 것 같아요! 아저씨가 손님이라 그렇지, 우리 아빠나 동생 같았으면 이미 집에서 내쫓았을 걸요?"

본래 자기 몸에서 나는 냄새는 자신이 알아차리기 어려운 법이었다.

"혹시, 씻을 곳이 있나?"

"대신, 두 벌 이상은 사셔야 해요?"

소녀의 서글서글한 대응이 괜찮아 보였다.

'활달한 손님접대에 서비스도 나쁘지 않고, 적당히 이익을 얻을 줄도 아는 것 같군. 상대가 기분 나쁘지 않게 한다는 게 중요한 점이겠지.'

"그렇게 하지."

제닌이 고개를 끄덕이자 주근깨 소녀는 두 사람을 뒤쪽 문으로 안내했다.

"아저씨는 이쪽에서 씻으시고, 우리 예쁜 아가씨는 언니가 씻겨줄게."

주근깨 소녀가 손을 내밀자 마리가 제닌의 옷자락을 꼭 잡은 채 고개를 흔들었다.

"싫어. 제닌. 같이."

"아저씨?"

주근깨 소녀의 눈초리가 가늘어졌다. 마치 죄를 지은 사람을 추궁하는 듯한 눈빛이었다.

"마, 마리. 그냥 저 언니 따라가렴. 조금 있다가 다시 보는 거야. 알았지?"

"히잉……."

마리는 시무룩한 표정을 짓다가 마지못해 주근깨 소녀가 내민 손을 잡았다.

욕실은 칸막이를 사이에 두고 커다란 물통을 공유하는

구조였다.

"어머머머! 어쩜 좋아! 어떻게 피부가 그렇게 좋니? 와! 이 분홍색 볼은 어떻고! 깨물어 주고 싶어! 꺄하! 그러지 마. 그럼 물 튀긴단 말이야!"

"헤헤! 따뜻해! 기분 좋아!"

'후우. 뭔가 정신없이 휘둘린 것 같은데……. 뭐지? 기분 탓인가?'

제닌은 칸막이 너머에서 들려오는 소리를 들으며 한숨을 푹 내쉬었다.

"그런데 왜 난 찬물인데?"

제닌은 마리가 따뜻하다는 소리를 한 것을 들었다. 그와 더불어 칸막이 너머 모락모락 김이 피어오르는 모습도 보였다.

지금은 서서히 겨울이 다가오는 시기였다.

제닌의 목소리를 들었는지, 칸막이 아래에서 자그마한 대접이 하나 들어왔다.

"아저씨! 아껴 써요! 따뜻한 물 얼마 없으니까!"

"아저씨 아니라니까……."

"흥!"

주근깨 소녀는 제닌의 항변을 콧방귀로 무시한 채 다시 마리를 씻기기 시작했다.

"우리 예쁜 아가씨는 이름이 뭐야?"

"마리."

"아! 마리였구나? 예쁜 이름이네."

"헤헤! 마리. 예뻐!"

"마리는 몇 살?"

"한 살?"

'으휴…….'

제닌은 손으로 이마를 짚으며 정정해 주었다.

"열한 살."

"아저씨한테 물어본 것 아니거든요?"

"후우……."

아무래도 얼른 씻고 나가는 게 현명할 듯싶었다.

제닌은 후다닥 씻은 뒤 밖으로 나왔고, 얼마 뒤 뽀송뽀송
한 모습의 마리가 나왔다. 어찌나 잘 씻겼는지, 피부에서
빛이 나는 듯한 착각이 일 정도였다.

"몇 벌이나 사실 거죠? 아저씨?"

"아저씨란 말을 빼려면 몇 벌이 필요하지?"

"나이 차만큼?"

"호오! 난 올해로 스물 한살이지. 에이미는?"

제닌의 물음에 주근깨 소녀의 표정이 돌변했다. 번개같
이 마리의 뒤로 돌아간 소녀가 단검을 꺼내 마리의 목에 겨
눴다.

"정체를 밝혀라."

싸늘함이 뚝뚝 묻어나는 목소리.

'뭐지? 아! 이름!'

제닌은 그저 소녀의 머리 위에 떠오른 이름을 부른 것 뿐인데, 생각해보니 에이미는 자신의 이름을 밝힌 적이 없었다.

'실수군. 그런데 별로 위기감이 들지 않는 건 왜일까?'

솔직히 위협이 되지 않았다. 저런 단검 정도로는 마리를 어떻게 할 수 없을뿐더러, 단검은 마리의 목에서 무려 한 뼘가량 떨어진 상태였다. 이 정도면 단검이 목에 닿기도 전에 마리가 빠져나올 수 있을 정도.

아무래도 어린 소녀의 목숨을 위협한다는 생각에 마음이 편치 않은 듯싶었다.

'나이도 그렇고……. 풋내기인가?'

― 제닌? 어떻게 해?

'마리. 일단 가만히 있어봐.'

'일단, 인터페이스 온.'

시야기 반짝이며 여러 가지 메뉴들이 떠올랐다.

제닌은 인터페이스 온/오프 기능을 알아낸 뒤로 웬만하면 인터페이스를 꺼놓았다. 항상 시야 주변이 반짝거리는 게 너무 신경을 거슬렸기 때문이다.

'어라? 그런데 왜 아직 녹색이지?'

미니맵을 살펴보니 적의를 드러내고 있음에도, 에이미를

가리키는 점은 녹색을 띠고 있었다.

제닌은 얼마 지나지 않아 이유를 찾아낼 수 있었다.

"후후! 그리고 보니 같은 편이로군. 우리."

"같은… 편? 어느 부대 소속이지? 라테스 주둔군? 게라드 방면군?"

소녀가 언급한 것은 모두 제국의 부대였다.

"후후! 잘 아는 사람끼리 왜 그래? 이름은 아까 마리가 말한 것 들었겠지? 제닌이다. 왕국 천인장이자 독립작전권을 가진 부대장이고, 지금은……."

제닌은 인벤토리에서 신분패를 꺼내 바닥에 던졌다.

"카인스 드 루아라는 이름이지."

"카인스… 드 루아?"

아스트 백작이 마련한 제닌의 이름이었다.

신분패에 적힌 이름을 확인한 소녀가 단검을 거두며 한 걸음 물러섰다.

"왕국의 영웅께 무례를 범했습니다. 용서해 주십시오. 왕국 정보부 소속 라테스 파견대 에이미입니다. 이곳에서 사용하는 이름은 나미아입니다."

'왕국 정보부라……. 하긴, 전쟁이 일어난 지 벌써 삼 년이니, 그럴 수도 있겠지. 주변에 도움을 줄 사람이 많아서 날 이곳으로 보낸 건가?'

제닌은 아스트 백작의 의도를 살짝 생각해 보았다.

'뭐, 일단 지도에 적힌 곳에 가보면 알 테지.'

"자, 그럼 원래 하려던 일을 마무리하도록 하지. 여기에
서 나랑 마리한테 맞는 옷 전부. 옷값은 이거면 되겠지?"

제닌은 소녀를 향해 손가락을 튕겼다.

붉은 잔상을 그리며 날아가는 루비를 에이미는 깜짝 놀
라며 받아들었다. 받아든 뒤, 미간이 살짝 찌푸려지는 것으
로 보아 충격을 완전히 해소하지는 못한 듯싶었다.

"남은 돈은 손바닥 치료에 쓰도록."

제닌은 에이미를 바라보며 싱긋 웃었다. 에이미의 얼굴
에 살짝 분한 빛이 떠올랐다가 곧 사라졌다.

"와! 옷 고르자! 마리야! 우리 마리는 예뻐서 무슨 옷이든
다 어울릴 거야!"

금세 원래의 모습으로 돌아온 에이미가 마리를 세워놓고
인형 놀이를 시작했다.

그렇게 고른 마리의 옷이 스무 벌. 반면 제닌에게 골라준
옷은 달랑 두 벌 뿐이었다.

"이기 웬지, 치별히는 것 같은데?"

"무슨 말씀을! 제닌님의 완벽한 외모는 이 두 벌로도 충
분하답니다!"

뭔가 속은 듯한 느낌, 꺼림칙한 기분이 들기는 했으나,
에이미가 골라준 옷은 제닌이 보기에도 마음에 들었다.

"참! 그러고 보니 저 앞의 가게도, 같은 소속인가?"

"왜 그렇게 생각하시는지 여쭤봐도 될까요?"

"옷가게 여주인치고는 눈썰미가 좋았거든. 게다가 진짜 중요한 정보는 이런 허름한 곳이 아닌……."

제닌은 주변을 둘러보며 씩 웃었다. 그는 에이미의 미간에 미세하게 주름이 잡힌 걸 확인한 뒤, 말을 이었다.

"귀족들이 갈 만한 곳에서 나올 테니까."

에이미는 찌푸린 얼굴로 제닌을 바라보다가, 이내 미소를 지었다.

"마르다님은 좋은 분입니다."

"그렇게 생각하는 이유는?"

"제국 귀족들에게 옷을 판 돈으로 전쟁으로 고아가 된 아이들을 돌보시거든요."

'쩝……. 밤에 한 번 찾아가보려고 했더니만…….'

아무래도 계획을 취소해야 할 것 같다.

'하긴, 그래서 그렇게 쌀쌀맞게 대했던 건가?'

왕국에 소속된 사람의 입장에서 제국의 귀족, 그것도 전쟁에 끼어들어 한 몫 잡으려 드는 몰락 귀족이 좋아 보일 리 없었을 것이다.

"아무튼, 옷 잘 입을 게. 다음에 또 보자고!"

"절 부르실 일이 생기신다면. 기꺼이 돕겠습니다."

"그런데 명령이라고 생각하고 한 번만 해주면 안 되나?"

에이미의 표정이 살짝 굳어졌다.

"무엇을… 말씀하시는 겁니까?"

"오빠라고 불러봐."

Ⅲ

'이곳인가?'

비밀 장소를 생각하면 보통 음습한 뒷골목에 자리 잡은 허름한 술집들을 떠올리는 게 일반적이었다.

그러나 지도의 장소를 찾아간 제닌의 눈앞에 나타난 곳은 그의 생각을 완전히 뒤집어 놓았다.

'드루아 상단?'

음습한 뒷골목도, 허름한 술집도 아니었다. 사람들이 활보하는 대로변에 있는 널찍한 3층 건물이었다. 심지어 문 위에는 드루아 상단이라는 간판까지 버젓이 달려 있었다.

'그런데 어째 이름이…….'

제닌은 자신의 새로운 이름을 떠올렸다.

카인스 드 루아.

아스트 백작이 마련해준 제국 귀족의 이름이었다.

'신기한 점은 이곳이 노란 점이 찍힌 위치와도 일치한다는 점이겠지.'

제닌은 지도창과 손에 든 지도를 다시 한 번 비교해 보았다. 지휘관과 전쟁상인의 전직을 위한 장소와 아스트 백작이 접선하라는 장소가 정확히 겹쳤다.

'하긴. 어떻게 보면 당연한 일인가? 아무런 연관이 없는 장소에서 임무를 수행할 수도 없는 노릇이니.'

제닌은 그렇게 생각을 정리하며 드루아 상단의 건물 안으로 들어섰다. 신분패를 제시하자 제닌은 깊숙이 자리 잡은 밀실로 안내되었다.

"왕국의 영웅을 뵙게 되어 영광입니다. 저는 이곳 라테스에서 드루아 상단을 맡아 관리하는 베스란이라고 합니다."

'그런데 아까도 그러더니, 왜 자꾸 영웅, 영웅 하는 거야? 내가 뭐라도 된 것처럼?'

옷가게의 에이미도 그랬고, 베스란도 같은 칭호를 사용했다.

'설마, 내가 모르는 뭔가가 있는 건가?'

띠링!

그 순간 알림음이 울렸다.

[칭호 : 왕국의 영웅(모든 능력치+5)을 획득하였습니다.]

"협! 무, 무슨!"

칭호가 문제가 아니었다. 중요한 것은 '모든 능력치+5'라는 문구, 능력치의 종류가 모두 여섯 가지였으니 다 합치면 무려 30에 달하는 능력치가 올라간다는 의미. 제닌이 깜짝 놀랄 만도 했다.

'칭호가 이렇게 대단한 것이었어? 칭호교환 왕국의 영웅.'

제닌은 황급히 칭호를 교환했다. 여러 가지 느낌들이 몸 안을 질주했고, 제닌은 칭호라는 것이 레벨이나 장비 못지 않게 중요하다는 것을 깨달았다.

"왜 그리 놀라십니까?"

놀란 표정을 짓는 제닌을 향해 베스란이 물었다.

"후우. 아무것도."

제닌은 한숨으로 말을 돌린 후, 베스란을 바라보았다.

'이 자도 정보부 소속일까? 아스트 백작이 심어 놓은 첩 자? 그런데 아스트 백작에게 적지에 첩자를 심어 놓을 정 도의 권한이 있나?'

제닌의 표정이 슬쩍 굳어지자 베스란이 설명했다.

"저희는 전쟁이 일어나기 전부터 국왕 폐하의 명으로 창 설된 상단입니다. 상거래는 물론 정보 수집을 하고 때로는 요인을 암살하기도 하는 단체지요. 물론 기밀이지만 왕국 의 영웅이기에 말씀드리는 겁니다."

궁금한 점을 알아서 풀어주는 베스란의 설명이 제닌은 마음에 들었다.

'눈치도 제법 빠르군.'

"그런데 영웅이라니? 왜 그렇게 부르는지는 모르겠지만, 난 그렇게 대단한 사람이 아닌데?"

베스란은 대답 대신 둘둘 말린 종이를 내밀었다.

"아스트 백작 각하의 서신입니다."

제닌은 베스란이 건넨 서신을 받아 읽어 내려갔다.

[인상적인 한 수를 두었더군. 카시어스 후작가의 시선을 돌리는 동시에, 왕국 귀족들의 비리를 밝혀 뿌리째 뽑아낼 생각이었겠지?]

'헉! 그, 그걸, 어떻게?'

첫 줄부터가 제닌의 마음을 거세게 흔들었다.

얼굴이 화끈거렸다. 마치 벌거벗겨진 채로 사람들 앞에 내던져진 기분이었다.

'하긴. 그 영감이 나만큼, 아니 오히려 나보다 더 머리를 잘 굴린다는 사실을 깜빡했군.'

아인스 드 카시어스를 아스트 백작에게 넘기면서 제닌이 간과한 점이었다. 갑자기 기막힌 계책을 떠올렸다는 것에 취한 나머지 다른 쪽에 대해 제대로 생각할 수 없었다.

[하지만 자네가 한 가지 생각 못 한 게 있네. 바로 나에게 그럴 만한 힘이 없다는 점이지. 더불어 국왕 폐하께서도 이제는 귀족들을 함부로 칠 수 없는 실정이네. 테슬라 천인장을 통해 보낸 서신을 보니, 자네도 이제 어느 정도 눈치를 챈 모양이야. 국지전이 활발하게 벌어지는 곳과 그렇지 않은 곳을 물어본 것 말일세. 물론 자네가 예상한 대로 활발하게 벌어지는 쪽은 대부분 국왕 폐하의 중앙군이었다네. 나머지 활발한 곳 역시 귀족회의에 속하지 않고 국왕 폐하를 따르는 귀족들의 병력이었어.]

'역시……'

제닌은 침중한 표정으로 고개를 끄덕였다.

현재 전선을 이루는 크라인 왕국 병력은 크게 두 가지로 구분되었다. 국왕의 중앙군과 귀족들의 병력이었다. 물론 그런 귀족 중에서도 국왕을 따르는 쪽과 아닌 쪽으로 나뉘지만 크게 보자면 그러했다.

만약 귀족들이 맡은 곳은 전투가 거의 없고, 중앙군 쪽에서만 치열한 전투가 벌어졌다면, 결과적으로 소모되는 것은 국왕의 군대였다. 즉, 국왕이 가진 발언권과 왕권이 약해진다는 뜻이었다.

이런 일이 계속되면 귀족들의 군세가 국왕의 군세를 넘어서게 된다. 그리고 나중에는 국왕의 군세를 압도할 때가 올지도 모른다.

그때를 노려 귀족들이 들고일어나면, 크라인 왕국은 속수무책으로 귀족들의 손에 들어갈 수밖에 없었다.

제닌은 예전에 이런 사실을 추론했었고, 더욱 확실히 파악하기 위해 정보를 요청했었다.

'이미 일어나고 있는 일이었다니……. 그렇다면 알면서도 모르는 척했다는 건가? 아니면 그럴 수밖에 없는 이유가 있었던 건가?'

[전쟁 초기에 알아차렸다면 무슨 수를 썼겠지만, 아쉽게도 지금은 손을 쓸 수 없다네. 제국 놈들만 좋은 일 시켜주

는 셈이니까.]

제닌은 내용을 읽으며 고개를 끄덕였다.

'하긴, 제국의 입장에서도 손해 볼 일은 아니겠지.'

이미 제국에 마음이 넘어간 귀족들이 왕국을 장악한다면, 왕국은 제국의 속국이나 다름없게 된다. 제국으로서는 손 안 대고 코를 푸는 격. 제국의 측면에서 보면 손해는커녕 적극적으로 지원할 일이었다.

'난감한 상황이겠군. 손을 써도 문제고, 안 써도 문제겠어.'

귀족들을 치면, 제국이 얼씨구나 하면서 전면전을 개시할 것이다. 그러면 국왕의 군대는 앞뒤로 적을 맞이하는 형국이 된다.

또한, 그냥 놓아두어도 귀족들의 힘이 압도적으로 커지면 반란이 일어날 터였다.

'시간문제인가? 그리고 변수가 필요하겠군. 그런데 어쩐지 그 변수라는 게…….'

제닌은 다시 서신으로 시선을 돌렸다.

[생각 같아서는 매국노 귀족들을 모두 잡아들여 심판하고 싶지만, 이제는 그럴 수 없다는 것을 머리 좋은 자네라면 깨달았을 테지. 그래서 자네 덕에 그들의 약점을 잡은 것을 토대로 그들과 은밀한 거래를 하나 했다네.]

'거래? 설마, 그 거래라는 것이 왕국의 영웅이라는…….'

제닌은 문득 불안감을 느꼈다.

[자네가 거둔 성과에 대한 보고를 올리니 국왕 폐하께서도 무척이나 기뻐하셨다네. 덕분에 일이 아주 쉽게 풀렸지. 축하하네. 왕국의 영웅 제닌! 베스란이 자네에게 증서를 내줄 걸세. 남작의 작위와 만인장의 직위. 또한, 라테스 성과 그 지역의 영주로 임명한다는 증서일세.]

'이건!'

서신의 한 귀퉁이가 구겨졌다. 저도 모르게 손아귀에 힘이 들어간 탓이었다.

[설마 화가 났나? 서신을 찢은 건 아니겠지? 혹시 모르는 생각에 한 장을 더 보내 놓았으니 베스란에게 받아서 마저 읽어주게.]

'아직 안 찢었거든요?'

아스트 백작의 엉뚱한 넘겨짚기에 치솟았던 화가 조금 누그러졌다.

[물론 화가 날 걸세. 이용당한다는 느낌도 들 테지. 하지만 생각해 보게. 전쟁은 영웅을 만들어 내지. 이런 기회가 없다면 평민이 귀족의 작위를 얻는 것은 절대로 불가능한 일이야. 게다가 내가 보기에 자네는 달랐네. 딱히 꼬집어 말할 수는 없겠지만, 다른 사람과는 다른 무언가 특별한 것이 있는 것처럼 보였어. 오랜 세월 살아오는 동안 많은 부하를 거느렸고, 또 많은 적을 만났었지. 그런데 자네는 지

금까지 내가 만나보았던 누구와도 달랐네.]

'이 작자는 대체 뭘 믿고 날 이렇게 높이 보는 거지? 설마 뭔가를 아는 걸까? 아니면 현재 상황이 누구라도 믿어야 할 만큼 절박해서?'

모르겠다.

한편으로 정말 궁금하기도 했다.

[한 번 냉정하게 생각해 보게. 이 일이 정말 불가능한 일인지를. 가능하다는 판단이 서면, 차라리 나를, 그리고 국왕 폐하라는 뒷배를 한 번 이용해 보게.]

"후우……."

제닌은 한숨을 내쉬며 끓어올랐던 화를 가라앉혔다.

'이용당한다기보다 이용한다?'

솔직히 누군가에 의해 강제된 것 같다는 생각을 빼면, 엄청나게 좋은 일이었다.

이제는 완벽한 귀족이 되었고, 만인장의 지위 또한 얻었다. 게다가 비록 지금은 제국에 점령되었다고는 하나, 영지까지 얻었다.

'그러고 보니…….'

제닌은 자신이 할 수 있는 것들을 떠올리며 서신을 마저 읽었다.

[세력을 만들어 주게. 그곳은 원래 자국의 영토였던 곳이야. 찾아보면 아직 왕국에 대한 충성심이 남아 있는 이들이

적지 않을 걸세. 그와 더불어 제국군의 힘을 약화시켜 주게. 어느 정도 약화만 시켜주면 일거에 들이쳐서 전쟁을 끝낼 수 있다네. 제국군을 몰아내고 협곡만 틀어막는다면 다시는 제국이 우리 왕국을 넘어오지 못할 걸세.]

'이거 못할 것도 없는 것 같은데?'

제닌의 얼굴이 다시금 활기를 띠었다.

'협곡이란 말이지.'

제닌이 특히 주목한 것은 협곡이었다.

크라인 왕국과 에이서스 제국 사이에는 거대한 산맥이 놓여 있었다. 산맥 안은 강력한 몬스터들의 천국인지라 접근 불가의 영역. 그 때문에 제국과 왕국의 통로는 산맥을 관통하는 두 개의 협곡뿐이었다.

양국은 협곡의 출구에 단단한 성을 쌓고 통행을 제한했다. 협곡이라는 지형의 특성상 출구만 단단히 틀어막으면 침공은 꿈도 못 꿀 일이었다.

'아마 전쟁 초기에는 제국에 매수된 귀족 하나가 알아서 길을 열었겠지.'

정상적인 방법으로는 웬만해서는 뚫을 수 없는 곳이었기에 제닌은 그렇게 추측할 수밖에 없었다.

'현재 전황은 협곡을 중심으로 왕국의 삼 분의 일이 점령당한 상태. 만약 이 협곡을 막아 버린다면?'

산맥을 넘어온 제국군은 보급이 끊기게 된다. 그리고 보급이 끊기게 되면 제국군의 전력이 점차 약해질 것은 당연한 일이었다.

얼마 지나지 않아 제국군은 선택의 갈림길에 서게 된다. 최후의 일전이냐, 항복이냐의 선택이었다.

'그깟 영웅. 진짜로 한 번 해봐?'

이렇게 결심하는 순간 경쾌한 알림음이 들려왔다.

띠링!

[전직조건 지휘관, 병력 0/10000]

[전직조건 전쟁상인, 전쟁 물품으로 얻은 이득 0/1000000 골드]

'이렇단 말이지? 크큭!'

제닌의 입매가 비틀려 올라갔다.

'이왕이면 둘 다 해 주지.'

지휘관은 제닌이 원하던 직업이었고, 전쟁상인은 그의 감각이 추천한 직업이었다.

일단 두 가지 모두 충족조건을 완료한 후, 더 좋은 쪽을 선택하면 되는 일이었다.

제닌은 서신을 다시 말며 베스란을 바라보았다.

"지원할 수 있는 것을 말해 보도록."

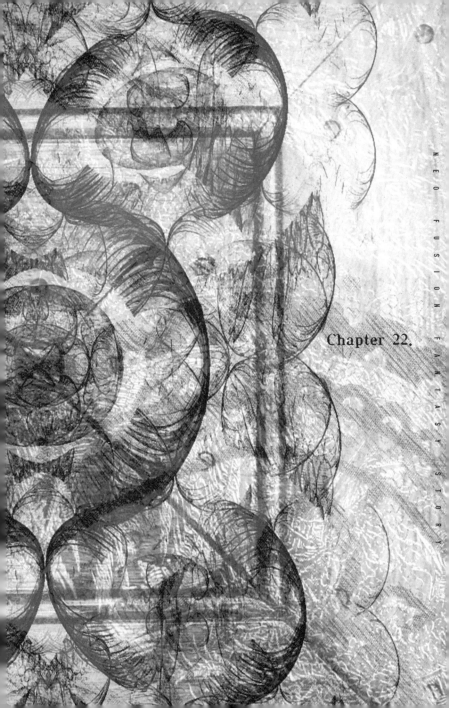

Chapter 22.

ROYAL
ROADER

I

짙은 어둠이 내려앉은 라테스 성의 밤은 낮과는 전혀 다
른 느낌이었다. 성벽을 밝히는 횃불과 내성, 그리고 몇몇
곳을 제외하면 전혀 불빛이 없는 암흑의 공간.

이제야 비로소 전쟁 중이라는 생각이 들었다.

이따금 순찰하는 경비병의 횃불을 피해 은밀한 그림자가
움직였다. 도착한 곳은 코르테 상단이라는 간판이 붙은 건
물이었다.

코르테 상단은 라테스 성에서 밤에도 불을 밝힌 몇 안 되
는 건물 중 하나였다. 늦은 밤임에도 건물에 출입하는 사람
이 끊이지 않았다.

'이 지역에서 가장 위세 높은 상단이라더니. 이름값은

273

하는군.'

제닌은 횃불의 사각지대에 숨은 채 건물을 주시했다.

제닌은 코르테 상단이라는 곳을 알아보기 위해 베스란에게 슬쩍 운을 띄워본 적이 있었다. 라테스에서 활동하는 상단에 관한 포괄적인 질문이었다.

베스란은 가장 먼저 코르테 상단을 꼽았고, 가장 많은 시간을 할애해 설명했다. 나중에는 감정을 못 이겨 피를 토하듯 열변하기까지 했다.

헛기침으로 어색하게 마무리하기는 했지만, 결론은 하나였다.

'쓰레기 중의 쓰레기.'

코르테 상단은 안 하는 일이 없었다.

식량을 비롯한 필수물품의 사재기는 기본이요, 하루에 두 배씩 이자가 늘어나는 살인적인 이율로 돈을 빌려주기도 했다.

제닌이 어떻게 그런 게 가능하냐고 물었더니, 시간당 복리로 이율을 계산하면 그렇게 된다고 했다. 실제로 계산해 보니 3%의 이율만으로도 24시간이 지나면 2배가 넘었다.

그 계산에 따르면, 곡식 한 움큼의 빚이 며칠 후에 곡식 한 자루로 바뀌는 마법 같은 일이 벌어졌다.

한 번 빚을 진 채무자는 갚을 길이 없다. 자연스럽게 노예가 된다. 라테스 성에 거주하던 왕국민들 중 무려 10%가

274

량이 코르테 상단에 의해 노예가 되었다고 한다.

'이것들을 어떻게 처리하지?'

쉐도우마스터를 보내 정찰한 결과 온갖 물품과 식량이 그득그득 들어찬 지하 창고를 알아낼 수 있었다. 그와 더불어 금화를 비롯한 각종 보물이 들어 있는 비밀 금고의 위치 역시 알아냈다.

문제는 감금된 노예들이었다.

상단의 물자와 금고를 털기는 쉬웠다. 그런데 그 후에 일어날 일이 문제였다. 물건과 돈을 잃어버린 상단의 인물들은 광분할 것이고, 그 화가 돌아갈 곳은 빤했다. 저항할 수 없는, 인간이 아닌 존재들.

바로 노예였다.

'오늘은 일단 돌아가는 게 좋겠군.'

Ⅱ

제닌이 베스란에게 요청한 것은 세 가지였다.

첫째는 약간의 병력이었고, 둘째는 제국의 점령지 내부에 있는 보급부대들의 위치였다. 마지막 세 번째 요청은 얼마 후 자신이 성을 나갔다 돌아왔을 때, 제국 내부로의 상행을 준비할 것이었다.

제닌은 그중에서 병력의 지원을 가장 시급하게 요청했

고, 베스란은 곧장 준비하겠노라고 대답했다.

베스란의 일 처리는 신속했다.

제닌이 요청한 다음 날 아침, 그는 앞의 두 가지 일을 완료했다는 보고를 올렸다.

제닌은 베스란이 건넨 보급 부대의 배치도를 받아 품 안에 넣었고, 이어 베스란의 안내에 따라 상단 건물 뒤뜰로 향했다.

"모두 충성스러운 국왕 폐하의 병사들입니다."

베스란은 일단의 병력을 소개했다. 숫자는 서른 명가량. 용병의 복장이었으나, 탄탄한 체구에 강직한 눈빛을 가지고 있었다.

'잘 단련된 자들이군. 레벨을 알 수는 없지만, 최소한 3 이상은 될 것 같은데? 더불어 저런 눈을 한 놈들은 쉽게 배신하지 않을 거야. 내가 먼저 왕국을 배신하지 않는 이상에는.'

일단 첫인상은 좋았다. 게다가 지금과 같은 전시에 적국에서 첩보활동을 할 정도면, 충성심은 남다를 터였다.

제닌은 누구도 완벽하게 신뢰하지 않았다. 그나마 믿을 만한 게 자신의 가족과 충성도 MAX인 벡스 또, 나머지 부하들과 마리 정도였다.

하지만 신뢰할 수 없다고 함께 일하지 않는다면, 그 무엇도 할 수 없었다.

'그나마 조건이 있는 신뢰가 낫지.'

제닌은 조건 없는 신뢰나 충성이 오히려 더 불안했다. '자신이 먼저 배신하지 않는 한'이라는 조건 때문에 오히려 상대를 더 신뢰할 수 있었다.

'문제는 저들에게 아직 내 능력에 대한 확신이 없다는 점이겠지?'

서른 명 중에는 제닌의 눈을 똑바로 바라보며 기세를 세우는 인물도 있었다.

'분위기를 보니, 저자가 이놈들의 대장이었나? 하긴, 나 같아도 쉽게 인정하기는 싫었을 거야.'

자신을 포함한 부하들이 갑자기 나타난 인물의 아래로 들어간다는 사실 자체가 마음에 들지 않았을 것이다. 또한, 나타난 자가 이름도 들어 보지 못한 인물이었으니 더욱 그럴 터였다.

최근 들어 제닌에게 '왕국의 영웅'이라는 칭호가 붙기는 했지만, 그저 이런저런 전공을 올렸다는 소문만 있을 따름이었다. 즉, 누군가의 가치를 올리기 위해 만들어진 소문일 수도 있다는 의미였다.

"좋군. 그럼, 속옷만 빼고 다 벗도록."

세닌의 첫 명령.

병사들은 어리둥절한 얼굴로 제닌을 바라볼 따름이었다. 베스란 역시 황당한 표정을 지은 채 제닌을 바라보았다.

"흠……. 이런 간단한 지시조차 따르지 않다니. 베스란경 이들이 정말 뛰어난 병사인 것 맞나? 대체 내가 뭘 믿고 이런 놈들과 작전을 수행하지?"

"송구합니다. 지금 뭣들 하는 건가? 어서 명령에 따르지 않고!"

베스란이 눈을 부릅뜨고 소리치자, 병사들이 하나씩 착용한 장비를 해제하기 시작했다.

제닌은 그들이 장비를 모두 벗을 때까지 기다렸다. 또한, 다 벗은 후에도 한참 동안 그들을 바라본 채 서 있었다.

지금은 겨울로 접어들어 가는 계절. 속옷 차림의 병사들은 하나, 둘 오들거리기 시작했다.

"춥나?"

병사들은 서로의 눈치를 볼 뿐, 대답하지 않았다. 그러다 한 명이 머뭇거리며 입을 열었다.

"추, 춥지 않습니다!"

"훗! 부장은 너다."

제닌은 대답한 병사에게 다가갔다. 그리고 나직하게 중얼거렸다.

"착용."

두툼한 솜옷이 병사의 몸을 둘러싸더니, 이내 시커먼 갑옷이 덧입혀졌다. 제국 기사, 그중에서도 프라덴 후작가문의 문양이 새겨진 기사의 갑옷이었다.

"마, 마, 마법!"

병사의 입이 떡 벌어졌다. 나머지 병사들 또한 그와 다르지 않았다.

"어디 보자⋯⋯."

제닌은 병사를 기사의 모든 장비로 무장시킨 후, 작은 자루를 뒤적였다.

"이름 좋네. 기사 테일스."

제닌은 그렇게 말하며 병사에게 무언가를 건넸다. 제국 기사의 신분패였다.

"지, 진짜야! 진짜 제국 기사의 신분패야!"

병사가 외치자 나머지 병력이 수군거리기 시작했다.

제닌은 잠시 그들을 바라보다가 병사의 어깨를 두드렸다.

"이제부터 나를 도와 부장을 맡게 된 기사 테일스다. 전에 사용하던 이름은 잊도록. 알았나?"

"예! 알겠습니다!"

테일스는 목청이 터지도록 대답했다.

일개 병사에서, 비록 적국이지만 기사 행세를 힐 수 있다는 것 자체만으로도 좋은 일이었다. 그간 용병생활을 하면서 기사를 위시한 신분 높은 것들의 괄시를 많이 받다 보니, 한이 맺혔던 이유도 있었다.

제닌은 다시 가만히 서 있었다.

테일스를 제외한 속옷 차림의 병사들은 오들오들 떨면서

도 제닌을 주시했다. 정확히는 제닌의 입이었다.

'다음 대답은 내가!'

'내가 먼저 대답해야!'

추위도 추위였으나, 잘하면 기사의 신분을 얻을 수 있다는 것에 대한 기대감이 컸다.

물론 정식 신분이 아닌, 신분 사칭에 불과했다. 그러나 신분패가 진짜였으니 발각될 확률은 낮았다.

물론 발각되었을 때에는 즉결처분될 확률이 높았으나, 그런 위험에도 기사 노릇 한번 해보는 것은 모두에게 꿈 같은 일이었다.

제닌은 병사들의 표정에 떠오른 생각을 읽었다. 아직 생각을 읽는 능력은 없었으나, 눈에 보이게 표시 나는 표정은 누구나 읽을 수 있을 터였다.

"흐음……."

제닌의 콧소리에 병사들의 긴장감이 바짝 올라갔다. 일부는 마른침을 삼키기까지 했다.

"베스란, 차나 한잔 하지."

"추, 춥지 않습니다!"

거의 동시에 누군가의 외침이 터져 나왔다. 처음 봤을 때 제닌에게 눈싸움을 걸었던 인물이었다.

"넌 마지막."

제닌은 검지로 그를 가리킨 후 몸을 돌렸다.

길들이기는 이제부터 시작이었다.

연이은 한숨 소리가 제닌의 등 뒤를 찔렀으나, 제닌은 아랑곳하지 않고 건물 안으로 들어갔다.

"대체 어떻게 된 일입니까?"

베스란은 건물 안으로 들어서자마자 물었다.

"추위에 떠는 부하들은 걱정되지도 않나?"

"저래 봬도, 다들 정예입니다. 어디서 약하다는 소리는 들은 적 없습니다."

"추위는 타던데?"

"그건……."

베스란은 잠시 말끝을 흐렸다가 대답했다.

"정신력으로 버틸 수 있습니다."

"어떤 게 궁금한데? 아공간? 아니면 갑옷을 얻은 경로? 신분패?"

"아, 아공간! 그, 그런 게 정말 있으십니까?"

아공간은 그야말로 이야기책에서나 찾아볼 수 있는 단어였다. 공간이동과 마찬가지로 미법사들이 평생의 연구과제로 생각하는 것 중 하나였다.

하지만 이상은 크고, 현실은 조악했다.

한 고위 마법사가 심혈을 기울여 만들어낸 마법 주머니. 하지만 용량은 고작 가방 한 개 분량에 지나지 않았다.

"글쎄. 어떨까?"

제닌은 능청스러운 얼굴로 고개를 저었다.

"그, 그런 말씀이!"

"제닌! 제닌! 이것 봐봐!"

마리의 목소리는 혹 불어오는 바람과 함께 커졌다. 어지간히 급하게 달려오는 모양이었다.

"이, 이런 빠르기가!"

베스란의 눈동자가 튀어나올 듯 커졌다. 그의 눈에는 잔상이 보일 정도로 빨랐기 때문이다.

그는 제대로 된 기사도 내기 어려운 속도를 훈련의 '훈' 자도 들어보지 못한 것으로 보이는 어린 소녀가 냈다는 것이 믿어지지 않았다.

"오오! 뭔데?"

"이거! 이거!"

마리가 폴짝폴짝 뛰면서 자신의 머리를 가리켰다. 앙증맞은 머리핀 한 개가 꽂혀 있었다.

"아아! 예쁜데? 안 그래도 예쁜 우리 마리가 더 예뻐졌는데?"

"정말? 헤헤!"

마리가 몸을 꼬며 배시시 웃었다.

고작 하루에 불과했지만 평온한 생활은 마리를 활발하고 호기심 많은 소녀로 바꿔 놓았다. 비록 신체적인 나이에 비해 정신연령이 조금 모자라 보이기는 하지만, 귀엽고 사랑스러운 모습인 것만큼은 부정할 수 없었다.

제닌도 마리에게만큼은 약간 무르게 대했다.

이제 태어난 지 고작일 년이 지났을 뿐이다. 그 어린 나이에 죽을 고비를 벌써 몇 번이나 넘긴 마리가 너무 안쓰러웠다. 그동안 안쓰러움을 느낄 만큼 정이 든 탓도 있었다.

'앞으로 더욱 힘든 일이 생길지도 모르니……'

위험이 없을 때에는 조금쯤 풀어주는 편이 좋았다. 게다가 자그마한 일이라도 생기면 일단 자신에게 달려오는 마리였기에 사고를 칠 염려도 거의 없었다.

"대체… 정체가 뭡니까?"

베스란이 머뭇머뭇 물었다.

"누가? 나? 아니면 마리?"

'두 분 다 궁금합니다만……'

베스란은 굳이 묻지 않았다. 물어봤자 제닌이 애매한 대답만 내놓을 게 뻔했기 때문이다.

'백작님께는 그저 있는 그대로를 말씀드리면 되겠지.'

뭔가를 결심한 듯한 표정.

베스란의 얼굴을 바라보던 제닌이 피식 웃으며 자리에서 일어났다.

"그럼, 다시 가 볼까?"

길들이기를 재개할 시간이었다.

"마리, 같이 갈래?"

"응!"

"밖에 나가면, 이상한 아저씨들이 있을 거야. 그중에서 마리가 보기에 제일 못생긴 사람부터 가리키는 거야. 어때?"

"좋아!"

'웬만하면 순서를 정한 이유는 밝히지 말아야겠군.'

베스란은 착잡한 표정으로 제닌과 마리의 뒷모습을 바라보았다.

Ⅲ

병사들에게 장비를 모두 착용시킨 후, 제닌은 코르테 상단의 정문을 찾았다.

자신은 제국 기사의 장비를 착용한 상태였다. 모든 장비는 프라덴 후작의 요새에서 기사와 병사를 처치하고 획득한 전리품이었다.

제닌은 병력을 밖에 세워둔 채, 프라덴 후작가문의 문양이 선명한 갑옷을 내세우며 건물 안으로 들어갔다. 위세 등등한 가문을 등에 업은 사람답게 거들먹거리는 걸음걸이와 거만한 눈빛을 연출했다.

"아이고! 어서 오십시오! 제국을 쩌렁쩌렁 울리는 프라덴 후작님의 기사님께서 어인 일로 이리 천한 자를 찾으셨습니까?"

상단의 간부인 듯 보이는 염소수염의 인물이 극진한 예로 제닌을 맞이했다.

제닌은 간부가 권하는 자리에 앉아 다리를 꼬며, 깔보는 눈빛으로 간부를 바라보았다.

"노예가 필요하다."

"노예, 말씀이십니까?"

간부의 되물음에 제닌은 짜증 난다는 표정을 지었다.

"코르테 상단의 상단주가 그렇게 가르쳤나? 손님에게 두 번씩 묻게 하라고?"

"아, 아이고! 죄송합니다! 미천한 자가 나이를 먹다 보니 귀가 어두워져서……. 노예는 몇이나 필요하신지요?"

찌릿한 제닌의 눈빛에 간부가 깊숙이 허리를 숙여 대답했다.

"전부."

"예?"

되물음에 돌아오는 것은 간부의 얼굴로 날아온 작은 주머니였다.

퍼억!

손가락 두 개만 한 작은 주머니였는데, 간부는 얼굴이 돌아갈 정도의 충격을 받고 쓰러졌다.

"두 번 말하게 하지 말라고 했다."

"끄응…… 죄, 죄송합니다."

간부는 바닥을 기며 떨어진 주머니를 주웠다. 열어보니 작은 보석들이 안을 채우고 있었다.

얼굴에서 느껴지는 고통을 잊을 만큼 황홀한 광채를 바라본 간부는 환한 웃음을 지었다.

"하온데……."

순간적으로 계산한 바로는 이곳에 감금된 노예들의 가격이 보석들을 합한 가격보다 약간 높았다.

"모자라나?"

"……."

간부는 쉽게 대답할 수 없었다. 다음에 무엇이 날아올 것인지 두려웠기 때문이다.

길길이 날뛰는 귀족도 두려웠으나, 실질적인 무력을 갖춘 기사는 더욱 무서웠다.

게다가 간부는 상대의 무력을 이미 맛본 상태. 작은 보석 주머니에도 멍이 들 정도건만, 날 선 무기라면 생명을 보장할 수 없었다.

"모자라도 모두 넘기도록. 모든 것은 제국의 영광을 위한 일이니까."

제닌은 비릿하게 웃었고, 간부의 얼굴은 살짝 일그러졌다.

"싫은가?"

"아, 아니옵니다. 제국의 영광을 위한 일인데, 당연히 넘

겨 드려야지요. 하온데… 미천한 것의 궁금증 하나만 풀어
주실 수 없겠는지요? 기사님께서 답해주신다면 가문의 영
광으로 생각하겠습니다."

제닌은 귀찮음이 깃든 얼굴로 턱짓했다. 물어보라는 뜻
이었다.

"그 많은 노예를 대체 어디에 쓰실 것인지요?"

제닌은 씩 웃으며 대답했다.

"미끼."

제닌은 간부의 머릿속에 물음표를 남긴 채, 자리에서 일
어났다.

Ⅲ

철컥. 철컥. 철컥.

철갑으로 온몸을 감싼 병사들이 행진했다. 행렬의 가장
앞에는 말을 탄 기사가 있었고, 기사의 앞에는 기사의 갑옷
과 같은 색의 옷을 입어 잘 드러나지는 않았지만, 작은 소
녀가 함께였다.

행렬의 옆에도 말 탄 기사가 하나 있었는데, 무언가 불안
한 듯 안절부절못하는 모습이었다.

특히 행진하던 병사들이 눈길을 줄 때, 기사는 특히 당황
한 모습을 보였다.

'배신자!'

'배신자 자식! 혼자만 편하면 다냐?'

제닌에 의해 기사가 된 테일스는 병사 중에서 막내에 가까운 서열이었다. 그를 제외한 나머지에는 모두 병사의 장비를 줬다. 선임들은 무거운 갑옷을 입고 걸어가는 데, 혼자만 편하게 가니 테일스는 무척 불편한 상황일 수밖에 없었다.

"테일스."

"옙!"

제닌의 부름에 테일스가 쏜살같이 말을 몰았다.

다가온 테일스에게 제닌은 가죽 주머니 하나를 던졌다.

"노예들에게 먹이도록. 육포는 한 사람당 하나씩, 물은 한 모금씩이다."

행진하는 병사들의 뒤에는 쇠고랑을 찬 노예들이 줄줄이 끌려오고 있었다. 겨울이 다가오는 날씨임에도 그들은 헐벗었고, 비쩍 말라 있었다.

모두의 생각은 그들의 쇠고랑을 벗겨 따뜻한 음식을 먹이고 두꺼운 옷을 입히고 싶었으나, 안타깝게도 그럴 수 없는 게 현실이었다.

제국은 점령지의 왕국민을 한 단계 아래로 보았다. 심지어 제국의 노예보다도 못한 처우를 받는 일도 흔했다. 하물며 왕국민 출신 노예는 그야말로 길가에 버려진 오물보다 나을 게 없었다.

노예를 판 코르테 상단의 시선이 곳곳에 깔렸다. 그들에게 노예를 대우하는 모습을 보여줄 수 없었다.

"하지만 이것으로는……."

테일스는 걱정 가득한 얼굴로 되물었다. 가죽 주머니에 든 육포는 겨우 손가락만 한 크기였고, 물 주머니 역시 갈증을 해결하기에는 터무니없이 작았다.

병사들은 뒤를 쳐다보지 않았다.

보면 왠지 눈물이 날 것 같았다.

뒤따르는 노예들은 그들과 같은 왕국민이었다. 어쩌면 그들의 가족이 이런 모습이 되었을 수도 있다는 생각을 하니 노예들이 남 같지가 않았다.

"그걸로 충분하니 일단 먹이도록. 안쓰러우면 더 먹여도 돼. 장담하건대 그럼 죽어. 그리고 그 원망은 오로지 널 향할 거야."

"명심하겠습니다."

네일스는 제닌을 향해 고개를 숙인 후 물러났다.

얼마 경험하지는 못했으나, 지금까지 제닌이 했던 말 중에서 그대로 이루어지지 않았던 일은 없었다.

'설마, 이것도 무슨 마법으로 만든… 그런 건가?'

"테일스."

테일스가 가죽 주머니를 들고 뒤로 가려고 할 때, 제닌이 다시 그를 불렀다.

"옙! 말씀하십시오!"

"네가 하지 말고, 막내 시켜라."

제닌의 말에 테일스는 울상을 지을 수밖에 없었다. 제닌이 말한 막내는, 이전의 대장이었기 때문이다.

마리는 첫 번째로 이전의 대장을 지목했다. 거의 벡스와 비등할 정도로 못생겼기 때문이다.

하지만 안타깝게도 그는 제닌이 미리 찍어 놓은 대상. 당연히 열외였다. 그리고 제닌이 말한 대로 가장 마지막에 장비를 지급 받았다. 서열은 장비를 지급 받은 순서대로 정해졌다.

"더불어 목소리는, 크고! 우렁차게!"

"……."

테일스는 차마 대답할 수 없었다.

"대답은?"

"알겠습니다!"

병사의 행렬 쪽으로 다가간 테일스는 눈을 질끈 감으며 소리쳤다.

"막내야! 이것 가져다가 노예들 먹여라! 육포는 한 사람당 하나씩! 물은 한 모금씩! 알았냐?"

"크윽! 알겠… 습니다."

대장이었던 막내는 이를 갈며 대답했다. 테일스는 더더

욱 불편해졌다.

"테일스, 강조가 빠졌다."

"두 개씩 먹이면, 노예들 죽이는 거다. 물도! 그러니까 잘 먹이도록!"

"크으윽! 알. 겠. 습. 니. 다. 테. 일. 스. 기. 사. 님!"

뚝뚝 끊어지는 대답에 테일스는 눈을 질끈 감았다. 비록 지금은 모르겠지만, 나중에 제닌이 떠난 다음이 두려웠다.

지금 제닌의 명령을 받아 했던 모든 것들이 다시 자신에게 돌아올 터였다.

'크큭! 즐길 수 있을 때 즐기라고!'

제닌은 테일스의 난감한 표정을 바라보며 속으로 키득거렸다. 무언가를 떠올렸기 때문이다.

지금 제닌의 머릿속에는 막내 벡스가 최선임인 마틴에게 명령을 내리는 모습이 그려지고 있었다. 비록 막내는 괴로워도 압존을 교육하는 효과적인 방법이었다.

"미안하우. 지금은 보는 눈 때문에 어쩔 수 없지만, 목적지에 도착하년 풀어줄 서요. 그러니 힘들이도 조금만 참고 버티시우."

대장이었던, 하지만 지금은 막내인 바이슨은 노예들에게 육포를 나눠주고 물 주머니를 돌려 한 모금 마시게 하며 말했다.

무뚝뚝해 보이는 목소리였지만, 무뚝뚝했기에 오히려 그

안에 담긴 안타까움과 미안함이 더욱 잘 전해졌다.

머리가 하얗게 센 노파가 바이슨의 손을 마주 잡으며 말했다.

"무얼 그리 미안해하고 그랴? 아무렴, 우리가 그 악질들 손에서 우릴 구해준 은혜도 모를까? 그러니 젊은이는 우리 걱정하지 말고 시키는 대로 똑바로 혀. 그래야 우리도 사는 것 아니겄어?"

앙상하게 마른 노파의 손이 전해주는 온기에 바이슨은 그만 코끝이 찡해왔다.

그런 바이슨과 노파의 모습을 힐끔 바라봤던 병사 몇이 어깨를 들썩였다. 고향에 두고 온 어머니나 할머니를 떠올린 탓이었다.

"어? 제닌. 울어?"

"내가 무슨!"

제닌이 버럭 소리쳤으나, 그 덕분에 모두가 알 수 있었다.

'저 인간도 사람이었네?'

'그러게 말이야. 난 피도 눈물도 없는 냉혈한인 줄 알았는데.'

'의외군. 의외야……'

병사들은 제닌의 등을 응시하며 저마다 생각했다.

'에이! 왜 하필 할머니야? 할아버지만 됐어도, 이런 꼴 안 보이는 건데!'

제닌은 속으로 툴툴거렸지만, 덕분에 그가 이끄는 행렬에는 보이지 않는 끈이 자라났다.

동감이란 이름의 끈이었다.

"어? 모, 몸이……."

"왜, 이렇게 가볍지?"

"손이… 발이… 아프지 않아?"

노예들 사이에서 수군거림이 일어났다. 그와 동시에 그들의 눈동자에 빛이 생겨났고, 걸음걸이에 힘이 들어가기 시작했다. 그뿐만 아니라 그들의 몸에 났던 생채기들이 점차 옅어지고 있었다.

슬쩍 돌아본 병사들이 놀란 눈으로 제닌의 등을 바라보았다.

'대체 누구십니까? 당신은?'

모두의 마음속에 궁금증이 자리 잡았다.

Ⅳ

"그런데 어디로 가는 거지?"

"이 방향, 어쩐지 그쪽인 것 같지 않아?"

"설마, 그제 밤? 거기?"

오후가 될 무렵 병사들 사이에서 수군거림이 들려오기 시작했다. 그와 동시에 그들의 얼굴에 긴장감이 어리기 시작했다.

이틀 전 밤. 라테스 성에 거주하는 모든 이들의 잠을 설치게 했던 원흉, 화이트 베어.

행렬의 방향은 정확히 화이트 베어의 영역인 산을 향하고 있었다. 설마 설마 했으나, 높이 솟은 산이 그들의 정면에 떡 하니 버티고 있으니 부정하고 싶어도 그럴 수가 없었다.

"저… 대장……."

뒤에서 다가온 테일스가 조심스럽게 입을 뗐다. 그는 병사들 모두의 의견을 등에 메고 나선 터였다.

"날 못 믿나?"

"아니, 그런 건 아니지만……."

"믿는 것치고는 너무 겁먹었는데? 설마 내가 너희를 화이트 베어의 먹이로 던져줄까 봐?"

테일스는 가슴이 철렁 내려앉는 느낌이었다.

제닌이 화이트 베어를 언급했다. 이것은 목적지가 정말화이트 베어의 영역일 확률이 높다는 말이었다.

"혹시… 엑셀시어이십니까?"

이번에는 제닌의 실력을 물어왔다.

화이트 베어를 잡기 위해서는 최소한 하이어급 실력의기사 서넛이 필요했다. 물론 겨우겨우 잡을 때의 이야기였고, 안전하게 잡으려면 엑셀시어급 실력의 기사는 있어야 했다.

여전히 걱정 어린 얼굴에 제닌이 혀를 찼다.

"쯧쯧! 이렇게 사람 말을 못 믿어서야 원. 괜찮아. 괜찮으니까 아무 걱정하지 말고 따라오기나 하라고."

"예……."

대답은 했으나, 테일스의 얼굴에 어린 걱정은 여전했다. 이에 제닌이 한 마디 덧붙였다.

"화이트 베어는 우리 마리가 상대할 테니까. 그렇지?"

"응!"

마리가 맑고 명랑하게 대답했다.

테일스는 이마가 지끈거렸다.

'그러니 더 못 믿겠단 말입니다!'

제닌은 미적거리는 행렬을 이끌고 화이트 베어가 서식하는 산자락에 도착했다.

병사들은 눈에 띄게 긴장하는 모습을 보였다. 뜻밖인 것은 그들의 뒤에 있는 노예들이 오히려 담담한 얼굴로 따라온다는 점이었디.

"쿠워어어어어!"

산속에서 화이트 베어의 포효가 들려왔다. 듣는 이의 간담을 서늘하게 만드는 소리였다.

병사들의 몸이 일제히 굳어졌다. 일부는 뒷걸음질치며 도망칠 생각을 구상하는 중이었다.

"아무래도 우릴 반가워하는 모양인데?"

'이게 어떻게 반가워하는 소립니까! 죽기 싫으면 물러가라는 소리지!'

테일스는 마른 침을 꼴깍꼴깍 삼키며 불안한 속을 달랬다.

"쇠고랑 풀어. 이제부터는 노예들이 앞장선다."

"예? 지, 지금……."

테일스는 놀란 얼굴로 되물었다.

"미끼로 사용한다고 했거든. 그러니 지켜보는 놈들에게 그렇게 보여줘야겠지."

'아니, 아무리 그래도 이건…….'

테일스는 미적거리며 지시를 내리지 못했다. 제닌의 말을 아주 대놓고 노예들을 죽이겠다는 말로 받아들였기 때문이다.

"거참! 좀 믿으라니까? 화이트 베어 따위 마리만 나서도 충분하다고!"

"그걸 못 믿겠단 말입니다! 아니, 어떻게 저런 꼬마 아이가 화이트 베어를 맡는단 말입니까? 화이트 베어가 내뿜는 콧김만 맞아도 쓰러질 것 같은 아이가!"

참다못한 테일스가 버럭 소리를 질렀다. 그 목소리에 제닌은 입꼬리를 슬쩍 끌어 올렸다.

"우리, 내기할까?"

"내, 내기요?"

"우리 마리가 화이트 베어를 상대할 수 있는지, 없는지. 만약 상대가 안 된다면 너희 모두에게 기사의 장비와 신분패를 주지."

'대체 왜 저러는 걸까?'

테일스를 비롯한 모든 병사의 생각이었다.

'정말 어린 소녀가 화이트 베어를 상대할 수 있다고 믿는 걸까? 정말 그렇다면, 저자는 미친 게 아닐까?'

테일스는 슬쩍 뒤를 바라보았다.

그와 눈을 마주친 병사들의 눈빛은 한 마디를 외치고 있었다.

'받아들여! 기사의 장비를 준다잖아!'

테일스는 그들의 눈빛을 받으며 생각했다. 그러던 도중 문득 떠오른 생각이 있었다.

'아! 기사의 장비가 더 있는 모양이구나. 그냥 주기는 뭐하니까 적당한 핑계를 만들어서 주려는 거야. 그리고 우리가 입고 있던 장비는 노예들에게 입히려는 거고. 그렇게 변장한 다음에 다시 산에서 내려갈 거야.'

테일스는 자신의 추론에 만족했다. 스스로 생각하기에도 그럴듯한 이유였기 때문이다.

'저 어린 소녀는 싸우는 척만 하다가 뒤로 빠지겠지? 그리고 대장이 나서서 처리할 거야. 그렇다면?'

모르는 척 받아들이는 것이 좋았다.

"그럼, 저 소녀가 화이트 베어를 '이겼을 때'의 조건은 무엇입니까?"

물론 그럴 리는 없겠지만, 내기가 성립하려면 반대급부가 있어야 했다. 또한, 테일스는 '상대한다'는 말을 '이긴다'는 말로 바꿨다.

상대한다는 말은 대충 싸우는 척만 하다가 뒤로 빠져도 성립할 수 있는 모호한 말이었기 때문이다. 반면 이긴다는 말은 말 그대로, 소녀가 화이트 베어를 쓰러뜨려야 성립했다.

'잘했어 테일스!'

'네가 그래도 머리 하나는 잘 굴린다!'

뒤의 병사들이 믿음직스러운 눈으로 테일스의 등을 바라보았다.

"조건은 너희가 오로지 내 명령만 듣는 병사가 되는 것. 받아들이겠나?"

"예! 받아들이겠습니다."

테일스는 망설임 없이 대답했다. 그 순간이었다.

띠링!

[마리 vs 화이트 베어 내기가 성립하였습니다.]

[승리조건 : 마리의 승리. 패배조건 : 마리의 패배.]

[배팅 : 패배시 내기 대상에게 기사의 장비와 신분패를 지급. 승리시 내기 대상을 휘하의 병력으로 흡수.]

눈앞의 내용을 살펴본 제닌의 얼굴에 웃음이 맺혔다.

'이런 기능도 있었어?'

좋은 기능이었다. 본래 내기란 그리 큰 강제성을 띠지 못했다. 설사 내기에서 져도 그런 적 없다고 우겨버리면 난감해지는 것이다.

'문제는 이게 얼마만큼의 강제성을 가졌느냐 하는 점이야. 효과만 확실하다면.'

제닌의 머릿속에는 내기 기능을 이용해 할 수 있는 일들이 줄줄이 떠올랐다.

'일단 이번 결과를 봐야겠지.'

제닌은 마리의 머리를 쓰다듬으며 속삭였다.

"벡스 투, 불러."

"응!"

마리가 대답과 함께 말 등에서 폴짝 뛰어올랐다. 근처 나무의 가지 위로 올라가더니 산을 향해 소리쳤다.

"와아아아아!"

얼마 지나지 않아 산속에서 대답이 들려왔다.

"쿠워어어어어!"

동시에 산이 울리기 시작했다.

쿵. 쿵. 쿵. 쿵.

꿀꺽.

지켜보던 병사들이 한결같이 마른 침을 삼켰다.

멀리서 희뜩희뜩한 그림자가 보이는 것 같았다.

"전진!"

제닌은 말을 앞으로 몰았고, 뒤에 있던 노예들이 앞으로 나서 뒤를 따랐다. 노예들이 모두 지나간 다음에야 병사들이 쭈뼛쭈뼛 움직이기 시작했다.

쿵! 쿵! 콰직! 콰지직!

점차 가까워지는 발소리와 함께, 나무가 쓰러지는 광경이 눈에 들어왔다. 발소리의 주인공은 화이트 베어. 문제는 화이트 베어의 덩치가 일반적으로 알려진 것보다 훨씬 크다는 점이었다.

"저, 저, 저건!"

병사들의 얼굴에 두려움이 자라났다.

일반적으로 화이트 베어는 일어섰을 때의 키가 2미터를 약간 넘는다고 알려졌다. 하지만 언뜻 보이는 희끄무레한 그림자의 키는 근 3미터에 육박했다.

'상대할 수 있을까?'

병사들의 시선은 마리에게로 모여들었다. 그녀는 나뭇가지에서 내려와 화이트 베어가 다가오는 경로에 버티고 선 상태였다.

덩치의 차이만 해도 수십 배. 지닌바 힘은 최소한 수백 배는 차이나 보였다.

그런 마리가 화이트 베어와 맞서 싸운다?

이건 그저 자살이라고밖에 생각할 수 없었다.

"저, 대장……. 그냥 뒤로 물리시고 대장이 앞으로 나서시는 게 어떻습니까?"

테일스가 조심스럽게 물어왔다. 그러나 제닌은 들은 척도 하지 않았다.

"저러다 죽습니다. 대장이 아끼시는 아이 아니었습니까? 딸 같이 생각하는?"

제닌은 그저 마리의 뒷모습을 바라볼 따름이었다.

"쿠워어어어어!"

이제는 또렷하게 모습을 드러낸 화이트 베어가 제 가슴을 두드리며 흉포한 소리를 내질렀다. 누가 봐도 분노했음을 알아차릴 수 있을 정도.

"저러다 죽는다고요!"

테일스의 외침이 울려 퍼졌을 때, 마리가 땅을 박차며 달려갔다. 그리고 화이트 베어의 근처에 다다르자 나무줄기를 박차며 훌쩍 뛰어올랐다.

모두의 시선이 마리의 몸에 집중되었다. 화이트 베어의 시선 또한 마찬가지였다.

날아오는 마리를 바라보는 화이트 베어의 눈동자에 슬쩍 두려움이 스친 순간. 화이트 베어의 머리를 뛰어넘은 마리가 앙증맞은 주먹으로 놈의 뒤통수를 때렸다.

콰직!

앙증맞은 주먹이 냈다고는 믿기 어려운 소리가 일어났고, 화이트 베어의 머리가 급격히 수그러졌다.

"쿠워!"

화이트 베어는 비명처럼 들리는 소리를 내지르며.

쿠웅!

그대로 앞으로 쓰러졌다.

자욱하게 피어오른 흙먼지와 함께 산속에는 정적이 감돌았다.

모든 이들의 눈동자는 튀어나올 듯 커져 있었고, 입은 턱까지 벌어져 있었다. 그들은 벌어진 입 사이로 흘러나오는 침을 닦을 생각조차 할 수 없었다.

산속의 정적을 깬 것은 마리였다.

"아프지 마. 아프지 마. 호오!"

마리는 커다란 화이트 베어의 뒷목에 올라가 뒤통수에 입김을 불고 있었다. 물론 사람들의 눈에는 그렇게 보였으나, 실제로는 치유 스킬이 발동해 부어오른 화이트 베어의 뒤통수를 가라앉히는 중이었다.

하여튼 이런 마리의 모습은 사람들이 믿고 있던 상식을 아득히 뛰어넘는 광경이었다. 그런데 문제는 그 광경이 의외로 무척이나 잘 어울린다는 점이었다.

일명 미소녀와 야수였다.

"이, 이, 이게……."

"말도… 안 돼……."

병사들은 망연자실한 얼굴이었다.

"끄응!"

화이트 베어가 신음과 함께 눈을 떴다. 그리고 천천히 상체를 일으켰다.

마리는 화이트 베어의 등을 타고 미끄러져 내려와 화이트 베어의 앞으로 돌아갔다. 그리고 위를 올려다보며 화이트 베어와 시선을 마주쳤다.

"잘 있었어?"

화이트 베어는 세차게 고개를 끄덕였다.

"우리 또 놀까?"

화이트 베어는 세차게 고개를 내저으며 뒷발로 땅을 밀어 물러났다.

"히잉. 마리는 또 놀고 싶은데……. 벡스 투. 마리, 싫어?"

화이트 베어는 순간 끄덕여지는 고개를 간신히 가로젓는 것으로 바꿨다.

이틀 선 밤의 일이 떠올랐다.

맞고, 속박당하고, 아픈 것이 낫고. 다시 맞고, 속박당하고, 낫고를 반복했던 밤.

화이트 베어에게는 그야말로 악몽과도 같은 밤이었다. 먼저 간 부모 곰의 모습이 보일 정도였다.

비록 화이트 베어에게는 악몽이었지만, 마리에게는 무척

이나 유익한 시간이었다. 치유와 속박, 응원의 레벨을 올렸고, 끝날 때 즈음에는 [강력한 타격]이라는 스킬까지 새로 얻게 되었다.

원래는 마리의 스킬을 수련한 후, 죽여 경험치를 얻을 생각이었다. 그렇지만 제닌은 화이트 베어가 마리에게 완전히 굴복했다는 점을 봐서 살려 두었다.

결과적으로 살려둔 것은 탁월한 선택이었다. 지금처럼 아주 유용하게 이용할 수 있기 때문이다.

또한, 살려주면서 마리를 도와준 보상으로 괴수의 고기를 먹였더니, 화이트 베어의 덩치가 갑자기 두 배가량 커졌다. 이를 통해 제닌은 강력한 몬스터의 고기가 약한 몬스터를 성장시킨다는 사실을 깨달을 수 있었다.

"꺄하하!"

제닌은 화이트 베어의 배 위에서 방방 뛰는 마리에게서 시선을 떼고 뒤를 돌아보았다.

"이제 조금은 그 믿음이라는 게 생겼나?"

꿀꺽.

테일스는 마른 침을 삼키며 고개를 끄덕였다.

속았다는 생각조차 들지 않았다. 그런 생각을 할 만한 여력이 없었다. 지금 눈앞에서 일어나는 광경이 너무 놀라웠기 때문이다.

"내기의 결과는?"

띠링!

테일스가 대답도 하기 전에 알림음이 먼저 울렸다. 그와 더불어 눈앞에 떠오르는 글귀.

[내기 승리. 병력을 얻었습니다.]

[전직조건 지휘관, 병력 30/10000]

그와 동시에 철컥거리는 소리가 뒤를 이었다. 병사들이 일제히 제닌을 향해 무릎을 꿇고 있었다.

"충성을 다하겠습니다."

제닌은 이들에게서 전과는 다른 느낌을 받았다.

'눈빛이 변했군.'

예를 들자면 병사들의 눈빛은 제닌이 원래 지휘하던 부하들의 눈빛과 닮아 있었다. 제닌은 그들이 확실히 자신의 사람이 되었음을 느낄 수 있었다.

'효과는 확실하군. 나중에도 잘 사용할 수 있겠어.'

제닌은 고개를 끄덕이며 선두에서 무릎을 꿇은 테일스의 머리 위를 바라보았다.

[Lv.4 데일스]

벡스와 달리 세부 능력치 항목은 보이지 않았다. 그렇지만 레벨만으로도 이들이 대충 어느 정도 수준인지를 파악할 수는 있었다.

뒤의 병사들까지 살펴본 제닌은 그들의 수준을 파악할 수 있었다.

'최소 레벨은 2, 최고는 5로군.'

5레벨은 예전의 대장이자 지금의 막내 바이슨이었다.

'그런데 이들도 레벨 업을 시킬 수 있는 건가?'

그것은 차차 알아가면 될 일이었다.

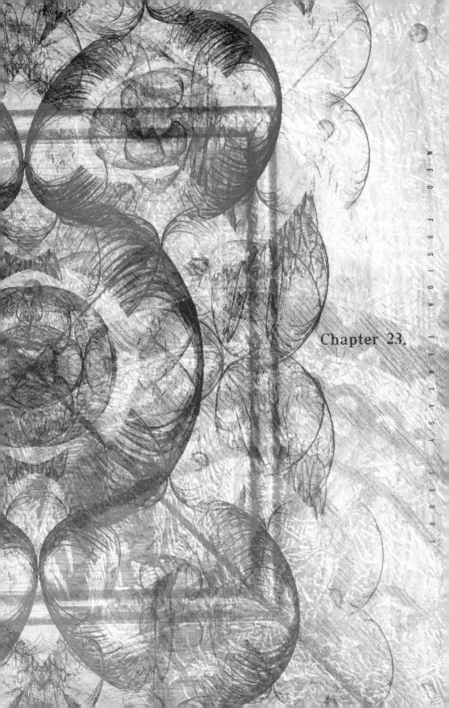

Chapter 23.

Chapter 23.

ROYAL
ROADER

I

"너희가 할 일은 그리 어렵지 않다."

제닌은 화이트 베어가 사는 커다란 동굴 안으로 일행을 이끌었다. 안쪽 깊숙한 곳에 모닥불을 피우고 밖에서 보이지 않도록 수풀이나 나뭇가지로 입구를 가렸다.

노예들에게 육포와 체력회복 물약을 희석한 물을 나눠주고 먹게 하면서 제닌은 앞으로의 계획을 설명했다.

"그리 어렵지 않아. 몇 명씩 교대하며 밖으로 나가서 마음껏 비명만 지르면 되는 거야."

노예들의 배역은 화이트 베어를 사냥하기 위해 미끼로 던져진 가엾은 희생자의 역할이었다.

최대한 구슬프고 처절한 비명을 내지르는 게 관건.

반대로 화이트 베어는 흉포한 포식자의 포효를 내지르는 역할이었다. 이를 위해서는 마리의 도움이 필요했다.

"어렵지 않아. 이틀 전 밤하고 같이, 벡스 투랑 재미있게 놀기만 하면 되는 거야."

"아! 응! 마리. 알았어!"

'설마……. 그런 거였나?'

병사들은 이틀 전 밤, 라테스 성안 모든 사람의 잠을 설치게 했던 무시무시한 소리를 떠올렸다. 그와 더불어 그 소리를 만들어 낸 것이 바로 이들이었다는 점을 깨달을 수 있었다.

"그런데… 대장께서는 다른 곳에 가시는 겁니까?"

테일스가 문득 물어왔다.

자세히 설명하는 말투에서 제닌이 이곳에 없을 거라는 의미를 읽어냈기 때문이다.

'제법인데? 눈치가 빨라.'

"다녀올 곳이 있다. 동트기 전까지는 돌아올 생각이니 그렇게 알고 있도록."

제닌은 설명을 마친 후 동굴 밖으로 나갔다.

'스켈레톤 소환.'

스르르륵.

쉐도우마스터가 나타나 제닌의 앞에 엎드렸다.

"여기 있는 사람들을 제외하고, 산으로 접근하는 이들을 모두 처리하도록. 그리고 더 접근하려는 사람이 없어지면, 네가 다녀올 곳이 있다."

"예스. 마이 마스터."

II

- 워우우우우. 쿠우우우우.

무언가의 울부짖음이 아련하게 들려왔다. 듣는 이의 어깨를 움츠리게 하고 소름을 돋게 하는 소리였다.

"어이구. 그제 밤에도 그러더니. 오늘도 저러네."

"대체 무슨 일이 있는 거야? 쯧쯧!"

"빌어먹을 화이트 베어 자식! 차라리 보초를 서는 게 낫지. 집에 들어가도 또 잠을 설칠 것이 빤하니."

"기사님이 나서서 확! 잡아버리면 좋겠는데 말이야."

"에끼! 이 사람아! 어디 그게 쉽나? 화이트 베어일세. 화이트 베어! 아마 기사님들 중에서도 높은 분. 그러니까 반짝이는 검을 제대로 다루는 분들이나 처리할 수 있을 거라고. 그런 기사님은 이 라테스 성에서도 몇 분 안 계셔."

성벽 위의 병사들이 으슬으슬한 추위에 몸을 부르르 떨었다. 그 떨림이 추위 때문인지 두려움 때문인지는 그들 자신만이 알 일이었다.

'잘 통하고 있군.'

성벽의 그림자 속에 몸을 숨긴 제닌은 빙긋 웃었다.

'아마 조금 더 가까이에서 살펴보는 놈들은 비명까지 생생하게 들을 거야.

이것은 거의 밤새도록 고민한 끝에 생각해 낸 계책이었다. 코르테 상단에 잡혀 있는 노예들을 구하기 위함이었다.

프라덴 후작가문의 기사가 라테스 성의 주민을 위해 화이트 베어의 사냥에 나섰다. 비록 수많은 노예가 미끼로 던져졌지만, 사냥에 성공하기만 하면 사람들은 사냥을 위해 던져진 노예 따위에게 더는 관심을 두지 않을 터였다.

이로써 노예들을 무사히 빼돌리려던 목표가 이루어졌다. 물론 제닌의 목적은 그뿐만이 아니었다.

제닌은 은밀하게 성벽을 넘어 라테스 성 안으로 들어갔다. 그가 다시 모습을 드러낸 곳은 코르테 상단의 건물 벽이었다.

'지하의 창고와 3층 구석의 끝 방.'

제닌은 미니맵 위에 떠오른 노란 점을 확인하며 다시금 그림자 안으로 숨어들었다.

노란 점은 쉐도우마스터가 보고한 창고와 비밀 금고의 위치를 나타냈다.

그곳은 제닌의 두 번째 목적이었다.

"후후후. 그것 때문이었나? 노예를 데려간 것이?"

일렁이는 촛불 아래 특유의 염소수염을 만지작거리는 중년 사내가 있었다. 일전에 제닌을 상대했던 코르테 상단의 간부였다.

그는 조금 전 다녀간 부하의 보고를 받았다.

화이트 베어의 서식지에서 인간의 비명과 화이트 베어의 포효가 끊임없이 들려온다는 내용이었다.

그는 보고를 토대로 오늘 아침 프라덴 후작가문의 기사가 노예를 사간 목적을 알아낼 수 있었다.

"인육을 끔찍하게 좋아하는 화이트 베어의 앞에 노예를 내던지고, 놈이 노예를 잡아먹느라 정신없을 때, 뒤를 친다? 남는 장사군. 남는 장사야!"

악덕 상단의 간부답게 모든 계산은 돈으로 귀결됐다.

"그깟 노예 백 명 정도야, 화이트 베어의 가죽과 비교하면 없는 거나 다름없시. 이서, 괜찮은 빙법인데?"

염소수염의 간부는 잠깐 눈을 빛냈다가 이내 고개를 가로저었다.

"아무리 뒤를 친다 해도, 최소한 하이어급 이상의 무력은 필요하겠지. 내가 할 수는 없는 일이야."

상인답게 계산은 빨랐다.

"그나저나 가죽의 처리를 우리가 맡으면 좋을 텐데…….
날이 밝으면 사람을 보내야 하나? 아니지. 그 전에 놈들이
사냥에 성공할 수 있느냐가 문제겠군."

"당연히 잡을 수 있지."

갑자기 등 뒤에서 들려온 목소리. 염소수염은 순간적으
로 온몸의 솜털이 곤두서는 느낌을 받았다.

"누, 누구!"

"한 가지는 자신 있게 말해줄 수 있지. 네 목소리를 듣고
누군가 이곳으로 온다면. 넌 이 세상 사람이 아니게 될 거
야."

목덜미에 와 닿은 싸늘한 감촉에 염소수염은 입을 다물
었다. 다행히 그의 방으로 누군가가 다가오는 기척은 느껴
지지 않았다.

"워, 원하는 게 뭐요?"

"3층."

간부의 물음에 제닌은 짧게 대답했다.

'3층? 3층에 뭐가…….'

3층에 뭐가 있는지를 떠올리던 간부의 몸이 굳어졌다.

'설마…….'

그는 제 생각이 틀리기를 간절히 소원했다. 그러나 이어
지는 제닌의 말은 그의 소원을 뭉개버렸다.

"제일 끝 방에 볼일이 있지."

염소수염의 얼굴이 암담함으로 물들었다.

3층의 제일 끝 방에는 상단의 보물과 비자금이 담겨 있는 비밀 금고가 있었다.

'그걸 건드리면 죽은 목숨이라고!'

간부는 코르테 상단주의 심복이자 상단의 이인자였다. 그 때문에 상단부의 잔인함을 누구보다 잘 아는 인물이기도 했다.

상단의 자금을 빼돌리거나, 허락 없이 상단의 물건에 손을 댄 이에 대한 처벌을 간부는 잘 알았다. 죄를 저지른 당사자는 무조건 땅에 묻혔고, 그의 가족들은 노예가 되어 어디론가 팔려나갔다.

그 노예들이 검투장이나 생체실험을 하는 마법사의 연구실 같은 곳으로 팔려간다는 소문은, 그냥 소문이 아닌 사실이었다.

"일단 가지?"

목덜미를 겨눈 단검이 천천히 위로 들림에 따라, 간부는 일어설 수밖에 없었다.

방을 나서 천천히 걸어갔다.

어떻게 된 일인지는 모르겠으나, 뻔질나게 순찰하던 경비의 모습이 오늘따라 보이지 않았다. 평소라면 복도를 지날 때 꼭 한 번은 마주치던 경비였다.

"뭘 그렇게 찾지?"

쉴 새 없이 굴러가는 간부의 눈알을 발견한 제닌은 빈정거리듯 물었다.

'서, 설마 경비를 모두…….'

간부는 '제거한 건 아니겠지?' 란 물음을 마음속으로 삼켰다. 끝까지 생각해버리면, 왠지 그게 사실로 일어날까 두려웠다. 그것은 그가 기댈 유일한 희망을 스스로 무너뜨리는 결과였다.

'침착. 침착하게 하면 된다. 기회는 반드시 올 거야!'

간부는 강하게 확신하며 마음을 다잡았다.

그러나 3층의 끝방에 다다를 때까지, 그들은 누구와도 마주치지 못했다.

꿀꺽.

3층 끝방의 문을 눈앞에 둔 간부는 마른 침을 꼴깍 삼켰다. 그곳은 상단주의 방으로서, 허락 없이 출입하는 것만으로도 죽을죄가 성립하는 곳이었다.

"여, 여, 여긴…….."

"훗! 뭐가 그렇게 무서워? 그렇게 겁 안 먹어도 되니까, 문이나 열지?"

제닌이 단검을 목에 깊숙이 들이대자, 간부는 어쩔 수 없이 문의 손잡이를 잡았다. 손잡이에는 마법적인 장치가 달려 있었다. 잠겨 있을 때, 돌리면 요란한 경보가 울리게 되는 장치였다.

'경보가 울리면 난 죽은 목숨이야.'

이래죽으나 저래 죽으나 마찬가지. 하지만 거부하면 당장 목이 달아날 상황이었다.

조금이라도 오래 살고 싶은 것이 사람의 마음이었다. 한 가지 다행인 점은 간부에게는 같이 책임을 물을 가족이 없다는 점이었다.

간부는 눈을 질끈 감으며 손잡이를 돌렸다.

달칵.

문이 열리며 부드럽게 안으로 밀려들어 갔다.

'우, 울리지 않았어! 경보가!'

간부는 기쁨에 찬 표정으로 눈을 떴다.

그러나 눈앞에 드러난 광경에 그는 다시금 얼굴을 암담한 빛으로 물들일 수밖에 없었다.

바닥에 질펀한 피.

목이 달아난 시체.

익숙한 얼굴이 눈을 까뒤집은 채, 그를 바라보고 있었다.

"상단주한테 인사 솜 하지ㄴ래?"

제닌은 간부의 등을 슬쩍 밀어 안으로 들어가게 한 후, 문을 닫았다.

벽 한쪽이 활짝 열려 있었고, 그 사이로 모습을 드러낸 비밀 금고가 보였다.

"대체 왜… 이런 짓을……."

반쯤 얼이 나가 있는 간부의 중얼거림.

"난 말이야 '뿌린 대로 거둔다.'는 말을 참 좋아해. 아버지께서 농부셨거든."

"예?"

되묻는 간부를 향해 제닌이 비릿하게 웃었다.

"이놈은 너무 많이 뿌렸어. 악의를. 그 악의가 자라나 결국 이놈의 목을 잘라 버렸지."

대체 무슨 소리를 하는 걸까?

'죽어 마땅한 놈이라는 건가? 물론 사실이긴 하지만……'

중요한 것은 왜 그런 이야기를 자신에게 들려주느냐 하는 점이었다.

"넌, 그나마 좀 낫다면서?"

제닌은 빙글빙글 웃으며 되물었다.

꿀꺽.

간부는 마른 침을 삼켰다. 그는 어쩌면 이번 대답이 자신의 생사를 좌우할 수도 있다는 것을 본능적으로 알아차릴 수 있었다.

간부는 질끈 눈을 감고 생각했다.

죽음이 눈앞에 닥친 위기상황 때문일까? 찰나의 시간 동안 간부는 머릿속에 수많은 생각을 떠올렸다. 중간에 손바닥에 따끔한 통증이 일어났지만, 그마저도 무시할 정도로 그는 생각에 열중했다.

그 결과, 그의 눈에서 두 줄기 눈물이 흘러내렸다.

참회의 눈물이었다.

'난 죽어 마땅한 놈이구나.'

사실 목이 잘린 상단주나 그나 별다를 바가 없었다.

돈을 위해서라면 무엇이든 하였고, 남의 불행 따위에 관심을 둘만큼 선량하지 않았다.

이런저런 핑계를 대보았으나, 결론은 자신이 구제받을 수 없는 악인이라는 결과가 나올 뿐이었다.

툭툭.

어깨를 두드리는 손길에 간부가 눈을 떴다.

"기회는 한 번뿐이야. 만약 다시 내가 찾아온다면."

뒷말은 없었으나, 간부는 알아차릴 수 있었다. 그날이 바로 자신이 죽는 날이라는 것을.

"더불어, 눈을 감은 것은 아주 현명한 선택이었어. 봤으면 죽일 수밖에 없었거든."

"예?"

간부는 되물었으나, 대답은 늘려오시 않았다.

눈앞에 활짝 열린 채 휑하게 비어버린 비밀 금고가 보였다. 간부의 마음에 허탈함이 깃들었다. 자신이 지난날을 돌이켜보는 사이, 상대는 금고의 모든 돈과 보물을 턴 것이다.

잠시 허탈한 표정을 짓던 간부의 얼굴이 다시 진지해지기 시작했다.

'이제부터야. 내가 살아남기 위해서는 상단을 손에 넣는 수밖에 없어.'

보물은 털렸고, 상단주는 죽었다.

자신이 살기 위해서는 아래 서열에 있던 간부들이 이를 드러내기 전에, 먼저 움직일 필요가 있었다.

이제 또 다른 생존을 위한 투쟁을 시작할 때였다.

그는 잠시 생각을 정리한 후, 부산스럽게 움직이기 시작했다.

'머리는 좀 굴리는 것 같은데.'

제닌은 그림자로 가려진 사각에 숨어 간부의 움직임을 지켜보았다.

지하의 창고를 터는 일은 쉬웠다. 창고로 가는 길을 막은 경비를 조용히 재우고 창고로 들어가, 인벤토리에 물건을 쓸어 담으면 되는 일이었다.

같은 물건을 999개까지 겹칠 수 있다는 사실은 곡물 자루를 인벤토리에 넣으면서 알게 된 사실이었다.

'가득 찬 칸이 스무 개. 곡물 한 자루에 대략 40킬로그램 정도니 999개면 약 40톤가량. 그게 스무 개면 800톤. 이거면 몇 명이나 먹여 살릴 수 있는 거야?'

제닌은 쉽게 계산할 수 없었다. 다만, 그가 데리고 있는 병사와 노예에서 구출한 왕국민들을 한동안 배부르게 먹일 수 있다는 것만큼은 확실했다.

그렇게 창고를 깨끗이 털어낸 제닌은 비밀 금고가 있는 3층의 끝방으로 향했다.

감춰진 벽을 열자 비밀 금고가 모습을 드러냈다. 그러나 금고에 손을 대기 직전, 제닌은 솜털이 곤두서는 느낌을 받았다.

감각의 경고였다.

'건드리면 안 되는 뭔가가 있어.'

고민하고 있을 무렵, 상단주가 방으로 들어왔고 제닌은 상단주의 입을 통해 비밀 금고를 열기 위해서는 상단주와 심복의 피를 동시에 묻혀야 한다는 점을 알아냈다. 그렇지 않고 강제로 열려고 하면 각종 함정과 마법이 발동해 손을 덴 자를 갈기갈기 찢어버린다는 설명이 뒤를 이었다.

'나름대로 현명한 대책이야.'

혹시 모를 일을 대비한 최소의 안전대책이었다. 그러나 모든 일에는 허점이 존재하는 법.

'침입자가 압도적인 실력을 갖추고 있을 때는 쓸모없는 일이지.'

제닌은 상단 건물 안을 돌아다니는 모든 사람을 재웠고, 간부를 협박에 비밀 금고 안의 내용물을 털었다.

'판단은 베스란에게 맡기는 게 좋을 것 같군. 계속 악질적인 일을 반복한다면 다시 찾아가는 수밖에.'

"화이트 베어가 잡혔다! 프라덴 후작가문의 기사님께서 잡으셨다!"

"더는 화이트 베어의 울음소리에 잠을 설치지 않아도 된다! 이제 마음 놓고 잘 수 있다!"

다음 날 아침 라테스 성은 화이트 베어가 잡혔다는 소식으로 떠들썩했다.

수레를 가져오기 위해 성 안으로 들어갔던 병사들이 드루아 상단과 연계해서 낸 소문이었다.

제닌은 소문이 완전히 퍼지기를 기다렸다가, 느지막한 오후가 되자 철창 달린 수레에 화이트 베어를 집어넣고 천천히 움직였다. 일부 털가죽에 생채기를 내고, 피를 덕지덕지 묻혔기에, 화이트 베어는 겉모습만으로도 무시무시한 분위기를 만들었다.

제닌 일행이 라테스 성 근처에 다다르자 소문을 들은 사람들이 벌떼처럼 나와 그 모습을 구경했다.

"우와! 크다!"

"그런데 죽은 건가? 왜 철창에 넣은 거지?"

"설마… 산 채로 잡은 건 아니겠지?"

사람들은 감히 가까이 다가올 생각조차 하지 못한 채 멀찌감치 떨어진 곳에서 수군거렸다. 지난밤 들렸던 화이트 베어의 울부짖음은 그들의 마음에 아직도 두려움으로 남아 있었다.

'마리.'

슬쩍 신호를 보내자 마리가 화이트 베어의 옆구리를 쿡 찔렀다.

"쿠워어어어어!"

고막을 찢을 듯한 포효가 울려 퍼졌고, 구경하던 사람들의 간담을 서늘하게 했다. 일부는 그 자리에서 주저앉았으며 또, 일부는 기이한 냄새가 나는 액체를 흘려대기도 했다.

제닌은 반짝이는 갑옷을 내세우며 행렬의 가장 앞에서 의기양양하게 말을 모는 중이었다.

그의 뒤에는 어제보다 절반의 숫자로 줄어든, 그에 더해 만신창이가 된 병사들이 절룩거리며 수레를 끄는 중이었다.

제닌의 찬란하게 빛나는 갑옷과 병사들의 낭패한 몰골이 기묘한 대비를 일으켰다.

이곳에 모인 사람 중, 어제 데려갔던 노예들이 하나도 안 보인다는 점에 주목한 이는 없었다.

설사, 노예가 없다는 것을 떠올린 사람도 병사들의 낭패한 몰골을 보고 이내 고개를 끄덕였다. 병사들이 저 정도라면 노예들이 어떻게 되었는지는 굳이 보지 않아도 빤했다.

"이 굼벵이 같은 놈들아! 서둘러라! 이놈을 한시라도 빨리 후각 각하께 보여 드려야 한다니까!"

제닌은 크게 소리쳐 병사들을 닦달했다.

수레의 움직임이 약간 빨라졌으나, 지친 병사들에게 그 이상은 무리인 듯싶었다.

물론 만신창이인 몸도, 찌그러진 갑옷도 모두 연출한 것이지만, 병사들은 맡은 역할을 충실히 수행했다.

'가장 힘들고 지쳤을 때를 생각하면서.'

모든 병사는 머릿속에 그 글귀를 떠올리기에 여념이 없었다.

슬쩍 병사들을 돌아보던 제닌의 시선이 심각한 얼굴을 한 테일스에게 머물렀다.

문득 오늘 아침의 대화가 떠올랐다.

'굳이 이러시는 이유가 무언지요? 제 생각에는 화이트 베어를 저들에게 일부러 보여 주시는 것 같은데, 특별히 그럴 만한 이유가 있으신 겁니까?'

제닌의 대답은 '한 번 맞춰봐.' 였다. 아침부터 지금까지 찌푸려 있는 얼굴을 보니, 테일스는 아직도 이유를 찾기 위해 고민하고 있는 것 같았다.

'그게 뭐 그리 어렵다고……'

제닌이 화이트 베어를 끌고 개선행진을 벌이는 일에는 크게 세 가지 이유가 있었다.

첫째, 프라덴 후작에게 사람들의 이목이 쏠리게 하는 것이었다. 후작은 자신도 모르는 사이에 벌어진 일에 어리둥절할 테고, 이유를 찾기 위해 고민한 터였다. 이것에 신경을 쓰느라 상대적으로 요새에 관한 관심이 적어질 수 있었다.

둘째, 화이트 베어를 수송하는 행렬에 시선을 집중시킴으로써 왕국민 출신 노예와 함께 요새로 보낸 병력이 더 안전하게 길을 갈 수 있도록 하는 것이었다.

셋째, 라테스 지역 최고 상단인 코르테 상단의 주인이 죽고, 창고와 보물이 털린 사건을 되도록 묻히게 하는 것이었다.

사실 제닌의 원래 목적은 왕국민을 악질적으로 수탈한 코르테 상단의 징계였다.

그런데 그러다 보니 상단에 감금된 노예들을 발견했고, 그들을 구하기 위해 계획을 세우다 보니 부가적인 이득까지 노릴 수 있었던 것뿐이었다.

'이제 볼 사람은 다 봤겠지?'

라테스 성 근처까지 다다랐던 제닌은 말 머리를 돌렸다.

'이제 사라질 시간이다. 성에서 귀찮은 것들이 몰려나오기 전에.'

아마 지금쯤이면 화이트 베어를 사로잡았다는 소식이 라테스 성을 점령한 귀족의 귀에도 들어갔을 터였다.

소문은 오늘 아침부터 돌았으나, 성을 점령한 귀족은 소문 따위에 신경 쓸 만큼 여유롭지 못했다.

그러나 사로잡힌 화이트 베어가 직접 나타났다는 사실은 귀족이 귀를 기울일 수도 있는 일이었다. 흉포한 본성의 화이트 베어는 끝까지 싸우다 죽으면 죽었지, 산 채로 잡힐 일이 거의 없었기 때문이다.

귀족이 흥미를 느껴 직접 나오기라도 한다면, 프라덴 후작가의 기사 행세를 하는 제닌의 가짜신분이 들통 날 수도 있었다.

"전원 속보로."

방향을 바꾼 행렬의 이동속도가 점차 빨라졌다.

그리고 그들이 자그마한 점이 되어 언덕 너머로 사라졌을 때, 일단의 기마가 라테스 성에서 출진했다.

화이트 베어를 직접 구경하고 싶다는 귀족의 호기심이 그들을 보냈고, 그들은 자욱한 흙먼지를 일으키며 제닌의 행렬이 사라진 곳을 향해 달려갔다.

Chapter 24.

Chapter 24.

ROYAL
ROADER

I

라테스 성에서 기마대가 출발할 즈음, 그들의 시선이 닿
지 않는 언덕 너머에서는 부산스러운 움직임이 한창이었다.

병사들은 찌그러진 갑옷을 벗고 새로운 복장으로 갈아입
는 데 여념이 없었다. 그중 일부는 상단 일꾼의 옷이었고
나머지는 용병의 복장이었다.

먼저 갈아입은 대로 병사들은 수레에 달려들었다. 그들
은 철창에 갇혀 있던 화이트 베어를 끌어냈고, 개조한 마구
를 채웠다. 화이트 베어는 개조한 마구가 불편한 듯, 으르
렁거렸으나 병사들에게 달려들지는 않았다.

제닌과 마리의 모습은 보이지 않았다. 그들은 따로 할 일
이 있었다.

"커헉!"

가슴을 움켜쥐고 쓰러지는 인물을 바라보던 제닌은 미니 맵을 살펴보았다. 연한 푸른 점이 붉은 점에 가까워지더니 붉은 점이 검게 변하며 사라졌다.

'이 방향의 지켜보는 눈은 모두 제거됐군. 마리. 처음 있던 곳으로 돌아와.'

– 응!

마리의 경쾌한 대답이 들려왔다.

'후! 웬만하면 인간과의 전투는 빼고 싶었는데.'

몬스터는 모르겠으나, 인간을 다치게 하고 싶지는 않았다. 물론 그와 함께 다니다 보면 그런 상황을 수도 없이 겪어야 할 테지만, 최소한 어느 정도 자랄 때까지만이라도 그렇게 하고 싶었다.

하지만 어쩔 수 없었다. 제닌 자신을 제외하고 멀리 있는 적을 찾아내 제거할 정도로 빠른 발과 강력한 무력을 가진 것은 마리뿐이었다.

미니 맵의 푸른 점이 병사들 쪽으로 향한 것을 확인한 후, 제닌은 땅을 박찼다.

"다녀오셨습니까?"

테일스의 물음에 제닌이 고개를 끄덕였다.

"준비는?"

테일스는 수레에 오른 병사들과 화이트 베어에 매인 마

구, 그리고 수레 뒤에 매어 놓은 나뭇가지 등을 다시 한 번 확인한 후 제닌을 향해 보고했다.

"완료됐습니다."

"마리, 가자."

제닌의 목소리에 화이트 베어의 등에 올라앉은 마리가 신이 난 듯 소리쳤다.

"달려! 달려! 벡스 투! 달려!"

화이트 베어는 네 발로 땅을 박차며 역동적인 질주를 시작했고, 병사들을 태운 수레 역시 무시무시한 속도로 달려가기 시작했다.

일반 마차로는 도저히 낼 수 없는 속도. 혼자 말을 모는 제닌은 따라왔으나, 말 몇 마리를 더 끌고 오는 테일스는 뒤처질 정도였다.

'마리. 멈춰.'

한참을 달려간 뒤, 미니맵을 살피던 제닌은 마리에게 의사를 전달했다.

라테스 성 쪽에서 다가온 붉은 점의 무리가 언덕에 거의 다다른 상태였다. 언덕만 오르면 이곳의 상황을 발견할 수 있는 상황이었다.

병사들은 곧장 수레에서 내렸고, 수레는 제닌의 인벤토리로 들어갔다. 이어 몇 대의 짐 마차가 꺼내졌고, 테일스가 끌고 온 말이 마구에 메였다.

상단 일꾼 차림을 한 병사는 마차를 몰고, 호위병 복장의 병사들이 마차 주위를 둘러쌌다.

순식간에 상단의 행렬이 만들어졌다.

상단에 어울리지 않는 유일한 것은 커다란 덩치를 가진 화이트 베어뿐이었다. 물론 해결할 방법이 있었다.

가운데 위치한 고급스러운 마차에서 마리가 손을 내밀며 말했다.

"벡스 투. 이리와."

마차로 다가오던 화이트 베어의 몸이 급격하게 작아졌다. 거의 마리와 비슷한 크기까지 줄어든 화이트 베어는 폴짝 뛰어올라 마차 안으로 들어갔다.

신기한 일임에도 놀라는 사람은 없었다. 이미 아침에 한 번 경험한 일이었기 때문이다.

마리가 화이트 베어에게 괴수 고기를 더 먹이라고 보채는 것을 들어줬더니 일어난 변화였다.

"천천히 출발."

Ⅱ

"아니, 그들은 대체 어디로 사라졌단 말인가?"

라테스 성에서 출발했던 기병대의 대장은 황당하기 짝이 없는 표정을 지었다.

상대는 분명 커다란 수레를 끌고 언덕을 넘었다. 기마대의 속도에 비하면 매우 느린 속도였다.

지금쯤 언덕을 내려가고 있거나, 언덕 주변에 있어야 하건만 어디에서도 그들의 모습은 보이지 않았다.

'유령이 날 희롱하는 것도 아니고.'

대장이 한숨을 내쉴 때, 부하 하나가 소리쳤다.

"대장님! 저기! 뭔가가 보입니다."

부하의 손가락이 가리킨 곳에는 상단의 행렬로 보이는 인마가 멀어져가고 있었다. 움직이지 않았다면 제대로 구분할 수 없을 정도로 먼 거리였다.

'아무리 봐도 저기까지 갈 수는 없는데……'

기병 대장은 그렇게 생각하면서도 일단 그쪽으로 말을 몰았다. 어차피 이 근처에서 움직이는 이들이라고는 상단의 행렬뿐. 한 번 확인이라도 해봐야 돌아가서 보고할 핑곗거리라도 생겼다.

"이럇!"

기병 대장이 고삐를 내리치자 말이 달리기 시작했다. 목표는 제닌의 행렬이었다.

'예상대로 이쪽으로 다가오는군.'

제닌은 미니맵을 살펴보다 슬쩍 창문을 바라보았다.

외알 안경을 만지작거리며 밖을 살펴보니 태양이 서쪽으로 지고 있었다.

중절모와 외알 안경, 콧수염까지 붙인 제닌은 제법 멋들어진 신사로 보였다.

'시간은 얼추 들어맞겠군.'

제닌은 창문 밖을 향해 나직이 말했다.

"정지."

테일스의 얼굴이 창문 너머에서 나타났다.

"손님 맞을 준비를 할까요?"

제닌은 고개를 살짝 끄덕이며 입을 열었다.

"접촉하는 동시에 작전을 진행한다."

제닌이 입매를 비틀어 올렸다.

"우린, 어둠과 함께 사라진다."

Ⅲ

길을 살짝 벗어난 곳에서는 모닥불이 타올랐다. 마차를 둥글게 붙여 만들어진 공터였다.

"하하하! 역시 대단하시구려. 도날드경 같은 기사가 제국을 지탱해 주기에 본인 같은 이들도 근근이 먹고살 수 있는 거지요. 자! 한 잔 더 드시게나."

"하하! 당연히 해야 할 일을 했을 뿐입니다."

도날드는 불쾌하게 취한 얼굴로 잔을 받았다.

끊임없이 이어지는 칭찬과 약간의 금화는 도날드와 휘하

기병들의 본래 목적을 잊게 했다.

처음에는 약간 경계하는 빛도 보였으나, 저녁을 먹으며 한두 잔 술이 들어가자 경계하는 모습은 씻은 듯 사라졌다. 특히, 도날드가 자랑스럽게 이야기하는 무용담을 잘 들어 준 것이 효과가 컸다.

"그러니까, 한 달 전 전투에서 제가 왕국 놈들을……."

도날드는 술잔을 들고 또 이야기를 시작했다.

'무슨 자랑 못 해 죽은 유령이 붙은 것도 아니고.'

말을 할 때마다 사정없이 튀는 침이 불쾌했으나, 제닌은 내색하지 않고 미소를 유지했다.

술도 술이었으나, 이곳이 이미 안정화 단계에 접어든 지역이라는 점이 도날드 일행의 경계심을 푸는 데 크게 작용했다. 이곳은 다소 긴장을 풀어도 위험한 일이 일어날 일이 거의 없었다.

"하하하! 쭉 마시고 음식도 마음껏 드시게. 본인은 잠시 급한 일이 있어서……."

"하하하! 드 루아 남작님의 시원한 볼일을 위하여!"

제닌이 슬쩍 몸을 일으키자 도날드가 술잔을 높이 들어 올렸다.

'눈치 없는 놈 같으니라고. 하긴, 그러니 고위 기사급 실력에도 여태 기병 대장으로 썩고 있는 거겠지.'

제닌은 혀를 차며 마차 뒤쪽으로 돌아갔다.

스르르륵.

마차 그림자에서 쉐도우마스터가 솟아났다.

"마스터께서 주신 임무를 모두 완수했습니다."

'이놈은 날이 갈수록 깍듯해지는군.'

제닌은 미니맵을 살폈다. 미니맵의 반경 안에 드문드문 흩어져 있던 붉은 점들이 모두 사라졌다.

"수고했다. 지키고 있다가 도망치는 놈을 발견하면 즉각 처리하도록."

"예. 알겠습니다."

쉐도우마스터는 다시 그림자 속으로 녹아들었다.

제닌은 다시 마차를 돌아 술판이 한창인 곳으로 돌아왔다. 자신을 향해 시선을 모으는 부하들에게 슬쩍 눈짓을 주었다.

"자자! 시원하게 빼고 오셨으니, 한 잔 받으시지요!"

"하하하! 그렇지 않아도 볼일을 봤더니 술이 고프던 참이었네. 자! 모두 잔을 들고!"

병사들의 시선이 순간 날카롭게 변했다.

"에이서스 제국의!"

"영광을 위하여!"

제닌의 선창에 기병들이 곧바로 후창을 외쳤다. 그리고 그들이 술잔을 입에 대는 순간이었다.

슥! 스슷! 푸욱! 푹!

섬뜩한 소리가 울려 퍼졌다.

바로 옆에서 술잔을 들고 있던 병사들의 기습이었다. 가뜩이나 긴장이 풀어진 상태에서 술기운까지 오른 기병들은 결코 그들의 공격을 피할 수 없었다.

"커헉!"

"끄르륵!"

답답한 듯한 비명이 뒤를 이었고, 등 뒤에 단검을 박은 도날드가 원망 어린 얼굴로 제닌을 바라보았다.

"왜… 왜 이런?"

제닌은 술을 한 모금 마신 후, 나머지를 바닥에 쏟았다.

"우린 영광을 바라지 않거든."

제닌은 술병을 들어 잔을 채운 후 천천히 들어 올렸다.

"에이서스 제국의."

제닌의 나직한 선창에 병사들이 비장한 얼굴로 술잔을 들어 올렸다.

"몰락을 위하여!"

Ⅳ

"정지."

제닌 일행은 밤새도록 말을 달린 끝에 동이 틀 무렵 프라덴 후작의 요새 근처에 다다를 수 있었다. 그러나 제닌은 갑자기 주먹을 들어 올리며 정지를 외쳤다.

부하들이 보기에 제닌의 시선은 오른쪽 하늘을 보는 듯했다. 하지만 실제로 제닌이 보는 것은 요새의 앞에 뭉쳐 있는 한 무더기의 붉은 점이었다.

'쉬운 일이 없군.'

제닌은 한숨을 내쉬며 고개를 흔들었다.

'이글아이.'

시야가 확 당겨지며 요새 앞에 진을 친 이들의 모습이 눈에 들어왔다.

'프라덴 후작가?'

한 기사의 방패에 새겨진 문양이 그들의 정체를 말해 주었다.

'어제까지는 아무 문제 없었는데.'

어제 새벽, 제닌이 코르테 상단을 응징하는 동안, 쉐도우 마스터는 요새를 정찰했었다. 그리고 요새에 남아 있는 사람들이 초조하게 그를 기다리고 있다는 보고를 올렸다.

'일단은 다가가서 알아보는 게 빠르겠지.'

제닌은 말에서 내린 뒤, 부하들에게 프라덴 후작가의 기사와 병사들의 복장을 착용시켰다.

"처음에는 전속력으로, 하지만 식별 가능한 거리가 되면 방패를 들어 올리며 속도를 늦춘다. 명령이 떨어지기 전까지는 적의를 드러내지 않도록."

병사들은 긴장된 얼굴로 고개를 끄덕였다.

이윽고 무장을 마친 병력이 요새로 출발했다.

V

"어서 문을 열지 못할까! 이 문장을 보고도 못 열겠다는 말이냐!"

기사 하나가 시뻘겋게 달아오른 얼굴로 목책 위를 향해 소리쳤다.

"소, 송구합니다. 하오나……."

목책 위에서 고개만 살짝 내민 병사가 난감한 얼굴로 변명해 보았으나, 분노에 찬 기사의 목소리가 그의 변명을 잘랐다.

"감히 스트라 따위의 명령을 내 명령보다 우선한단 말인가! 나는 프라덴 기사단 랭크 8, 기사 엑트다. 랭크 12인 스트라보다 서열이 훨씬 윗줄이란 말이다! 네놈은 정녕 죽고 싶은 건가!"

"아이고! 기사님! 문을 열어도 저희는 죽습니다요. 제발 저희의 사정을 헤아려 주십시오. 스트라 기사님은 아침이 되기 전에 돌아오신다고 했으니……."

"닥쳐라! 내가 지금……."

두두두두두두.

기사 엑트가 목책 위의 병사를 다시 한 번 윽박지르려 할 때, 은은한 진동이 들려왔다.

한 무리의 기마가 달려오고 있었다.

"저것들은……."

살짝 미간을 찌푸렸던 엑트의 얼굴이 서서히 밝아졌다. 점차 가까워짐에 따라 기병의 갑옷에 새겨진 문양이 눈에 들어왔기 때문이다. 그의 가슴에 새겨진 것과 같은 문양이 었다.

'스트라 녀석, 이제 돌아오나 보군.'

기사는 목책 위를 바라보며 한 마디 쏘아붙였다.

"각오하도록! 안으로 들어가면 감히 내 명을 거역한 죄를 물을 것이다!"

다시 다가오는 기병 쪽을 바라보던 엑트가 비릿한 웃음을 머금었다.

'크흐흐! 역시 한번 들려보길 잘했지. 스트라 이놈! 네놈을 향한 후작 각하의 총애도 오늘로서 끝이다. 각하께서 이 요새를 얼마나 중요하게 생각하시는지 아는 놈이 무단으로 요새를 이탈해? 네놈의 기고만장한 모습을 더는 볼 수 없다는 게 참으로 아쉽구나. 아쉬워!'

엑트는 음침한 미소를 흘리며 눈을 빛냈다.

"방패."

철컥. 철컥. 철컥!

제닌의 지시에 병사들이 일제히 방패를 들어 올렸다. 방패 중앙에 새겨진 프라덴 후작가의 문양이 선명하게 드러났다.

그와 함께 기병들의 속도가 서서히 줄어들었다.

"어? 저건……."

엑트의 얼굴이 살짝 굳어졌다.

'아무리 봐도 스트라 놈의 체격이 아닌데?'

알 수 없는 불안감이 엑트의 머리를 스쳤다.

"전원 밀집. 방어태세. 기병 저지대형으로."

엑트는 이끌고 온 병사들에게 명령을 내리며 검을 뽑았다.

"누구냐!"

목소리가 들릴 정도로 거리가 가까워지자 엑트가 외쳤다. 하지만 상대는 대답 없이 더욱 가까워졌다.

"정지."

제닌의 목소리에 뒤따르던 부하들이 말을 멈췄다. 그런 뒤 제닌은 천천히 말을 몰아 앞으로 나섰다.

"얼굴을 보어라! 네놈은 누구냐?"

"안녕하십니까. 엑스님. 저는 랭크 227 테일스라고 합니다. 스트라님의 지휘 아래 있습니다."

상대의 이름은 엑트가 직접 알려주었다. 요새를 향해 고래고래 소리치는 것은 굳이 뛰어난 청력이 아니더라도 멀리서 들을 수 있을 정도였다.

'랭크 8 정도 되는 놈이 랭크 백 단위까지 신경 쓸 일은 없겠지?'

제닌은 태연하게 헬멧의 바이저를 올려 얼굴을 드러냈다.

"테일스? 스트라는? 어디에 있는 건가?"

"저 그게······."

제닌은 말을 머뭇거리며 천천히 앞으로 나아갔다.

"그만! 거기서 대답하도록."

엑트가 손바닥을 내밀어 제닌의 접근을 막았다. 엑트의 주변은 방패로 이루어진 벽이 만들어졌고, 그만이라는 그의 외침과 함께 긴 창이 방패 사이로 고개를 내밀었다.

'생각보다는 조심성이 있는 놈이군. 요새를 향해 소리칠 땐 물불 안 가릴 성격으로 보이더니.'

제닌은 날카로운 눈으로 엑트의 주변에 늘어선 방패의 벽을 바라보았다.

'뭐, 제법 단단해 보이긴 하지만······.'

그들의 밀집대형은 오히려 제닌을 도와주는 꼴이었다. 제닌은 조금 더 다가가다가 급작스럽게 말 등을 박차고 뛰어올랐다.

"방패 올려! 고슴도치 대형으로!"

모두의 시선이 공중에 떠오른 제닌을 향했다.

"궁수! 뭐 하고 있나! 놈을 적으로 간주한다!"

엑트의 명령에 궁수들이 일제히 시위를 놓았다.

쉬쉬쉬쉬쉭!

화살은 득달같이 제닌에게로 날아들었다. 곧 고슴도치가
될 상황임에도 제닌은 싱긋 웃었다. 날아든 화살이 몸을 꿰
뚫기 직전, 그가 나직이 중얼거렸다.

"기습."

제닌의 몸이 사라졌다. 그가 다시 모습을 드러낸 곳은 밀
집해 있는 병력의 중앙이었다.

퍼억!

제닌은 창을 든 병사의 뒤통수를 건틀렛으로 때리며 [보
호의 육중한 패왕의 검]을 소환했다.

손아귀에서 전해오는 묵직한 무게감. 그와 함께 몸속을
치닫는 거센 힘의 물결에 절로 미소가 피어올랐다.

'원한 같은 건 없어. 그래도 알잖아?'

제닌이 소리쳤다.

"수확!"

제닌의 몸을 중심으로 푸른 원반이 그려졌다.

죽음을 그리는 원반이있다.

'이 바닥 룰이 원래 이런 것을.'

〈3권에서 계속〉